W0348095

Au nom de nos sœurs

Cristina Alger

Au nom de nos sœurs

ROMAN

Traduit de l'anglais (États-Unis)
par Nathalie Cunnington

Albin Michel

COLLECTION « SPÉCIAL SUSPENSE »

Ce livre est un ouvrage de fiction. Les noms, personnages et les événements relatés sont le fruit de l'imagination de l'auteur ou sont utilisés à des fins de fiction. Toute ressemblance avec des faits avérés, des lieux existants ou des personnes réelles, vivantes ou décédées, serait purement fortuite.

© Éditions Albin Michel, 2023
Pour la traduction française

Édition originale américaine parue sous le titre :
GIRLS LIKE US
© Bear One Holdings, LLC, 2019
Tous droits réservés, y compris les droits de reproduction totale ou partielle, sous toute forme.
Publié avec l'accord de G.P. Putman's Sons,
an imprint of Penguin Publishing Group,
a division of Penguin Random House LLC.

Pour ma fille.
Pour toutes les filles, petites ou grandes.

« Son désir de donner un nouveau départ à la suite des événements auxquels il appartenait se heurta comme toujours à la même difficulté : au fait que tout le monde a un père, que rien n'arrive sans être précédé ou causé par quelque chose, et que chacun d'entre nous a été engendré et renvoie aux profondeurs des commencements, aux puits et aux abysses du passé. »

Thomas Mann, *Joseph et ses frères.*

1.

En ce dernier mardi du mois de septembre, nous allons disperser les cendres de mon père au large de Long Island.

Nous embarquons tous les quatre à bord du bateau de pêche de Glenn Dorsey avec une glacière remplie de canettes de Guinness, et l'urne. Direction plein est, vers Orient Point, l'endroit où tous les samedis, papa et Dorsey pêchaient le thon et le loup de mer. Nous jetons l'ancre dans les eaux calmes d'Orient Shoal. Dorsey prononce quelques mots sur la fidélité de papa à son pays, à sa petite ville, à ses amis, à sa famille. Il me demande si je souhaite dire quelque chose. Je fais signe que non. Je sais, ils pensent tous que je vais fondre en larmes. La vérité, c'est que je n'ai rien à dire. Cela faisait des années que je n'avais pas vu mon père. Je ne suis pas triste. Je ne ressens rien.

Quand Dorsey a fini son petit discours, nous baissons la tête pour observer une minute de silence. Ron Anastas, inspecteur à la brigade criminelle du comté de Suffolk, retient ses larmes à grand-peine. Vince DaSilva, le premier partenaire de papa, se signe en marmonnant quelques mots à propos de l'Esprit saint. Ils vont tous les trois à la messe le dimanche à l'église St. Agnes de Yaphank. Du moins, c'est ce qu'ils faisaient dans le passé. Nous aussi, autrefois. Mais depuis mon départ de Long Island il y a dix ans de cela, je n'ai pas posé le pied dans une église, à part pour trois ou quatre mariages. Cette journée, je préfère nettement la passer dehors. Il règne une atmosphère étouffante dans l'église St. Agnes, même une fois passées les chaleurs estivales. Aujourd'hui encore, j'entends le ronronnement du vieux ventilateur installé au fond. Je sens sur la paume de ma main le contact du billet destiné au plateau de quête. J'ai honte rien que d'y penser.

La mer est calme. Un orage est annoncé, mais pour le moment, pas un nuage dans le ciel. Dorsey observe un temps de silence plus long que nécessaire. Les mains jointes, il bouge les lèvres comme s'il priait. Les autres commencent à s'impatienter. Vince se racle la gorge. Ron se balance d'un pied sur l'autre. Il est temps d'en finir. Dorsey redresse la tête, me tend l'urne. Je l'ouvre. Le vent emporte les cendres de mon père sous le regard des trois hommes.

C'est ce que mon père aurait voulu, je crois. Une cérémonie courte, émouvante, sans chichis. Il a retrouvé la mer, le seul endroit où il semblait être en paix. Pendant la messe, il ne tenait jamais en place. Comme un collégien. Nous nous installions au fond, de manière à pouvoir nous éclipser avant la communion. Papa détestait, disait-il, le goût des hosties rassises et du mauvais vin. Toute petite déjà, je savais qu'il mentait. En fait, il ne voulait pas se confesser, tout simplement.

Une fois les cendres dispersées, Dorsey nous tend à chacun une canette de Guinness et nous trinquons. « À Martin Daniel Flynn, qui nous a quittés trop tôt. » Papa venait d'avoir cinquante-deux ans quand sa moto a dérapé, à deux heures du matin, sur la grande route de Montauk. Je devine qu'il avait bu plus que de raison, même si personne n'a osé le mentionner. Cela ne sert à rien de chercher des coupables. Selon Dorsey, les pneus de la moto étaient usés, la route humide, le brouillard épais. Fin de l'histoire.

Les trois autres ne contestent jamais ce que dit Dorsey. De toute la bande, c'est lui qui est monté en grade le plus vite. Une fois nommé chef de la police du comté, il a pris dans son équipe papa et Ron Anastas, jusque-là simples policiers. Puis il a fait en sorte que Vince DaSilva soit nommé au grade d'inspecteur du Troisième District, la partie du comté concentrant les plus gros problèmes de violence et comprenant les villes de Bay Shore, Brentwood, Brightwaters et Islip. C'était là qu'ils avaient tous les quatre commencé leur carrière. Là que mon père avait rencontré ma mère, Marisol Reyes Flynn. Papa qualifiait le Troisième District de zone de guerre. Non sans raison, pour lui en particulier.

Dorsey et papa se connaissaient depuis longtemps. Nos familles sont installées dans le comté de Suffolk depuis trois générations. En remontant plus loin encore dans le temps, on tombe sur Schull, un petit village de la côte sud-ouest de l'Irlande. Papa et Dorsey disaient souvent en plaisantant que nous étions sans doute tous plus ou moins cousins. Et en effet, ils étaient tous les deux grands, avec les cheveux brun foncé, les yeux verts, le visage anguleux, le regard curieux. Toute sa vie, mon père a gardé sa coupe de cheveux militaire. Quant à Dorsey, il m'est arrivé de le voir avec une moustache, des rouflaquettes ou une imposante toison. Mais quand il a les cheveux courts, on peut tout à fait le confondre avec papa de loin.

Nous sortons les cannes à pêche. Les gars racontent des anecdotes sur leurs débuts dans le Troisième District. Leurs fonctions de policiers en civil leur permettaient de se pointer au boulot en tee-shirt Led Zeppelin, avec des Vans aux pieds. Le bon vieux temps. Ils ne se rasaient jamais. Quand ils avaient trop picolé la veille, ils ne se douchaient pas. À peine sortis du lit, ils quadrillaient la zone en voiture banalisée. Pas besoin d'aller bien loin pour tomber sur des embrouilles. Déjà à l'époque, les gangs occupaient le terrain. Les actes de violence sont fréquents, la drogue omniprésente. Si le comté de Suffolk comprend beaucoup de grosses fortunes, quasiment la moitié de la population du Troisième District vit plus ou moins sous le seuil de pauvreté. Le nec plus ultra, niveau formation sur le terrain pour un jeune flic, disait papa. La plupart des chefs de la police du comté y ont fait leurs classes.

Dorsey déclare que papa était le flic le plus impitoyable de toute la région, et l'instructeur idéal pour un policier débutant. Les autres hochent la tête. Dorsey a peut-être raison. Papa avait une notion inébranlable, presque évangélique, du bien et du mal. Ce qui n'excluait pas certaines contradictions. Il détestait la drogue, mais ne voyait aucun inconvénient à se brûler l'estomac au whisky. Il démantelait régulièrement des cercles de jeux, mais organisait chaque mois une partie de poker qui attirait des avocats et quelques juges célèbres de Long Island. S'il y avait bien des gens qu'il méprisait, c'était les maris ou les pères violents. Pourtant, je l'ai vu un jour frapper ma mère si fort qu'elle a gardé pendant longtemps la marque rouge de sa main imprimée sur son visage. Papa avait son propre code de conduite. J'ai très vite appris à ne pas le remettre en question. Du moins pas ouvertement.

Quand papa vous donnait une leçon, c'était brutal. Pas le genre de leçon qu'on oublie. Dorsey aimait tout particulièrement raconter la fois où il avait demandé à Anastas de s'allonger sur un brancard à l'institut médico-légal et de se recouvrir d'un drap. La raison, c'est qu'il y avait alors dans l'équipe un jeune policier tout juste sorti de formation, un certain Rossi. Comme son père était juge, Rossi avait la grosse tête. Il venait au boulot en vêtements de créateur – Armani, Hugo Boss –, ce qui ne manquait pas de hérisser papa. Alors un jour mon père l'a emmené à l'institut et lui a demandé de s'approcher du fameux brancard. Là, Anastas s'est redressé brusquement et Rossi s'est pissé dessus, inondant son pantalon à six cents dollars. À partir de là, il a fait ses emplettes chez JCPenney comme tout le monde.

Cette histoire, Dorsey l'a racontée une centaine de fois, mais il nous la répète, et nous éclatons tous de rire comme si nous ne l'avions jamais entendue. Ça fait du bien de se souvenir que papa avait de l'humour, parce qu'il pouvait être drôle, vraiment. Il lui arrivait de ne rien dire de toute une soirée, et puis tout à coup il vous sortait une plaisanterie, comme ça, à froid. J'échange un sourire avec Dorsey et lui adresse un signe de tête reconnaissant. C'est ce genre de chose que je veux garder de papa aujourd'hui. Pas ses colères. Pas sa tristesse. Pas sa consommation d'alcool, qui a eu raison de lui sur une portion de chaussée glissante.

Le soleil se couche enfin. Le ciel prend une teinte bleu-mauve. Dorsey déclare qu'il est temps de rentrer. Nous avons pêché plus que notre quota de loups, mais avec trois flics à bord – et surtout ces flics-là, qui tous, comme mon père, sont nés ici, y ont passé leur enfance et y mourront sans doute –, qui va venir nous parler de quotas ? Ces gars-là, surtout Dorsey, sont ce que Hampton Bays a de mieux comme héros du cru.

Ils sont bien imbibés. Ils parlent fort, se répètent, me serrent énergiquement dans les bras sur le parking, pas juste une fois, mais deux, voire trois fois. Anastas me propose de venir dîner chez lui. Je décline l'invitation, explique que je suis fatiguée, que j'ai besoin de passer un peu de temps seule pour décompresser. Il semble soulagé. Il a une femme, Shelley, et trois gosses. Pourquoi irait-il s'encombrer d'une nana de vingt-huit ans à la mine renfrognée ? Quant à DaSilva, il est en plein divorce. Je parie qu'il va se rendre directement au bar une fois qu'on se sera dit au revoir.

Après quelques plaisanteries, Anastas et DaSilva s'en vont chacun de leur côté en titubant un peu. Ils ont tous les deux un monospace, la voiture idéale pour trimbaler des sièges auto, des crosses de hockey et des passagers divers et variés. Dorsey tend le doigt vers la Harley-Davidson que j'ai prise pour venir ici. C'était la préférée de papa. Il l'avait achetée il y a longtemps, l'avait restaurée lui-même petit à petit. Il avait quatre motos – du moins avant l'accident. Maintenant, il n'en reste plus que trois je suppose. Ses bébés, comme il les appelait. Des bébés dont il prenait amoureusement soin et qui monopolisaient tout son temps libre, comme des oisillons affamés.

– Bonne route, me dit Dorsey en me serrant affectueusement dans les bras.

Son épouse – sa copine de lycée – est morte dans un

accident de voiture quelques années après leur mariage. Il ne s'est jamais remarié, n'a jamais eu d'enfant. Papa lui a demandé d'être mon parrain, fonction qu'il a occupée avec sérieux. Mes quatre grands-parents sont morts. Mes parents étaient, comme moi, enfants uniques. Je me rends compte maintenant que Dorsey est en quelque sorte la seule famille qu'il me reste. Je ressens un pincement au cœur. Je regrette de ne pas avoir davantage entretenu cette relation.

– Merci, dis-je en posant la tête sur son bras. Elle est belle, cette moto. Ça me fait du bien de remonter sur une bécane.

– Tu n'en as pas à Washington ?

– Je ne suis pas suffisamment chez moi pour m'occuper de l'entretien d'une moto.

– C'est vrai qu'à chaque nouvelle affaire, tu te déplaces.

– Je suis devenue une vraie experte pour faire mes valises. Depuis que je suis sortie de formation, je crois que je ne les ai jamais posées.

– Ton père était pareil. C'est pour ça qu'il aimait tant camper je suppose.

– Il m'a tout appris.

J'avance vers la moto.

– Tu es sûre que tu t'en sortiras avec cette grosse cylindrée ? Je peux te ramener chez toi si tu veux.

– Ne t'inquiète pas.

– La route risque d'être glissante.

– Je t'assure, ça va.

Je sais ce qu'il pense. Il est saoul, et pour ma part j'ai bu au-delà de la limite autorisée. Mais je tiens bien l'alcool et, contrairement à mon père, je sais quand m'arrêter. Je ne bois pas comme il le faisait, jusqu'à se mettre minable. Du moins pas en public. Comme beaucoup dans la police, s'il m'arrive de boire plus que de raison, c'est en privé.

– Tu sais que j'ai toujours rêvé de monter sur cette moto, dis-je en souriant pour essayer d'alléger un peu l'ambiance. Papa me proposait de faire son entretien le week-end, mais je n'osais pas lui demander de l'essayer.

Nous éclatons de rire.

– On peut dire que ses motos, il les aimait !

– C'est sûr. Si la maison avait pris feu, je suis sûre qu'il les aurait sauvées elles en premier, et moi après.

– Ne dis pas ça. Ton père t'aimait plus que tu ne te l'imagines.

– Tu sais où est passée sa moto ? Celle qu'il conduisait le jour de l'accident ?

La question me hante depuis un certain temps mais je n'ai pas encore trouvé le bon moment pour la poser. Ça peut paraître ridicule comme détail, pour quelqu'un qui vient de perdre son père. Mais c'est l'une des choses que j'ai besoin de savoir avant de quitter la région pour toujours.

Dorsey fronce les sourcils.

– Elle est partie à la fourrière. Je suppose qu'elle y est toujours. Je peux vérifier.

– Elle n'est pas au labo ?

– Non. C'est un accident, clairement. J'ai signé le certificat. Je n'ai pas pensé à te le donner. C'est un tas de ferraille maintenant.

Il grimace en se rendant compte de ce que sa formule suggère.

– Désolé. Je voulais juste dire que…

– J'ai compris. Pas de problème. Alors je dois la récupérer à la fourrière, c'est ça ?

– Je peux leur demander de l'emmener à la casse si tu veux. Ça t'évitera de perdre ton temps.

– Non, ne t'embête pas. Je préfère m'en charger moi-même.

– La moto est pas mal cabossée. Je ne suis pas sûr que ça soit bon pour toi de voir ce genre de chose.

– Je suis une grande fille, Glenn. Je sais ce qui se passe lors d'un accident mortel.

– Bien sûr. Simplement, c'est différent quand c'est un membre de la famille.

Il détourne le regard. Ses yeux sont humides.

Je baisse la tête, réfléchis.

– Tu as raison. J'appelle la fourrière demain. C'est toujours Cole Haines qui bosse là-bas ?

– Oui. Il s'occupera de tout. Je viendrai voir comment ça va demain matin.

Il me regarde enfourcher la moto.

– Dis-moi, tu as pris contact avec Howie Kidd ?

– Le notaire de papa ? Oui. Il passe à la maison demain pour les questions de succession. Merci de me le rappeler. J'avais oublié.

– Tu veux que je vienne ? Pour t'aider, pour remplir les papiers.

– Non, merci. Ça va aller vite, j'en suis sûre.

– Bon. Si tu as besoin de quoi que ce soit, appelle. Ce genre de moment, ça peut être dur à vivre.

– Merci, Glenn. Merci pour tout.

Il me salue à la façon des policiers, deux doigts sur la tempe, puis s'éloigne. Je démarre. Il se retourne, m'adresse un petit sourire triste.

– Nell, ma belle…

– Oui ?

Il m'envoie un baiser. Je fais de même.

Ma gorge se noue. Cela fait longtemps que je n'ai pas échangé ce genre de geste avec quelqu'un.

Je sors du parking avant Dorsey. Ça fait du bien de bouger, après tout ce temps passé sur le bateau. Revigorée par l'air froid, je descends la route, traverse le pont de Ponquogue et arrive à la maison au bout de Dune Road.

Même si je n'arrive pas encore à m'y faire, c'est la mienne à présent. Pas pour longtemps. Je vais être obligée de la vendre. Je ne peux pas me permettre de la garder. Et même si je le pouvais, cela n'aurait aucun sens. Je n'ai pas pris de vacances depuis six ans. Pourquoi irais-je m'encombrer d'une vieille baraque au fin fond de Long Island, dans une région qui me rappelle autant de bons que de mauvais souvenirs ?

Cette maison, c'est mon grand-père, Darragh Flynn, « Pop », qui l'a construite, dans les années 50, quand on pouvait avec un salaire de simple policier s'acheter un lopin de terre avec vue sur la baie. Aujourd'hui, avec ce genre de vue, il faudrait débourser un demi-million de dollars au bas mot. La maison est aussi pittoresque et minuscule qu'un camping-car. Si quelqu'un l'achetait, ça serait je pense uniquement pour le terrain. Le bâtiment lui-même n'est qu'une boîte avec un toit en bardeaux gris et des portes coulissantes bon marché, le tout mal entretenu. Pourtant, avec cette terrasse donnant sur la baie de Shinnecock au nord et ces vastes étendues de dunes herbeuses tout autour, la maison n'est pas dénuée de charme. L'idée que quelqu'un puisse passer au bulldozer ce terrain marécageux pour y construire une villa de luxe avec piscine et court de tennis me révulse. Mon père réagirait pareil.

Je suis arrivée ici il y a un peu plus d'une semaine, après le coup de fil de Glenn m'annonçant sa mort. Je n'ai pas décidé quand je rentrerai. Pour le moment, rien ne m'attend au boulot. À Washington j'habite dans un petit appartement dans un immeuble du quartier de Georgetown, avec un système d'air conditionné défaillant qui laisse des flaques d'eau dans la cuisine, et des odeurs de curry qui remontent du restaurant indien au rez-de-chaussée. Mes voisins sont des étudiants fumeurs de shit et fans de techno. Parfois, je les entends se disputer ou faire l'amour, et la nuit, quand ils mettent leur musique, les basses font vibrer mes murs. Je me dis toujours que je vais me plaindre, mais je ne le fais jamais. De toute façon je ne dors pas beaucoup. Quand on se croise dans le hall, ils me disent poliment bonjour d'un signe de la tête. S'ils savaient que je suis au FBI, je suppose qu'ils feraient preuve de plus de discrétion dans leur consommation de shit. À leur décharge, il m'arrive de m'absenter plusieurs semaines d'affilée. Quand je suis chez moi, j'ai des horaires décalés : je pars tôt le matin et rentre souvent bien après minuit. Je n'ai pas d'animal domestique, pas de plantes, pas de compagnon. Je pourrais faire rentrer tous mes vêtements dans un sac de sport. Je me demande dans combien de temps ils se rendront compte que je suis partie. Peut-être jamais.

La seule personne qui m'a appelée depuis que je suis ici, c'est Sam Lightman, mon patron du département des sciences du comportement. Il y a un mois, j'ai tué quelqu'un dans l'exercice de mon métier. Un certain Anton Reznik, complice de Dmitry Novak, lequel dirige l'un des plus juteux réseaux de drogue et de prostitution de la mafia russe aux États-Unis. Ses amis le surnommaient le boucher – ça donne une idée du personnage. Pas le genre pour qui je verserais une larme. Il n'empêche, tuer un homme n'est jamais une partie de plaisir, et cette fois-ci, j'ai dégusté. Tout d'abord, une balle m'a déchiré l'épaule au cours de la fusillade. J'ai eu de la chance, si on veut. À quelques centimètres près, elle m'aurait perforé l'artère brachiale. J'aurais certainement été tuée sur le coup. Résultat, j'ai échangé ma carte du FBI et mon arme de service contre quelques points de suture, un congé maladie et les coordonnées d'un psy agréé, spécialisé dans le stress post-traumatique. À l'heure qu'il est, mon épaule devrait, d'après les médecins, être guérie, et c'est en partie vrai. Elle est toujours un peu douloureuse, en particulier le soir, mais c'est sans doute parce que je n'ai pas trouvé le temps de faire les séances de rééducation nécessaires à la reconstruction des muscles sous la zone blessée. D'après le FBI, ma tête devrait être d'aplomb. Ce qui n'est pas encore le cas. Mais peut-être qu'elle ne l'a jamais été.

La mort de mon père me permet d'avoir en quelque sorte un répit. « Prends autant de congés que tu veux », m'a dit Sam Lightman, ce qui, nous le savons tous les deux, veut dire « le moins de congés possible ». Je vois bien qu'il commence à trouver ma convalescence un peu longuette. Je suis prête à parier que sa hiérarchie le pousse à me renvoyer sur le terrain, ou bien à se séparer de moi. Ces derniers temps, j'en viens à me dire que la dernière solution serait la meilleure.

Je me verse un bon verre du whisky de papa et vais m'installer sur la terrasse avec une couverture en laine. Je bois, seule, dans le silence, comme il le faisait presque tous les soirs sans doute, jusqu'à ce que les derniers feux du coucher de soleil s'éteignent et que les étoiles éclairent le ciel. J'écoute le rugissement des vagues et quelques lointains échos de musique provenant de l'un des bars de l'autre côté de la baie.

C'est fini. Jamais plus je n'éprouverai ce besoin impérieux de revenir ici, chez moi. Pas plus pour les vacances que pour un anniversaire ou le mariage de personnes que je considérais autrefois comme des amis, mais auxquelles je ne pense plus. Je ne me sentirai plus obligée d'appeler mon père, ni coupable de ne pas l'avoir fait. Je peux brûler ses affaires, vendre sa maison, ne plus jamais revenir. Ce soir pour la première fois depuis des années, je n'ai pas besoin de somnifères. Je m'allonge sur le divan de la terrasse, pose les pieds sur la table en bois flotté. Je ferme les yeux et me laisse emporter par la nuit.

2.

C'est le cri d'une mouette qui me réveille. J'ouvre les yeux. Il fait jour. Il me faut quelques secondes pour trouver mes repères. Je me redresse brusquement, regarde autour de moi. La terrasse en bois délavé. Cet espace ouvert autour de moi. J'avais oublié le plaisir qu'il y a à se réveiller dehors, le visage face au ciel.

Il flotte dans l'air quelque chose que je ne sentais pas il y a quelques jours. L'odeur de sel, de tourbe, mais aussi, et pour la première fois depuis que je suis revenue ici, de feu de bois. Un panache de fumée sort de la cheminée d'une maison voisine. Je me lève, regarde les volutes s'élever, puis se fondre dans le gris ardoise du ciel.

L'automne est là. Ma saison préférée sur Long Island. La palette de couleurs passe du vert vif et du bleu intense à des bruns et des gris plus discrets. Les marécages se parent de jeux d'ombre et de lumière. À quelques mètres de la terrasse, une aigrette blanche comme neige s'est figée, tel un piquet dans un océan de sumac et de millet vivace. Brusquement, vive comme l'éclair, elle plonge le bec dans l'eau et gobe un petit poisson. Puis elle se transforme à nouveau en statue pour guetter sa prochaine victime. Enfant, je pouvais passer des heures à observer les aigrettes. J'admirais leur plumage d'un blanc pur et leur long cou gracieux. Je leur trouvais des airs de danseuses classiques. Papa m'avait expliqué qu'elles avaient failli disparaître parce que les femmes admiraient leurs plumes au point qu'on les tuait pour orner les chapeaux. Cette histoire m'avait bouleversée.

En même temps, les aigrettes sont des tueuses impitoyables. Elles ouvrent grand leurs ailes tout en cachant leur bec, de sorte que les petits poissons croient trouver sous leur ombre un abri contre le soleil. Parfois, on voit leurs pattes délicates se déplacer dans l'eau à un rythme dont la régularité a quelque chose d'hypnotisant. On dirait qu'elles dansent. En réalité, elles remuent les sédiments à leurs pieds pour en faire sortir les proies. Elles tuent les petits poissons. Nous les tuons. Juste retour des choses.

L'océan va bientôt devenir froid. Pour survivre, les aigrettes, de même que les pluviers ou les mouettes, seront forcées de descendre plus au sud. Elles disparaîtront d'un jour à l'autre. Un matin, à mon réveil, elles ne seront plus là. Petite, je regrettais leur départ. Leur migration marquait la fin de la saison où on peut vivre dehors et le début d'un long hiver calfeutrée dans la maison avec papa. Les hivers sont sombres et longs sur Long Island. La plupart des gens qui restent à la mauvaise saison s'alcoolisent davantage, et mon père ne faisait pas exception. Je me demande si je serai toujours ici quand les oiseaux partiront, ou si moi aussi j'aurai pris la direction du sud. Le moment est sans doute venu de commencer à envisager le départ. Le mordant de l'air est là pour me le rappeler.

J'ouvre la porte coulissante, rentre me passer le visage sous l'eau au lavabo de la salle de bains. Je remplis un verre à ras bord et l'avale d'un trait pour tenter de lutter contre les effets de tout le whisky ingurgité la veille sur un estomac vide. Je reste plantée devant le miroir. J'ai perdu du poids. Mes joues sont creuses. Mes yeux semblent enfoncés dans leurs orbites. Je ne me prépare plus de vrais repas. Je serais incapable de dire à quand remonte ma dernière douche. Avec mon épaule, difficile de me laver, même les cheveux. Ça me fatigue vite. Et ensuite je dois changer le pansement, qui a pris l'eau. Ces temps-ci, un tel geste représente pour moi beaucoup d'efforts. De toute façon, je ne m'attends pas à des visites. Malgré tout, c'est avec effarement que je contemple mon reflet. Je ne prends pas beaucoup soin de mon apparence en ce moment, et ça se voit.

J'ouvre le robinet de la douche. Je dois me ressaisir avant la visite d'Howard Kidd cet après-midi. Il y a des papiers à signer, des comptes en banque à clôturer. Une maison à vendre. Des factures à payer. Je laisse tomber mes vêtements sur le carrelage. Dans un gargouillement, le robinet laisse échapper un flot d'eau jaune whisky. Couleur rouille. Il faudrait changer les tuyaux. Les portes coulissantes aussi. Refaire la terrasse, le toit. Le dernier ouragan a emporté l'une des fenêtres, que personne n'a songé à remplacer. Avant, mon père fixait des planches par-dessus les fenêtres à l'approche de la saison des ouragans. Le bois est ponctué de marques de clous. Un agent immobilier me dirait de les dissimuler sous une couche de peinture quand je me serai décidée à vendre. Mais je les aime, ces marques. Petite, je passais les mains dessus, cherchant du bout des doigts ces petites bosses et rivets métalliques – autant de cicatrices des batailles livrées et gagnées par la maison.

Il faudrait faire des travaux, vraiment. Je le sais. Mais quelle utilité de repeindre les murs et de remplacer les portes, alors que très certainement les nouveaux propriétaires raseront tout ça ? Peut-être quelques heures de ménage et de rangement suffiront-elles pour rendre l'intérieur présentable. Je pourrais ranger les effets personnels, décrocher les trophées de chasse de mon père – la tête de cerf avec ses yeux brillants, le requin pèlerin au nez pointu au-dessus de la porte d'entrée. Faire en sorte que le système d'air conditionné ne fuie plus et que le frigo cesse de faire cet étrange bruit de crécelle. Il faudrait que je sorte de la commode les affaires de mon père. La porte du bureau est fermée, de même que le cagibi où il rangeait ses armes, dont il faut que je me débarrasse d'ailleurs, ainsi que de sa vieille brosse à dents posée sur le bord du lavabo. Les cendres de ma mère sont peut-être encore planquées au fond du placard du bureau, dans cette urne à col en bronze terni par la poussière. Pas sûr, mais je suis prête à parier que oui. Je n'ai pas encore eu le courage de vérifier.

Je dois récupérer la moto de papa à la fourrière. Si elle peut être réparée, je la garderai. Sinon, je l'emmènerai à la casse. C'est quelque chose que je dois faire moi-même, que je ne peux pas déléguer à Cole Haines. Cette moto, elle mérite des adieux en bonne et due forme. Comme mon père.

Il me reste tellement de démarches administratives à faire. L'idée suffit à m'épuiser. Je voudrais la repousser dans un coin de mon esprit en espérant qu'elle disparaisse, comme le brouillard qui enveloppe la maison aux premières heures du matin. Mais elle s'entête à rester. Personne d'autre que moi qui puisse faire tout ça. L'eau qui sort du pommeau de douche commence à s'éclaircir. Je me place dessous. Elle est fraîche, mais ça fait du bien. Ça me réveille, ça débarrasse mon cerveau des toiles d'araignées qui s'y sont accumulées. La plomberie de cette maison a toujours été capricieuse. Militaire jusqu'à la moelle, mon père croyait aux bienfaits de la douche glacée. Quand j'étais adolescente, je lui en voulais de me forcer à me laver à l'eau froide. Ses propres douches duraient deux ou trois minutes. Courtes. Brutales. Glacées. J'avais l'impression qu'elles constituaient pour lui une forme de punition, comme s'il se repentait des péchés commis la nuit précédente. Il n'avait aucune idée du temps qu'il fallait à une adolescente pour se laver les cheveux, appliquer son après-shampoing, se raser les jambes. Ou peut-être qu'il le savait, mais voulait me punir moi aussi. À quinze ans, je me suis coupé les cheveux très court, avec mes propres ciseaux et l'approbation de mon père, convaincu par le côté pratique de la chose. Pour lui, sèche-cheveux et lisseur ne présentaient aucune utilité, surtout pour une jeune fille sportive se préoccupant peu de son apparence. Ce en quoi il n'avait pas tort. Depuis, j'ai toujours eu les cheveux courts.

Je sors de la douche, me sèche. Je tire le dernier pansement de la boîte et le colle sur mon épaule. Je mets mon jean et un sweat-shirt avec des trous pour les pouces en bas des manches pour les empêcher de remonter. J'enfile un harnais, et par-dessus, un gilet du FBI en laine polaire que j'ai emprunté à Sam Lightman et ne lui ai jamais rendu.

Je sors mon Smith & Wesson du tiroir de la table de chevet. Mon revolver personnel, celui que j'ai toujours sur moi depuis qu'on m'a confisqué mon arme de service le mois dernier. Je le coince dans le harnais, sous les pans du gilet. Je compte bien conserver cette habitude, du moins tant que Dmitry Novak – l'homme que nous espérions pouvoir arrêter le jour où j'ai tué Anton Reznik – ne sera pas mis en détention provisoire. J'imagine que Novak m'en veut d'avoir abattu son tueur préféré. Tant qu'il ne sera pas derrière les barreaux, je ne serai pas en sécurité, et même là... Avec au compteur six années au département des sciences du comportement, je me suis fait plein d'ennemis en plus de Novak. Des ennemis qui ont la mémoire longue et le doigt sur la gâchette. Il est probable que je ne sorte plus jamais sans une arme. Comme papa. Il en avait toute une collection, méticuleusement entretenue et gardée dans un placard fermé à clé bien sûr. Dès qu'il se levait, il s'armait, et quand il dormait, c'était avec une arme à portée de main, généralement dans le tiroir de sa table de nuit. Jamais il n'aurait imaginé faire autrement. Dans son monde à lui, vous étiez soit un prédateur, soit une proie. Une aigrette ou un poisson.

Après avoir mis le café en route, je cherche le numéro de la fourrière du comté de Suffolk et le compose. Je sais qu'il est trop tôt pour que Cole soit arrivé, mais ça me convient de ne pas avoir à parler de la mort de papa. Je laisse un message bref avec mon nom et mon numéro de portable, en précisant que j'aimerais venir récupérer la moto de mon père dès que possible. Mon idée, c'est de faire vite, sans me poser de questions. La perspective de voir la moto de papa réduite à un amas de ferraille tordue me retourne l'estomac. À la lumière de cette matinée tranquille, je me rends compte que Dorsey a raison. J'ai peut-être vu beaucoup de scènes de crime, mais quand ça concerne la famille, ça change tout.

Je me verse du café et regagne la terrasse avec ma tasse. J'ai tout juste bu une gorgée quand le téléphone sonne. Je vérifie le numéro entrant. En reconnaissant celui de Sam Lightman, je serre les dents, laisse sonner quelques secondes, puis réponds :

– Nell Flynn à l'appareil.

– Comment ça va, Nell ?

– Super bien.

– Et ton épaule ?

– Impec.

– Les obsèques de ton père ?

– C'est fini.

– Tu es prête à rentrer alors.

– Tu es prêt à me réintégrer ?

Sam se racle la gorge, comme quand il doit annoncer une mauvaise nouvelle.

– À ce propos, j'ai parlé à Maloney.

Paul Maloney est le directeur adjoint du département des affaires administratives, une branche du FBI dont j'ignorais l'existence il y a un mois et avec laquelle j'espère bien ne plus jamais avoir affaire. Après la fusillade, il a tenu à ce que je suive quelques séances de thérapie avec le docteur Ginnis, un psychiatre agréé par le FBI. Le docteur Ginnis fait son rapport à Paul Maloney, qui a le dernier mot en ce qui concerne ma réintégration dans le service. J'ai l'impression qu'il rechigne à donner son feu vert tant que je ne fais pas ce que lui me dit de faire, entre autres aller à toutes ces séances de psy que j'ai évitées jusque-là.

– Et alors ?

– Maloney est inquiet. Il dit que tu n'es pas assidue aux séances.

– Je n'ai pas besoin de rééducation. Je me sens bien.

Je pose délicatement la main sur mon épaule, tâte la blessure pour voir si la zone est encore sensible. Elle l'est. Je retire ma main.

– Il ne s'agit pas juste de kiné. Il faut que tu voies le docteur Ginnis également.

– Je l'ai déjà vu.

– Nell, tu ne peux pas y aller une fois et dire que ça suffit.

– Ce n'est pas de ma faute si j'ai été obligée de quitter Washington.

– Je sais bien. Mais tu pourrais faire des séances par téléphone. Le docteur doit rédiger un rapport sur ton état mental. Tant que ça n'est pas fait, tu n'auras pas d'avis favorable.

– Je vois.

– On a besoin de toi dans l'équipe, Nell. J'ai besoin de toi.

– Serais-tu en train de me supplier ?

– Je le ferais si je pensais que ça pourrait marcher.

– Tu ne peux pas demander à Ginnis un truc du genre certificat ? Je n'ai vraiment pas envie de m'allonger sur un divan et de parler de mon enfance.

Ma voix a pris un ton irascible qui m'agace moi-même.

– Ce n'est pas ce qu'on te demande.

– Pourtant, c'est précisément ce qu'il veut que je fasse. Il en a un, de divan. Je l'ai vu. Je m'y suis allongée. Une fois. Ça m'a suffi.

Sam rigole malgré lui.

– Forcément, il est psychiatre. C'est un peu son boulot. Tu sais, ça pourrait t'aider à te sentir mieux.

– Et pourquoi pas retrouver les types qui m'ont explosé l'épaule ? Là, je me sentirais mieux.

– Nous aussi. On est sur le coup.

– Eh bien, continuez. En fait, j'ai une meilleure idée : laissez-moi réintégrer l'équipe et je m'en charge. J'ai passé huit mois sur les traces de Novak. Il n'y a personne qui connaisse mieux le dossier que moi.

– Nell, je me fais du souci pour toi, répond Sam en soupirant. Tu viens de passer des semaines éprouvantes. Je n'aurais pas bonne conscience si je te remettais sur le terrain pour une mission aussi dangereuse. Tu le sais. Tu dois prendre soin de toi. Je peux te donner le nom d'autres médecins si Ginnis ne te convient pas.

– Ginnis me convient parfaitement.

– Alors parle-lui. Il est là pour ça. Tu sais, lui aussi il a perdu sa mère quand il était petit. Il a grandi sur une base militaire. Seul avec son père.

– Et alors ?

– Et alors, je pense que vous avez beaucoup de choses en commun.

– Ok. Je lui parlerai. Mais ne t'attends pas à un miracle.

– Je sais bien. Je lui donne ton numéro de portable. Et puis tu sais, tu peux m'appeler. Je sais ce que ça fait de tuer quelqu'un. C'est brutal. Ça te hante. Ça peut vraiment te retourner la tête si tu ne fais pas attention.

J'entends une voiture dans la rue, puis le crissement de pneus sur le gravier devant chez moi.

– Merci pour le petit discours, Sam. J'ai de la visite là. Il faut que j'y aille.

Je raccroche sans lui laisser le temps de protester. Ma main tâte l'endroit où se trouve mon arme. Nous sommes en plein jour. Notre allée de graviers est toute proche de l'entrée du parking de la plage. Il arrive que des gens confondent. Le problème, c'est que je n'attends personne, surtout à une heure aussi matinale. Dans ma situation, une visite impromptue n'est pas forcément bienvenue.

Le portail de derrière s'ouvre en grinçant. Je m'approche de l'angle de la maison en me collant au mur, contre les bardeaux en bois. Une mouche, coincée entre l'écran-moustiquaire et la fenêtre, bourdonne au-dessus de ma tête. Je m'immobilise, j'arme. Un petit groupe d'oiseaux cachés dans les herbes s'envolent, surpris par le visiteur. Ils sont aussi nerveux que moi, et tout aussi peu habitués aux invités.

Je compte les pas. Cinq jusqu'à la dernière marche menant à la véranda. Une grande silhouette masculine apparaît alors. L'espace d'une seconde, je panique. De dos, il ressemble à Dmitry Novak.

Le cœur battant à tout rompre, le doigt sur la gâchette, je sors de l'ombre.

Je n'ai pas besoin de dire quoi que ce soit. L'homme lève docilement les bras en l'air.

– C'est moi, Nell. C'est Lee, dit l'homme en se retournant.

En découvrant son visage, je baisse mon arme.

– Lee Davis ! Mon Dieu ! Tu m'as fait une de ces peurs !

– Salut, la môme.

Depuis toujours, Lee m'appelle « la petite », alors que nous avons le même âge. À mon avis, ce n'est pas étranger au fait qu'il me dépasse d'une bonne tête. Il entre et me serre si fort dans les bras que je gémis de douleur.

– Qu'est-ce qu'il y a ? me demande-t-il en reculant, le visage soucieux.

– Ce n'est rien. Juste un bobo.

Je tapote mon épaule, sens que mon visage retrouve ses couleurs.

– Une blessure superficielle, par balle, il y a un mois. C'est encore un peu douloureux.

– « Une blessure superficielle. » Le genre de truc que ton père aurait dit. Content de voir que ça va.

– Ça va très bien.

Il hoche la tête, m'inspecte du regard de haut en bas. Je fais de même. Il n'a pas beaucoup changé depuis le lycée. Toujours grand, mince comme une allumette. Il a les épaules voûtées, comme s'il devait se pencher très bas pour entendre ce que disent les gens. Ses cheveux, autrefois d'un noir de jais, sont maintenant poivre et sel. Je doute que ça lui plaise. Moi, je trouve que ça lui donne un air distingué. Son visage lisse et parsemé de taches de rousseur est encore très juvénile. Sa beauté a quelque chose de discret qui m'attire. Je jette un coup d'œil à son annulaire gauche. À ma grande surprise, il ne porte pas de bague. Alors que j'avais toujours eu le sentiment que quand nous serions trentenaires, il trimbalerait plein de gosses dans sa voiture.

Au lycée, Lee sortait avec des filles, des joueuses de hockey ou des pom-pom girls qui souriaient tout le temps et éclataient de rire en rejetant leurs cheveux en arrière. Le genre de filles qui faisaient comme si je n'existais pas. Je m'efforçais de faire croire que le sentiment était réciproque, mais au lycée, personne ne se préoccupait de savoir ce que je pensais d'elles. J'étais la fille maigre et timide qui gardait son blouson de cuir noir en classe et suivait les cours de mathématiques de spécialité. La fille dont le père enquêtait sur des homicides, dont la mère avait été victime d'un homicide. Le meurtre atroce de ma mère avait fait l'objet de nombreux commentaires dans la région. Des années après, des rumeurs à notre sujet circulaient encore. Inutile de vous dire qu'au lycée, personne ne s'approchait de moi.

– Désolée pour l'accueil, dis-je en passant la main dans mes cheveux. Déformation professionnelle.

Lee fait signe que ce n'est pas grave, comme si se retrouver dès potron-minet avec une arme braquée entre les deux yeux lui arrivait tous les jours.

– Alors, la cérémonie ? Dorsey m'a dit que c'était bien.

– Très bien. Exactement ce que papa aurait voulu, je crois.

Lee m'adresse un petit sourire crispé. Peut-être aurions-nous dû l'inviter. À sa nomination au poste d'inspecteur à la criminelle, Lee avait été placé en équipe avec papa. Nous nous étions perdus de vue après le lycée. J'avais entendu dire que lui aussi vivait à Washington DC, qu'il étudiait le droit à l'université George-Washington. En licence, il avait appris que sa mère avait la maladie de Parkinson. C'est pour cela qu'il était revenu à Long Island et entré dans la police. Ce qui ressemble un peu à l'histoire de papa. Papa avait mis ma mère en cloque lors d'une permission – il était dans les marines. Alors il a fait ce qu'il estimait être son devoir : l'épouser et revenir à Long Island à sa sortie de l'armée. Mes parents ont acheté une petite maison avec une clôture blanche, et papa est entré dans la police. Je me suis toujours demandé ce qu'il serait devenu si ma mère n'était pas tombée enceinte. J'imagine qu'il serait resté dans l'armée, sans aucun regret.

Lee ressemble plus à un avocat qu'à un flic. Je m'étonne qu'il ait réussi à entrer à la brigade criminelle, un groupe très soudé, une sorte de club exclusif. Il me paraît trop jeune et trop impatient pour se faire respecter par ces durs à cuire. Papa parlait rarement de lui, et honnêtement, avant que Dorsey le mentionne la semaine dernière, j'avais oublié qu'ils travaillaient ensemble. Bref, je n'avais pas du tout pensé à l'inviter et j'aurais dû, sans doute. Cela dit, peut-être que Lee avait été soulagé de ne pas avoir à passer l'après-midi à se saouler avec quatre flics désabusés, proches de la retraite et portés sur la bouteille. Il le fait assez souvent comme ça.

– Je peux te parler un moment ?

– Bien sûr.

Nous nous asseyons autour de la table en bois sur la terrasse. Lee croise les mains derrière la tête et se balance sur son fauteuil en contemplant la vue. Un bateau de pêche passe sous le pont. Lee le regarde jusqu'à ce qu'il disparaisse. Sa jambe s'agite sous la table. Je crois deviner que sa visite n'est pas qu'amicale. Pas si tôt le matin, pas si vite après les obsèques.

– Tu as l'intention de rester combien de temps dans le coin ? me demande-t-il.

– Je ne sais pas. Plusieurs jours au moins.

– Le FBI t'a accordé un congé ?

– On peut dire les choses comme ça. Bref, qu'est-ce qu'il se passe, Lee ? Mon petit doigt me dit que tu n'es pas venu juste pour voir si j'allais bien.

Lee serre la mâchoire.

– Il est arrivé quelque chose tôt ce matin, dans le parc régional de Shinnecock. Une dame qui promenait son chien a découvert un corps. Une jeune fille, enterrée au milieu des dunes.

– Mince !

– Le corps a été découpé en morceaux et enveloppé dans de la toile de jute.

– Je vois.

Nos yeux se croisent. Pas besoin que Lee me donne des détails. L'été dernier, on a découvert le corps d'une jeune fille de dix-sept ans à Pine Barrens, une immense réserve naturelle avec une végétation très dense au centre du comté.

Elle avait été démembrée, et enveloppée dans de la toile de jute. L'affaire avait été confiée à mon père. Pour autant que je sache, il travaillait toujours dessus au moment de sa mort.

– Tu penses que c'est le même type ?

– Très probable. Ou alors il a fait un émule.

– La victime a été identifiée ?

– Pas encore. Elle avait une prothèse métallique dans la mâchoire. C'est un élément.

– Quelqu'un a signalé une disparition récemment ?

– Oui. Une jeune fille du coin qui a disparu aux alentours début septembre, le week-end de *Labor Day*[1]. Ça pourrait être elle, mais pour l'instant impossible de l'affirmer.

– Je vois.

– Nous n'avons pas beaucoup d'éléments sur le meurtre de Pine Barrens. Mais je sais que ton père travaillait toujours dessus. Je me demandais s'il gardait des dossiers à la maison. Des carnets, un ordinateur, que sais-je encore.

– Il avait un bureau à la maison. Je n'y suis pas encore entrée. Si tu veux aller voir ce qu'il y a dans ses affaires, pas de problème.

– Super. Je pourrai passer plus tard aujourd'hui ou demain. Là, il faut que je retourne sur la scène de crime.

– C'est tout ce que tu avais à me dire ?

– En fait… j'espérais te persuader de m'accompagner. Pour m'aider dans l'enquête.

Mon épaule commence à me lancer, comme si elle voulait me rappeler que je suis vraiment dans un sale état. Je pose délicatement la main dessus et me recroqueville sur ma chaise.

– Je ne sais pas quoi te dire, Lee. J'ai des trucs à faire. Howard Kidd arrive tout à l'heure avec des papiers à signer.

– Il vient quand ?

– Après le déjeuner, je crois.

– Allez, Nell, c'est dans quoi… cinq heures ? Je te promets

1. La fête du Travail, qui a lieu aux États-Unis le premier lundi de septembre. (*Toutes les notes sont de la traductrice.*)

que tu seras rentrée à temps. Ton aide serait vraiment la bienvenue. S'il s'agit d'un meurtrier en série…

Il secoue la tête, incapable de finir sa phrase.

– Pourquoi Dorsey ne fait-il pas appel au FBI ? Officiellement, je veux dire.

– Que ça reste entre nous : la raison, c'est qu'il prend bientôt sa retraite et il ne veut surtout pas que les gens paniquent en pensant qu'il y a un tueur en série dans le coin.

– Ça ne serait pas non plus déplacé de paniquer un peu, non ?

– Peut-être. Mais pas tant que Dorsey est à la barre. Alors non, pas de FBI. Seulement toi. Je lui ai déjà demandé si tu pouvais te joindre à l'équipe en tant que consultante, rien de plus. Jusqu'à ce que tu retournes à Washington.

– Et il est d'accord ?

– Il a dit que ça lui allait, tant qu'on ne l'ébruite pas trop.

– Et je serai payée combien ?

Il ne comprend pas tout de suite que je plaisante. Puis il sourit, l'air gêné.

– Bon sang, Nell ! Tu m'as bien eu !

Je soupire. Je ne peux pas dire que j'ai beaucoup de choses à faire ici. L'idée d'avoir à ranger la maison me répugne. Je préfère chercher des indices sur une scène de crime. Au moins, ça me permettra de penser à autre chose l'espace de quelques heures. M'assurer que mon cerveau fonctionne toujours. Je vide ma tasse de café.

– C'est quelle partie du parc régional, Shinnecock East ou Shinnecock West ?

– East. Allez, je t'emmène. Et même, je t'achèterai un bagel sur la route. Tu m'as l'air d'en avoir bien besoin.

3.

Lee a pris le volant. Nous traversons le pont de Ponquogue qui enjambe la baie. L'endroit n'a pas changé. Les maisons sont petites, quelconques. Il n'y a pas vraiment de centre-ville, juste quelques commerces familiaux bordant la route et quatre ou cinq cafés minables sur le front de mer. Pas de fast-food ni de boutiques de souvenirs. Juste des poissonniers, des magasins d'articles de pêche et des boutiques caritatives qui exposent leurs marchandises sur des pelouses clairsemées devant leur porte.

Il y a un petit centre commercial maintenant, avec un Starbucks, un supermarché King Kullen et un feu tricolore, toutes choses que papa détestait, j'en suis sûre. L'idée de développer « notre » partie de Long Island ne l'enthousiasmait pas, loin de là. Sinon, rien n'a changé. Nous passons devant une demi-douzaine de pancartes annonçant la prochaine fête des pancakes à la caserne des pompiers. Mon cœur se serre quand je vois le parc où ma mère m'emmenait faire du manège après l'école. Le plateau incliné grinçait et, pendant que je tournais, ma mère me chantait des chansons. Je me redresse, j'aperçois le manège au passage. Il est toujours là, rouillé, incliné.

À la sortie de la ville nous passons devant la marina où Dorsey amarre son bateau. Il y a un bar tout près, Chez Hank, où papa et les autres allaient boire des bières après le boulot. Ensuite, le canal Shinnecock coupe l'île en deux.

Les gens du coin l'appellent *The Cut,* l'entaille. La route se rétrécit et passe sur le pont qui traverse le canal et l'étrangle comme un garrot. Quand on regarde une carte, on se rend compte que ce pont est la seule chose qui raccroche la pointe sud de South Fork au reste de Long Island. *The Cut* est tout aussi psychologique que géographique. C'est la ligne de démarcation entre les estivants et les autres.

Après le pont, on se retrouve dans les Hamptons. Le changement est net, immédiat. À l'est du canal, finis les magasins de charité ou d'articles de pêche. La rue principale de Southampton est bordée de boutiques de créateurs et de bijouteries. Les restaurants proposent une carte de fruits de mer excessivement chère et du vin français. Les pelouses sont impeccables. Des ormes centenaires bordent les rues telles des sentinelles. Les estivants exigent la perfection. Et sont prêts à payer pour. Difficile d'imaginer que nous sommes toujours dans le même comté, celui de Suffolk. Les gens qui résident ici ignorent qu'il existe autre chose juste à côté. Pour eux, notre partie de l'île se réduit à ces quelques kilomètres de route qui les séparent de la plage.

Nous passons devant un jardinier juché sur une échelle. Équipé d'une immense tronçonneuse dont la lame argentée brille au soleil, il est en train de tailler une haie avec une précision chirurgicale. Il suit notre voiture d'un regard soupçonneux. Je suppose qu'il est sans-papiers, comme beaucoup de jardiniers ici. Comme mon grand-père maternel. Avec ma grand-mère, il avait quitté Juárez, traversant la frontière juste à temps pour que ma mère naisse aux États-Unis. Ils sont restés quelque temps au Texas, puis ont fini par s'installer à Long Island, plus précisément à Central Islip. Au Mexique, mon grand-père possédait sa propre petite exploitation agricole. En Amérique, il a trouvé du travail comme jardinier. Ma grand-mère faisait le ménage dans une maison de retraite. Ils vivaient dans un mobil-home avec ma mère et une autre famille. C'était une vie dure, mais meilleure que celle qu'ils avaient à Juárez.

Je baisse la vitre. Une légère odeur marine flotte dans l'air.

La tronçonneuse se tait. Les cigales chantent. De l'autre côté de la rue, les systèmes d'arrosage automatique se mettent en marche sur les pelouses déjà bien vertes et bien humides. Deux jeunes filles en tenue de tennis vêtues de coupe-vent identiques roulent côte à côte à vélo. Elles se dirigent vers le sud, vers la plage. Quand j'étais élève, les cours reprenaient toujours la semaine précédant *Labor Day*, alors que les établissements privés de Manhattan ne rouvraient que fin septembre. Les jambes fines des jeunes filles pédalent au même rythme. Au moment où nous allons les dépasser, l'une d'elles lève les bras au ciel et lâche les pédales. Son vélo tangue et, pendant quelques secondes, je crains la chute. Elle fait un écart vers nous, puis retrouve son équilibre juste avant de percuter notre portière côté passager. J'inspire brusquement. Lee freine à fond. J'entends le frôlement des cheveux de la jeune fille sur la vitre. Le ruban rose avec lequel elle les a attachés se plaque dessus comme un baiser.

– Putain ! murmure Lee.

Hilares, les jeunes filles nous dépassent tranquillement. Elles se retournent pour nous regarder, leurs queues de cheval blondies par le soleil flottant au vent, ravies et éberluées de l'avoir échappé belle de si peu. Je m'attends à ce que Lee accélère et les force à s'arrêter pour leur rappeler les règles de sécurité routière. Mais non. Il les laisse passer. Je suppose qu'il n'arrive jamais rien de grave aux jeunes filles de ce quartier.

Après l'accès à Cooper's Beach, nous tournons à droite dans Meadow Lane, qu'on appelle aussi l'allée des milliardaires. Il s'agit d'une mince bande de terrain s'étirant entre la baie de Shinnecock et l'océan Atlantique. Les maisons sont énormes. Comparées à elles, les autres ont des allures de cottages pour invités. Ce qui n'est pas peu dire. On voit des piscines qui font face à l'océan, des courts de tennis, des pelouses interminables. Dans l'une des propriétés se dressent de grandes statues bizarres. Un chien-ballon géant en métal rose brillant. Une femme obèse en bronze, nue. On dirait un musée. Un musée que je n'ai pas particulièrement envie de visiter. Là où la rue se termine, un rectangle a été délimité dans le sable, avec un immense H au milieu. Un hélicoptère s'envole au moment où nous approchons. Sa silhouette fine et argentée se confond avec la couleur du cicl nuageux.

Ce qu'il y a d'ironique avec l'allée des milliardaires, c'est qu'elle se termine en impasse à la lisière du parc régional de Shinnecock et du parking public où on peut, pour la modique somme de trente dollars, garer son camping-car pour la nuit. Il est particulièrement apprécié des gens du coin, qui viennent pour pêcher le loup de mer. Mon père adorait cet endroit, surtout hors saison. C'est là qu'il m'a appris à pêcher. Au lycée, mes camarades venaient ici boire de la bière et fumer, cachés dans les dunes. Il m'arrivait de les accompagner, pas parce que j'aimais la fête, mais parce que c'était un moyen d'éviter de passer la nuit à la maison avec papa quand il était saoul. On balançait des bouteilles et des mégots de cigarette le plus loin possible vers Meadow Lane. Une façon de dire merde aux estivants, qui se comportaient comme si cette partie de l'île leur appartenait.

Aujourd'hui, l'endroit s'est transformé en scène de crime. J'imagine déjà les gros titres. Les tabloïds vont se régaler : une jeune fille morte, démembrée et ensevelie à quelques pas d'immenses demeures valant plusieurs millions de dollars. Difficile d'imaginer une sépulture plus glamour. Une fois que les journalistes auront fait le lien entre cette affaire et celle du corps retrouvé l'été dernier à Pine Barrens, ils s'en donneront à cœur joie. Un meurtre, c'est une chose. Deux meurtres : voilà qui devient un fait divers de portée nationale. Les forums sur internet s'activent. Les théoriciens du complot et autres accros à l'hémoglobine entrent en scène. Il arrive que le tueur lui-même sorte du bois, incapable de résister aux sirènes du cirque médiatique. Il arrive qu'un autre meurtre soit commis, par lui ou quelqu'un d'autre.

Ça ne serait pas la première fois. Long Island est depuis toujours un terrain fertile pour les prédateurs en quête de proies féminines. Dans les années 90, Joel Rifkin a tué au moins neuf femmes. Robert Shulman, cinq. Quant au tueur en série de Long Island – qui serait l'auteur de dix à seize meurtres en vingt ans –, il court toujours. Sans parler de ces dizaines d'affaires classées dont les dossiers s'empilent sur les étagères du commissariat central et des corps qu'on n'a jamais retrouvés.

– Ça te fait quoi d'être de retour à la maison ? me demande Lee.

– Ce n'est pas chez moi ici.

– Je veux dire, l'île. Elle te manquait ?

– Non.

– Ça fait combien de temps que tu es partie ?

– Dix ans.

Il siffle.

– Alors depuis ton départ pour la fac tu n'étais jamais revenue ?

– Non.

– Et Tommy Street, qu'est-ce qu'il est devenu ?

Je suppose que j'ai l'air choquée, vu comment Lee se met à rougir.

– Désolé. C'est trop personnel, peut-être.

En effet, ça l'est, mais Lee ne sait pas à quel point. Il essaie juste de parler de choses et d'autres. Tom, c'était mon petit copain au lycée. Ma première relation amoureuse, et peut-être la plus importante. On a commencé à sortir ensemble en seconde et on a rompu à la fin de la terminale. J'étais tombée enceinte par accident. Tom a commencé à parler mariage. J'ai bien envisagé de renoncer à ma bourse pour le MIT et de rester ici pour qu'on se marie. Papa m'a annoncé qu'il me renierait si je faisais une chose pareille. Lee ignore que, malgré la fureur de mon père, j'avais décidé de garder le bébé et que je l'ai perdu quelques semaines plus tard. Il ignore que tous ces événements ont bouleversé le cours de ma vie de manière irrévocable. J'ai rompu avec Tom, alors qu'il n'était en rien responsable. J'ai également rompu avec mon père, mis mes affaires dans ma vieille Honda Civic et suis allée au MIT sans dire au revoir.

– Je ne sais pas ce qu'il devient. On n'est plus en contact.

Ce qui n'est qu'à moitié vrai. Cela fait dix ans que je me tiens au courant de la vie de Tom. Il vit toujours ici. Il est marié à une certaine Beth, qui me ressemble sauf quand elle sourit. Ils ont des jumelles, Hannah et Ellie, qui portent des vêtements identiques. Il travaille dans les assurances, comme son père. Le week-end, il entraîne l'équipe de foot des benjamins. Ils ont un gros chien qui s'appelle Hester. Ils ont l'air heureux, épanouis, du moins sur les réseaux sociaux. Parfois je me demande ce qui se serait passé si j'étais restée. Aurais-je pu devenir Mrs Thomas Street ? Et si nous avions eu une petite fille ou un petit garçon, âgé maintenant de dix ans ? Me serais-je sentie piégée, comme mon père ? Ou aurais-je toujours un sourire radieux sur les photos, comme Beth ?

– J'étais sûr que vous alliez vous marier tous les deux, dit Lee. Tout le monde pensait pareil.

– C'était le lycée. Un amour de jeunesse.

– Ça me semblait pourtant très sérieux.

– C'était il y a dix ans.

– Je crois comprendre que toi et ton père, vous n'étiez plus vraiment en contact.

– On peut dire les choses ainsi.

– Il lui arrivait de parler du dossier Pine Barrens ?

– Il ne parlait pas de grand-chose. Du moins avec moi.

– Il parlait de toi.

Je tourne la tête, surprise.

– Vraiment ?

– Oui. Il était fier de toi. De ton travail. Il parlait de toi chaque fois que l'occasion se présentait.

Nous restons silencieux quelques instants.

– On ne s'est pas parlé pendant des années après mon départ, dis-je dans un murmure. Je ne voulais plus avoir quoi que ce soit à faire avec lui.

– Pourtant, tu t'es retrouvée dans la police, comme lui.

– Exact. J'ai ça dans le sang, je suppose. Papa est venu me voir à Washington il y a quelques années. On s'est un peu réconciliés. Il nous arrivait de parler. Mais pas récemment. Pas depuis plusieurs mois.

Lee hoche la tête, comme si cela ne le surprenait pas.

– L'année dernière a été difficile pour lui. L'affaire de Pine Barrens l'a secoué. Un meurtre atroce. La victime était jeune. Dix-sept ans à peine. Ton père a été touché personnellement, vraiment. Un jour il m'a dit qu'il avait l'impression d'être la seule personne réellement affectée par sa mort.

– Et les autres, ça ne les touchait pas ?

Il hausse les épaules.

– On ne peut pas dire que les médias se sont beaucoup intéressés à l'affaire. Il s'agissait d'une prostituée issue des mauvais quartiers. Tu vois le topo. Rien de bien nouveau sous le soleil.

– Elle venait d'où ?

– De Brentwood.

– Une Latina ?

– Oui.

– Tuée de la même manière que celle d'aujourd'hui ?

– D'une balle dans la tête tirée à bout portant. Coupée en morceaux, enveloppée dans de la toile de jute comme un vulgaire sapin de Noël et enterrée au beau milieu des dunes, loin de tout. Elle s'appelait Ria Sandoval.

– Elle avait été violée ?

– Difficile à dire. Les animaux ont pas mal abîmé le corps. Elle était morte depuis plus d'un mois quand des randonneurs l'ont trouvée.

– Quand est-ce qu'on perd sa trace ?

– Le week-end du 4 Juillet de l'année dernière. Elle a dit à une copine qu'elle partait trouver un boulot dans l'Est. Elle n'est jamais revenue. Personne ne s'est donné la peine de signaler sa disparition à la police.

– Forcément. Parce qu'à ce moment-là, les services de l'Immigration seraient venus enquêter.

– Visiblement, personne n'avait remarqué sa disparition. Il a fallu pratiquement deux mois pour l'identifier.

– Et ses parents ?

– Père absent. Mère complètement instable. Elle disparaissait pendant des semaines. La jeune fille allait vivre chez les uns ou les autres. Parfois, chez ses voisines. Elle était proche de l'une d'elles. Une certaine Luz Molina. Les deux copines travaillaient de temps en temps comme call-girls. Elles utilisaient les services d'un chauffeur pour les conduire dans des motels ou chez des clients. Un ancien escroc du nom de Giovanni Calabrese. Il a une boîte de location de voitures de luxe à Wyandanch. Le type se prend pour un mac. Il parade au volant d'une Cadillac blanche customisée avec des jantes personnalisées. Tu vois le genre.

– Elles l'avaient trouvé comment, leur chauffeur ?

– Je ne sais pas trop. Peut-être sur internet. Après avoir fait la connaissance de Calabrese, Ria a cessé de poster des annonces sur Craigslist ou Backpage. Calabrese la mettait directement en contact avec les clients. Des types riches, d'après ton père. Ce Calabrese, il travaille dans le haut de gamme.

– Il avait conduit Ria quelque part le soir où elle a disparu ?

– Oui. Il affirme l'avoir déposée sur le parking d'un motel. Ce que les analyses de son GPS confirment, et le type de la réception se rappelle avoir vu sa voiture entrer dans le parking, stationner près du trottoir, puis partir. Ria était censée passer la nuit avec un client, puis appeler Calabrese pour qu'il vienne la chercher le matin. Il n'a plus eu de nouvelles d'elle.

– Je suppose qu'il a un alibi.

– Forcément. On l'a vérifié. Il a passé la nuit à faire la fête avec des amis.

– Et le client ?

– On ne l'a jamais identifié.

– Il n'y avait pas un système de caméras de surveillance au motel ? des images des clients ?

– Les caméras étaient en panne. Depuis plusieurs mois. La plupart des clients paient en liquide. Tu vois le genre d'hôtel.

– Vous êtes sur une piste ?

– Oui, si on veut, soupire Lee. Un jardinier. Alfonso Morales. Il habite à Brentwood, la même rue que les Sandoval. D'après Luz, la copine de Ria, il regardait toujours Ria quand elle passait devant chez lui. Il l'a même suivie deux ou trois fois. Luz a entendu des bruits de pas autour de chez elle une nuit où Ria était venue dormir chez elle. Elle nous a rapporté avoir vu un homme qui les observait par la fenêtre de derrière.

– Et d'après elle, c'était Morales ?

– D'après elle, oui. Mais elle n'a pas appelé la police, ni rien fait d'autre.

– Ce Morales, il habite toujours à Brentwood ?

– Oui, du moins la dernière fois que j'ai vérifié.

– Et Luz, elle est toujours à la même adresse ?

– Pas sûr. Je suppose que oui. Elle travaille dans un bar près de la marina. Le bar de Hank O'Gorman. Tu te souviens de lui ? Elle, je la vois parfois là-bas. J'espère qu'après ce qui est arrivé à Ria, elle a renoncé à ses petites activités nocturnes, si tu vois ce que je veux dire.

– Ses petites activités nocturnes ?

– Ses activités de call-girl.

– Ah. Je vois. Dis-moi, tu n'ignores pas, j'espère, que pour la plupart de ces jeunes filles, il ne s'agit pas de choix.

– On a toujours le choix.

Je prends une longue inspiration, décide de ne pas réagir.

– Tiens, j'y repense, fait Lee en claquant des doigts, il y a une histoire de pick-up rouge. Morales a un pick-up bordeaux. L'employé du motel croit en avoir vu un dans le parking la nuit où Ria y était, mais il ne peut pas l'affirmer. Et il n'a pas formellement reconnu Morales.

– Vous avez interrogé Morales ?

– Deux ou trois fois. J'ai toujours pensé qu'il y avait quelque chose de louche chez ce type. Quand tu lui parles, il fuit ton regard. Il a commencé à paniquer quand on lui a posé des questions sur Ria. Au début, il a voulu nous faire croire qu'il ne l'avait jamais vue.

– Peut-être qu'il a peur des flics.

– Peut-être. Mais ce type, je ne le sens pas. Il fait des petits boulots pour la Société de préservation de South Fork. Tu en as entendu parler, non ?

– Tu veux dire, les toqués des pluviers ?

– Exactement. Les pluviers, ils adorent. Ils réalisent toutes sortes de projets sur l'île. Cette société, c'est surtout des femmes de gros spéculateurs qui s'ennuient ferme. Trop de temps libre, et surtout trop d'argent. Le genre qui achète des terrains pour les protéger, restaure des dunes, et j'en passe. L'été dernier, Morales a travaillé sur l'un de leurs sites dans la réserve de Pine Barrens, pas très loin de l'endroit où a été enseveli le corps. Il y plantait des arbres. Et devine dans quoi les racines étaient enveloppées ?

– Dans de la toile de jute ?

– Exactement. Il en avait des mètres et des mètres dans sa camionnette. Même marque. Tout pareil. Cela dit, beaucoup de gens en ont. On en trouve dans toutes les jardineries du coin.

– Autre chose que vous auriez découvert ? Des cheveux ? Des traces de sang ?

– Non. On a fouillé sa camionnette, son domicile. Rien.

– Des traces d'ADN ?

– Le corps de la victime était trop abîmé pour qu'on y découvre ce genre de chose. Morales avait des égratignures sur les mains et une vilaine entaille à la jambe. En voie de guérison, visiblement, donc datant de plusieurs semaines. Ce qui correspondait à la date présumée du meurtre.

– Il explique ça comment ?

– Il affirme s'être blessé au travail.

– Ce qui est tout à fait plausible.

– Peut-être. Finalement, on a dû le laisser partir. D'après ton père, on n'avait pas assez d'éléments pour le maintenir en détention.

– Et toi, tu en as pensé quoi ?

– Je me suis dit qu'il s'en sortait bien. Du moins, qu'on aurait dû le remettre aux services de l'Immigration, pour qu'ils se chargent de l'expulser. Mieux vaut prévenir que guérir, non ? Mais bon, qu'est-ce que j'en savais ? Ça faisait juste deux semaines que j'étais dans la brigade. Et ton père n'était pas du genre à accepter les conseils.

– À qui le dis-tu !

Lee se gare sur le sable en bordure de route et coupe le moteur.

– Il était dur avec toi, non ?

– On peut dire les choses comme ça. Il avait un sens très développé du bien et du mal.

– Ça n'a pas dû être facile de passer ton enfance avec lui. Sûr, c'était un type bien. Mais moi, il me faisait peur, honnêtement.

– Il faisait peur à tout le monde, plus ou moins.

J'ouvre la portière.

Un camion-régie de la télé est garé devant nous, juste derrière une voiture banalisée de la police.

– Merde ! fait Lee. Ils sont pires que des vautours, ces journalistes. Dès qu'ils sentent l'odeur du sang, ils accourent.

– Tu t'attendais à quoi ? Cette scène de crime, on la voit depuis le pont. Et puis dis-toi que cette fois-ci, c'est peut-être une blanche friquée.

Lee me tend une casquette de policier.

– Mets ça. Inutile de montrer ta bobine au journal télé.

4.

Nous sortons de la voiture. Le sable rentre dans mes baskets. Une femme émerge d'une jeep garée sur le bord de la route. Je me fige. Lee est en train de parler à quelqu'un, mais je ne l'écoute plus. Je regarde la femme qui ferme la portière de sa voiture et, les lèvres rouge cerise fendues d'un grand sourire, dit bonjour à un policier qui passe devant elle.

Il y a vingt et un ans, Ann-Marie Marshall était une toute jeune journaliste stagiaire à *Newsday*. J'avais à l'époque sept ans. Un jour, alors que mon père et moi étions partis camper dans le parc régional de Sears Bellow, ma mère a été assassinée, chez nous, à Hampton Bays. Quand nous sommes rentrés à la maison, le quartier grouillait de policiers et de journalistes, parmi lesquels Ann-Marie Marshall. Je ne me rappelle pas en détail cette nuit où ma mère est morte, mais le souvenir de notre retour à la maison le lendemain matin est gravé dans ma mémoire. J'ai compris que quelque chose s'était passé à la seconde où j'ai vu les lumières des gyrophares. Aujourd'hui encore, la vue d'une voiture de police émergeant du brouillard me fige sur place. Papa m'a forcée à rester dans la voiture pendant qu'il allait voir quelle était la raison de ce déploiement policier. Je me souviens des essuie-glaces balayant la vitre. Quand je rêve de ce jour-là, je les entends. Je sens l'odeur des cigarettes que papa fumait dans la voiture quand il était en colère et celle du désodorisant qu'il utilisait pour la couvrir. Je me souviens avoir vu, le visage collé à la vitre, les ambulanciers sortir le corps de ma mère sur un brancard. Elle était recouverte d'un drap, mais j'ai su que c'était elle. Glenn Dorsey était là. Papa s'est rué vers lui, s'est effondré dans ses bras. L'une des rares fois où j'ai vu ces deux hommes pleurer.

Glenn nous a emmenés au commissariat. Il m'a prise à part pendant une heure environ, m'a apporté une boisson gazeuse et posé des questions sur la nuit précédente. Où avions-nous campé ? Qu'avions-nous mangé pour le dîner ? À quelle heure étions-nous allés nous coucher ? Avais-je dormi d'une traite jusqu'au matin ? Mon père et moi étions-nous restés ensemble tout ce temps-là ?

J'ai répondu à la plupart de ses questions en silence, par un signe de tête. Je savais que mes réponses étaient importantes. Mes mains tremblaient tellement que je me suis assise dessus pour les empêcher de bouger. À la fin, Glenn m'a donné une petite tape sur l'épaule et m'a dit que je pouvais rentrer à la maison. « Elle s'en est bien sortie », a-t-il murmuré à mon père dans le couloir. Papa a eu l'air soulagé. Il a posé la main sur mon épaule et l'a serrée dans un geste affectueux. Glenn m'a fait un clin d'œil en souriant.

Peu après, un jeune homme de dix-sept ans qui habitait juste à côté de chez nous a avoué le crime. Ce n'était pas la première fois que Sean Gilroy avait des démêlés avec la justice, mais ça serait la dernière. L'année précédente, une voisine avait affirmé qu'il s'était perché sur un arbre pour l'espionner en train de prendre sa douche. Toutes sortes de rumeurs circulaient à son sujet. On disait qu'il tuait des chats, des lapins, les écorchait vivants et conservait les peaux dans sa cave. Je n'ai jamais su si c'était vrai ou s'il s'agissait d'une légende construite autour de ce garçon discret et étrange qui n'avait jamais vraiment trouvé sa place. Si l'on en croit ses premiers aveux – dont il a donné par la suite de nombreuses autres versions au cours de son procès et pendant son incarcération –, Gilroy a vu par la fenêtre ma mère en train de faire la vaisselle. Elle n'avait pas attaché ses longs cheveux noirs et portait un haut décolleté et une jupe qui dessinait ses hanches. Son visage était hâlé et, d'après Gilroy, elle souriait toute seule, comme si elle avait un secret. Le désir l'a submergé. Alors il a frappé à la porte, et elle l'a laissé entrer sans problème, allant jusqu'à lui proposer une boisson fraîche. Dans la cuisine il a essayé de la saisir. Elle s'est débattue, a sorti un couteau de boucher pour se défendre. Gilroy l'a maîtrisée, lui a arraché le couteau des mains et l'a poignardée non pas une mais huit fois, atteignant le cœur. Puis il a pris une douche dans la salle de bains de mes parents, a enfilé des vêtements propres qui appartenaient à mon père, avant de rentrer chez lui comme si de rien n'était. Quand les policiers sont venus l'interroger, il était assis sur le canapé devant un match de base-ball. Il portait encore le tee-shirt et le jean de mon père. Ses baskets étaient tachées de rouge – le sang de ma mère.

Gilroy a été condamné à la prison à vie, sans possibilité de libération conditionnelle. Ce jour-là, quand mon père et moi sommes sortis de chez nous, un petit groupe de journalistes nous attendaient. Mon père m'a dit de les ignorer. Ce que j'ai fait. Les quelques mètres nous séparant du véhicule de police qui nous attendait devant la maison m'ont paru interminables. Je les ai parcourus les yeux baissés, à compter les fissures de l'allée. J'étais presque arrivée à la voiture quand Ann-Marie Marshall a crié « Nell ! ». J'ai levé la tête, et nos regards se sont croisés l'espace de quelques secondes. Puis mon père s'est placé entre nous et, sur un ton haineux, a dit à la journaliste que si elle s'approchait encore de nous, il la ferait arrêter pour harcèlement. La nuit, ce n'était pas de ma mère que je rêvais, mais d'Ann-Marie Marshall et de ses lèvres rouges qui prononçaient mon nom. Peu après, nous sommes allés nous installer à Dune Road. Notre maison a été vendue, puis rasée. Personne ne voulait vivre là où la femme d'un inspecteur de police avait été assassinée. Surtout pas nous.

Ann-Marie ne pourra pas me reconnaître aujourd'hui. À l'époque, je n'étais qu'une gamine. Même après que Sean

Gilroy a été envoyé purger sa peine à Shawangunk, même quand tout le monde a cessé de s'intéresser à cette affaire, elle a continué à écrire des articles sur lui, sur cette histoire. Selon sa théorie, Gilroy, étant un peu lent d'esprit, avait été incapable de comprendre les questions des policiers. Elle a décrit comment on lui avait fait passer plusieurs heures sans boire ni manger, sans l'assistance d'un avocat, et comment il a fini par faire une déclaration bourrée de contradictions et d'inexactitudes. D'après elle, à sa sortie de la salle d'interrogatoire, il avait un doigt cassé. Il aurait avoué parce qu'il voulait rentrer chez lui. Même s'il lui a dit quand elle est venue l'interviewer plusieurs années après sa condamnation qu'il avait effectivement tué ma mère, elle a vu en lui un symbole. Dans les articles qu'elle a écrits par la suite, elle n'a jamais cessé de revenir sur sa condamnation, qui pour elle signalait qu'il y avait – pour parodier Shakespeare – quelque chose de pourri dans le comté de Suffolk. Si les autorités traitaient de cette manière-là un garçon pauvre et simple d'esprit, alors quel sort nous réservaient-elles, à nous autres ?

Je constate avec surprise qu'elle ressemble vraiment au portrait inséré au début de ses articles. Les cheveux courts, argentés, avec une frange. Un visage sérieux, anguleux, des sourcils perpétuellement soucieux. Elle redresse la tête et j'ai l'impression, l'espace d'une seconde, qu'elle me voit. Elle lève le menton, plisse les yeux comme si elle me reconnaissait. Puis elle fait signe à une voiture qui arrive. Mes épaules s'affaissent.

– Ça va ? me demande Lee.

Il pose une main sur mon dos. Je sursaute au contact de sa paume. Il comprend tout de suite, s'éloigne, reprend ses distances.

– Oui, ça va. Désolée, j'ai cru voir quelqu'un que je connaissais.

Nous faisons un grand détour pour passer de l'autre côté des barrières installées à l'entrée du parc. Un flash crépite sur notre passage. Je baisse la tête, essaie de me cacher derrière Lee. De l'autre côté des barrières, il y a un policier avec une écritoire à pince. Lee lui donne nos deux noms. Je me dis alors que j'aurais peut-être dû parler à Sam Lightman avant d'accepter le rôle de consultante officieuse auprès de la police du comté de Suffolk. Il m'aurait dit non, la réponse la plus logique, forcément. Je n'ai pas particulièrement envie de tenir Dmitry Novak et consorts au courant de mes déplacements, ni de me retrouver sommée de répondre aux questions d'un procureur ou d'un avocat au cas où un suspect serait placé en détention.

Mais il est trop tard pour me poser ce genre de questions. Le policier qui surveille la scène de crime a consigné mon nom sur sa fiche. La présence d'Ann-Marie Marshall m'a précipitée dans le puits sans fond d'une partie sombre de mon passé. Hors de question de quitter la région sans avoir une conversation avec elle. Mes doutes au sujet des événements de cette nuit-là – et du poids que Glenn Dorsey a accordé à mon témoignage – me rongent. C'est un feu qui me consume, lentement mais sûrement, depuis des années. Et maintenant que je suis de retour dans la région, je sens sa morsure plus que jamais. Ce séjour ici est peut-être bien pour moi le dernier. Une fois réglée la succession de mon père, je n'aurai plus de raison de revenir. Alors il faut que j'en sache plus sur Sean Gilroy, sur ce qui s'est passé cette nuit-là pendant que je dormais dans notre tente. Ann-Marie Marshall s'est entretenue avec Gilroy plus souvent que toute autre personne. Elle a plongé ses yeux dans les siens, l'a entendu raconter sa version de l'histoire. Si je lui parle à elle, peut-être pourrai-je enfin mettre toute cette histoire derrière moi.

Lee et moi arrivons au milieu des dunes. Quel miracle que cet endroit n'ait pas été urbanisé ! C'est beau. Je n'aime pas penser à une scène de crime dans ces termes, mais c'est vrai. Nous sommes entourés d'eau. Au sud, les vagues font leurs va-et-vient sur le sable, régulières comme des battements de cœur. Au nord, la baie s'étend, sombre, immobile, scintillante sous le soleil matinal.

Contrairement à la plupart des plages dans les Hamptons, cet endroit est encore vierge. Par endroits, les herbes hautes et touffues m'arrivent aux genoux, presque à frôler mes hanches. Là-haut dans le ciel, les mouettes décrivent des cercles et lâchent les crabes qu'elles ont attrapés pour que leur carapace se fracasse sur les rochers. L'une d'elles qui a pris un poisson s'envole, victorieuse. J'inspire, emplis mes poumons de l'air salé de la mer. Si on m'enterre, je veux que ce soit dans un endroit comme celui-ci. Un endroit beau et sauvage.

Les dunes grouillent de personnes qui s'activent. La police de Southampton est en train d'installer d'autres barrières orange, lesquelles ne manqueront pas d'attirer l'attention. Le fourgon du coroner est garé sur le parking au pied des dunes. L'assistant du médecin légiste papote avec un technicien. Un flash près du lieu où a été ensevelie la victime m'indique que le photographe est là. Il y a des policiers partout qui explorent les dunes à la recherche d'indices, avançant au même rythme cadencé qu'une chaîne de forçats. Au loin, un chien dressé à rechercher les cadavres aboie. Tout le monde se fige pendant quelques secondes.

– Un oiseau mort, c'est tout ! crie une voix.

L'activité reprend de plus belle.

Un drapeau rouge est planté dans le sable sur le bas-côté. Lee me fait signe de le suivre. La dune est haute – cinq mètres au moins. Une fois au sommet, je dois faire une pause pour reprendre mon souffle. La crête de la dune est ourlée d'une végétation dense, des sumacs et des ronces, qui rend notre progression difficile. Le genre d'endroit que mon père m'interdisait d'explorer quand j'étais petite, avec des plantes qui abritent des milliers de tiques. Une clôture en bois entoure la zone, sans doute pour empêcher les gens d'y pénétrer. Elle est couchée par terre sur une longueur de six mètres. Je l'enjambe, m'accroupis. Sur un barreau de la clôture, je discerne quatre petites lettres, SFPS.

– Lee ! Viens voir.

Il me rejoint, s'agenouille à côté de moi. Je lui montre l'inscription.

– *South Fork Preservation Society*, la Société de préservation de South Fork. On dirait que nous sommes sur l'un de leurs sites de restauration des dunes.

Lee secoue la tête.

– Je te dis, moi, c'est Morales.

Nous nous redressons et avançons jusqu'à une trouée dans les ronces. Une fosse a été creusée dans le sable, comme le nid d'un pluvier géant. Elle fait à peu près 1,80 mètre de long sur 1,50 mètre de large. Des pieux ont été plantés tout autour pour fixer un ruban de signalisation jaune et noir qui dessine un pentagone. Mes pieds butent sur des touffes d'herbe déracinées.

Je m'accroupis, inspecte un tas de pierres. Elles sont petites, plates, de l'épaisseur et de la largeur de la paume de ma main. Elles sont au nombre de sept, empilées les unes sur les autres.

– Un cairn, dis-je à voix basse en examinant la pile de plus près.

– Tu veux dire une balise ?

– Oui, un truc du genre. Les gens se servent de cairns depuis des siècles pour toutes sortes de choses : baliser une piste, indiquer une réserve de nourriture. Ou encore lors d'une cérémonie, par exemple pour marquer un lieu de sépulture.

– Tiens, prends ça.

Lee me tend des gants. Lui aussi s'équipe, tirant le latex sur ses longs doigts osseux.

– Regarde-moi ça. Ça a été fait délibérément. Les pierres sont empilées avec précision. En plus, je ne suis même pas sûre qu'elles proviennent du coin. Il faudrait les analyser. On avait retrouvé quelque chose de comparable sur le site de Sandoval ?

– Pas que je sache. Mais il se peut qu'on soit passés à côté.

– Ou peut-être que quelqu'un y a touché avant que vous arriviez sur la scène de crime. Les randonneurs qui ont découvert le corps se souviendraient avoir vu un cairn.

– Tu penses qu'il pourrait y être encore ?

– On peut toujours retourner là-bas pour vérifier.

Je me redresse, passe la main sur mon jean pour retirer le sable.

– J'ai une amie au FBI, Sarah Patel. Elle dirige la brigade anti-trafic d'êtres humains à Miami. Si l'hypothèse que vous retenez est celle de deux jeunes prostituées assassinées à un an d'intervalle selon le même mode opératoire, alors je pense que vous devriez envisager de faire appel à elle et à son équipe. Ou bien à quelqu'un du département des sciences du comportement.

– Comme toi.

– Tu sais très bien ce que je veux dire. Cette affaire dépasse les compétences de la police locale, Lee. Il va falloir comparer les données récoltées à des bases de données nationales.

Du bout du pied, Lee soulève un peu de sable.

– J'évoquerai de nouveau la question avec Dorsey.

– Ou bien tu pourrais me laisser appeler Sarah Patel et ce serait à elle de prendre la décision.

– Non, surtout pas ! Dorsey piquerait une crise. Pour lui, hors de question de faire appel à des personnes extérieures. C'est son dossier à lui, pas celui de Sarah Patel.

Je ne suis pas d'accord, mais inutile de le dire. Nous restons silencieux quelques instants. Je me racle la gorge.

– Au fait, tu disais... qui a découvert le corps ?

– Grace Bishop. Elle habite un peu plus loin dans la même rue. C'est l'épouse d'Eliot Bishop.

– Le secrétaire du Trésor ?

– Lui-même. Elle fait partie du comité de direction de la Société de préservation. Peut-être qu'elle en sait plus sur ce projet de restauration des dunes. Elle va promener son chien tous les matins sur la plage. Le chien lui a échappé, il est arrivé ici, il a déterré le corps et arraché un bout de l'os de la cheville. Grace a été obligée de le lui sortir de la gueule. Quand je suis arrivé, elle était dans tous ses états.

– Un os humain à sept heures du matin ? Moi aussi j'aurais été dans tous mes états !

Lee pâlit. Va-t-il rendre son petit déjeuner ? Il n'a sans

doute vu que très peu de victimes d'homicide depuis son entrée dans la police. Moins que moi en tout cas. Des accidentés de la route, forcément. Quelques suicidés peut-être. Mais une scène de meurtre, ça a quelque chose de particulièrement déstabilisant, une noirceur qui imprègne l'air longtemps après le départ de l'assassin. Une noirceur que je connais bien.

Cette scène de crime est particulièrement atroce. Le corps qui repose au fond de la fosse est enveloppé dans de la toile de jute. Je pense à l'expédition que nous entreprenions, papa et moi, chaque année en décembre pour aller acheter notre sapin de Noël dans une jardinerie de North Fork. On en prenait généralement un petit, pour que je puisse en atteindre le sommet sans me faire aider. Le vendeur l'enveloppait dans de la toile de jute identique à celle-ci. Puis papa hissait le sapin sur son épaule et l'attachait au toit de notre voiture. On rentrait à la maison sans dire un mot, sachant pertinemment que papa n'aurait pas le courage de le décorer. Pendant la période de Noël, il buvait encore plus que d'habitude. La vue d'une guirlande suffisait à le rendre fou. Il se mettait alors à me crier dessus, jetait tout ce qui lui tombait sous la main. Puis il disparaissait de la maison, ne rentrant que quand il était suffisamment saoul pour ne pas remarquer que durant son absence, j'avais déroulé les guirlandes lumineuses, remplacé les ampoules grillées et décoré le sapin toute seule.

Le sac est déchiré à un bout. Quelque chose de brun dépasse. L'os de la cheville. Le chien a arraché le pied. Il n'en reste que des lambeaux, abandonnés près de la fosse comme des déchets.

– Je peux la voir ?

Lee fait signe que oui. Il se penche et soulève la toile. L'odeur devient encore plus forte. Lee titube, comme sous l'effet d'un coup de poing. On ne s'habitue jamais vraiment à l'odeur d'un corps humain en décomposition. C'est une odeur lourde, rance, qui pénètre les pores de votre peau, s'infiltre sous votre épiderme. Elle a un côté impur, comme si elle risquait de vous infecter si vous vous approchez trop. La première fois que j'ai vu un cadavre, l'odeur m'a poursuivie des jours durant. Je passais mon temps à me doucher et à me laver les mains, mais elle s'était collée à mes narines, en tapissait l'intérieur. Je vois du coin de l'œil Lee prendre une longue inspiration et se boucher le nez.

Le corps, en état avancé de putréfaction, s'est ratatiné. Il n'y a plus de vers, au moins, mais il reste encore de la peau. La victime n'est pas encore devenue squelette. Je dirais que la mort remonte à trois ou quatre semaines. La peau, sèche comme du cuir, gaine les os. Les lèvres découvrent les dents, comme chez un animal qui montre les crocs. Au moment où je change de position, un rayon de soleil fait briller la broche métallique insérée dans la mâchoire de la victime. *Tu as de la chance*, me dis-je. Ce genre de broche, c'est une clé précieuse pour identifier la personne.

– Mon Dieu, les yeux ! gémit Lee. Quelle horreur !

Les orbites sont vides. Une partie du crâne a disparu. Comme si quelqu'un lui avait enfoncé un clou pile au milieu du front. Je ne peux m'empêcher d'admirer la précision du tueur. Mon père, qui était chasseur, m'avait appris à viser la tête et à ne tirer qu'une fois, de manière à atténuer la souffrance. On ne peut imaginer tir plus précis que cette balle au milieu du front.

Le tueur a démembré sa victime et attaché bras et jambes au torse avec de la ficelle. C'est une vision surréaliste, macabre, tout à la fois sauvage et calculée. D'expérience, je sais que la façon dont une victime est morte révèle beaucoup de choses.

– Ria Sandoval avait été tuée d'une balle dans la tête, si je me souviens bien.

– En effet, répond Lee d'une voix rauque. À bout portant. Et ensuite le tueur l'a…

Il fait un geste en direction du corps, déglutit comme si le terme « démembrée » était coincé dans sa gorge.

– Étrange manière de tuer une prostituée.

– Pourquoi tu dis ça ?

– C'est propre.

– Parce que tu trouves ça propre ?

– Je veux dire, c'est très pro. Méticuleux. Presque comme une mise à mort rituelle.

Quelque chose brille dans le sable. J'attire l'attention de Lee.

– Regarde, là ! Un objet métallique, je pense.

Lee se met à genoux, sort un stylo de sa poche arrière et dégage du sable un bracelet fin en or.

Il le tend à la lumière.

– C'est du Cartier.

– Garde-le pour l'enquête.

– Il appartient à Grace Bishop. Regarde. Il y a ses initiales à l'intérieur.

Il sort un sachet en plastique et y met le bracelet.

– Il faudrait le lui rendre. Tu imagines, la pauvre.

Je me retiens de faire un commentaire. Je n'aime pas voir les policiers de la région faire des courbettes devant les estivants fortunés. Surtout s'il s'agit de Lee. Quand nous étions tous les deux au lycée, il venait ici, comme moi. Lui aussi s'amusait à lancer des canettes de bière dans l'allée des milliardaires. Ce bracelet devrait rejoindre les autres indices récoltés ici. Mon petit doigt me dit que Grace Bishop en a un de rechange en attendant de récupérer celui-ci. D'ailleurs, elle ignore sans doute qu'elle l'a égaré. Mais ce n'est pas mon enquête. Ce n'est pas mon problème.

– Alors je le prends, dis-je en tendant la main. De toute façon, j'aimerais lui parler, à cette Mrs Bishop. Tu disais qu'elle siège au comité directeur de la Société de préservation des dunes, c'est ça ?

– Oui. Je crois qu'elle connaît Morales. Ton père s'est entretenu avec elle l'été dernier.

– Où est le médecin légiste ? J'aimerais lui dire deux mots avant de partir.

– C'est une femme. Elle est quelque part par là…

Lee se tourne, désigne une toute jeune femme qui s'approche de nous. Elle porte un jean, des chaussures de randonnée et un sac à dos. Une épaisse tresse blonde lui tombe dans le dos. Avec sa longue silhouette souple et son visage en forme de cœur, elle est d'une beauté renversante.

– C'est elle.

Je la regarde, puis me retourne vers Lee.

– Tu plaisantes.

– Non. Elle s'appelle Jamie Milkowski. Jeune, mais très, très compétente.

– Jeune, c'est-à-dire ?

– C'est sa première année.

– Son premier meurtre en série, donc. Peut-être même son premier meurtre. Ça doit être super pour elle.

– Écoute, tout le monde dit qu'elle est brillante. Alors arrête ces jugements à l'emporte-pièce. S'il y a bien une personne qui devrait savoir qu'une jeune et jolie femme peut être aussi efficace dans son boulot qu'un vieux barbon, c'est toi.

Même si je ne relève pas le compliment, je sens mes joues s'empourprer.

– Ce genre d'enquête, ça ne se confie pas à un novice. Tu le sais pertinemment. Tu dois demander au labo de New York de s'en charger si tu veux que ça soit fait comme il faut.

Lee soupire. Même s'il refuse de le reconnaître, je sais qu'il est d'accord avec moi. Notre boulot, nous l'avons appris lentement, peu à peu, au fil des expériences. Déchiffrer une scène de crime, c'est une question de connaissances scientifiques, mais aussi d'intuition. Et cette intuition, ce sont les cadavres qui nous apprennent à la développer. Si j'avais eu mon mot à dire, le corps aurait été confié à Nicole Prentice. Nicole – Nikki – est une anthropologue judiciaire reconnue dans tout le pays, qui dirige une équipe au laboratoire de médecine légale de New York. J'ai déjà travaillé avec elle. C'est la meilleure. Mais bien sûr, ce n'est pas à moi de décider. Pas plus qu'à Lee. Le chef, c'est Glenn Dorsey, et forcément il voudra tout faire en interne aussi longtemps que possible. Procéder autrement serait vu comme le signe d'un manque de confiance envers la police du comté de Suffolk. En plus, cela reviendrait à reconnaître qu'il ne s'agit pas d'un meurtre isolé, mais d'un épisode dans une série de meurtres. Et qu'il faut donc appeler les gars du FBI.

– Dorsey veut que le médecin légiste de Suffolk voie ce qu'il peut faire. Et s'il est débordé, ou bien si le corps est vraiment en trop mauvais état, alors il l'enverra au labo de New York.

Lee parle sur un ton qui n'admet pas de contradiction, comme si la question avait déjà été discutée et réglée.

– Que le corps soit en mauvais état, c'est une évidence. Bon sang, Lee ! Tu perds un temps fou en le faisant examiner ici !

Il me fait un signe de la tête. Je me tourne. Jamie Milkowski est juste derrière moi. Elle tend la main, se présente sans aucune trace d'animosité dans la voix.

– C'est une chance d'avoir du renfort du Bureau, dit-elle.

– En fait de renfort, je suis seule.

– Nell est la fille de Marty Flynn, explique Lee. Je lui ai demandé de nous conseiller sur cette affaire. Elle travaille au département des sciences du comportement.

– Toutes mes condoléances. Votre père était un chic type.

Je hoche la tête, incapable de répondre. Je commence à regretter d'avoir accepté d'aider à mener l'enquête.

– Merci d'être là, poursuit Jamie avec délicatesse. On a bien besoin d'un coup de main. Je suis d'accord avec votre idée d'envoyer le corps au labo de New York. Si on pouvait obtenir que Nikki Prentice l'examine, ça nous ferait vraiment avancer.

– Désolée, je ne voulais pas critiquer qui que ce soit.

– Vous avez dit ce que vous pensiez. Bon, il va bientôt pleuvoir. Nous devons mettre le corps à l'abri.

– Je comprends.

Je lève la tête. Le bleu du ciel a disparu, comme quand un gros grain se prépare. Des nuages noirs s'amoncellent au loin. L'air est chargé d'une humidité froide qui me lacère les poignets et les chevilles. Combien de tempêtes le corps de la victime a-t-il subies ? Les éléments se sont acharnés sur cette jeune fille, ont endommagé son corps. Comme s'il ne l'avait pas déjà été suffisamment.

Je recule pour laisser un peu de place à Jamie Milkowski. Je fais signe à Lee de m'imiter. Il s'attarde un instant, se donne le temps de reluquer la jeune femme. Je lui file une bonne chiquenaude sur le biceps.

– Aïe ! Mais qu'est-ce qui te prend ?

– Tu penses vraiment qu'une scène de crime, c'est l'endroit adapté pour mater les fesses des filles ?

– Je ne matais pas.

– C'est ça, oui.

– Bon, ok, je l'ai matée. Une, deux secondes, max.

Je lui tourne le dos, me concentre sur le paysage alentour. Là-bas sur la plage, deux personnes furètent autour des barrières. Elles ne ressemblent pas à des journalistes, plutôt à des curieux venus faire leur petite promenade matinale. On a l'impression dans cette zone protégée d'être loin de tout, mais en fait le lieu est ouvert au public. La clôture cassée n'est pas vraiment dissuasive. Je ne suis pas sûre que la limite entre plage et réserve soit claire pour tout le monde. Forcément, ces dunes, des gens les ont traversées. Ils sont venus pique-niquer, se promener, fumer. Par conséquent, il est fort probable que les indices trouvés – des empreintes, des mégots, des cheveux – ne seront d'aucune utilité.

Au moins l'endroit où le corps a été enseveli est difficile d'accès. Nous sommes entourés de broussailles très denses, que seul un chien très déterminé se donnerait la peine de fouiller. C'est là qu'on trouve la végétation la plus touffue du coin. Super pour dissimuler un corps, mais pour l'enterrer, ça n'a pas dû être une partie de plaisir.

La main en visière pour protéger mes yeux du soleil, je regarde le fourgon du médecin légiste. Nous sommes à trois cents mètres du parking. J'imagine un homme transporter le corps jusqu'ici, arracher ces herbes aux racines profondes, puis creuser un trou suffisamment grand pour y mettre un corps. Un mètre cinquante de profondeur sur un mètre de large. Plus peut-être pour être sûr que le corps ne sera pas découvert.

L'effort me semble démesuré, herculéen pour un seul homme. Un travail de plusieurs heures. Avec, même la nuit, la proximité du parking d'où on peut être vu. Pourquoi prendre le risque d'être surpris ? Il y a plein d'autres endroits dans le coin, des endroits bien plus adaptés à la dissimulation d'un corps. Par exemple la baie, juste à côté. Avec quelques mètres de grosse ficelle et un bloc de ciment, on se débarrasse d'un corps tout aussi bien, et avec beaucoup moins d'efforts.

– La réserve est fermée depuis plusieurs mois. À cause de l'érosion, m'explique Lee, comme s'il avait lu dans mes pensées. Alors il y a moins de passage la nuit ici.

– Oui, mais la plage reste ouverte au public.

– C'est vrai.

– Il y a beaucoup d'endroits dans le coin qui sont complètement déserts.

– En effet.

– Alors, pourquoi ici ?

– Peut-être parce que le tueur travaillait ici et connaissait bien les lieux ?

– Alors dans ce cas il faut savoir si la Société de préservation a fait faire des travaux dans le coin récemment. Vu l'état de la barrière, ça me paraît fort probable.

– Ok, je m'en charge.

– Quelqu'un a pensé à appeler un botaniste ?

– Je ne sais pas. Parce que tu penses qu'on a besoin d'un botaniste ?

Je me baisse, soulève une touffe d'herbe.

– On dirait que quelqu'un a déterré ça avec de grandes précautions. Les racines sont intactes. Si on les replantait au-dessus de la fosse, les gens n'y verraient que du feu. À supposer que le meurtrier ait enterré le corps à la va-vite, ou sans savoir comment s'y prendre, il aurait coupé les racines au lieu de prendre le temps de les sortir de terre.

– Hypothèse intéressante. J'ajouterais que ce n'est pas

ici que le meurtre a eu lieu. Aucune trace de sang ni de lutte. Donc nous avons affaire à un choix délibéré, un acte exécuté sans hâte et préparé à l'avance.

– Mais quand même, quel endroit étrange pour enfouir un cadavre ! Il aurait été moins risqué de le jeter dans l'eau. Ou de le laisser exposé à l'air libre, pour qu'il se dégrade rapidement, comme celui de Ria Sandoval.

– Sauf que Ria Sandoval, on l'a trouvée. Peut-être le meurtrier n'a-t-il pas voulu refaire la même erreur.

– Peut-être. Ou bien peut-être que cet endroit précis a une signification particulière pour lui, qu'il compte y revenir. Ce qui expliquerait que les herbes aient été soigneusement replantées. Il a choisi un endroit ouvert au public, tout en faisant le maximum pour que personne ne retrouve sa victime. Personne, sauf lui. D'où la présence du cairn.

– Un marqueur.

– C'est fréquent chez les tueurs en série.

– Morales est jardinier, reprend Lee. Les racines, ça ne lui aurait posé aucun problème.

– En effet. En plus, il aurait eu le temps de choisir le site, surtout s'il a travaillé au projet de restauration des dunes. Peut-être même a-t-il préparé le terrain. Creusé la fosse à l'avance.

C'est alors que je perçois un mouvement du coin de l'œil. Je relève la tête. La maison d'à côté a un balcon qui donne sur la réserve. La baie vitrée est sombre. Il se peut que j'aie eu une vision, mais je suis prête à jurer que le mouvement vient de là.

– Lee, dis-moi, qui habite là, dans cette maison avec le balcon ?

– James Meachem. Un type qui travaille dans la finance. La maison de Grace Bishop se trouve de l'autre côté.

– Quelqu'un est allé l'interroger ?

– Il n'est pas là. Il n'est presque jamais chez lui.

– Où peut-on le trouver alors ?

– Oh, il a des maisons à Manhattan et à Palm Beach. Et une île dans les îles Vierges britanniques.

– Une île ?

– Oui. Une île privée. Qui porte son nom, d'après ce qu'on m'a dit. Little Saint James. Pas mal, non ?

– Il faut le trouver. Le corps d'une jeune fille a été découvert à cent mètres des limites de sa propriété. Il nous faut une liste complète des employés qui travaillent à son domicile. Si quelqu'un était présent quand ça s'est passé, alors la personne a peut-être vu ou entendu quelque chose.

– Ok, je m'en occupe.

– Je vais aller voir Grace Bishop.

– Tu veux que je t'accompagne ?

– Je préfère lui parler seule pour commencer. Appelle un botaniste. Essaie de trouver James Meachem. Procure-toi la liste de ses employés de maison et contacte-les. Je te rejoins plus tard. Il faut que je sois rentrée chez moi d'ici une heure.

Je passe de l'autre côté des barrières, cherche Ann-Marie Marshall du regard. Je la repère un peu plus loin, en train de monter dans sa jeep. Je me précipite. Trop tard. Elle ferme la portière et démarre en trombe. Ses roues projettent du sable dans ma direction.

5.

Je m'attarde près de la propriété de James Meachem. Elle est entourée de grandes haies bien épaisses. À travers les barreaux du portail métallique, on aperçoit une vaste pelouse et, tout au fond, perchée au sommet des dunes, une maison de verre et d'acier. La vue doit être époustouflante, mais l'ensemble a une froideur qui me met mal à l'aise.

Un ronronnement mécanique me fait lever la tête. Une caméra de surveillance fixée à l'un des montants du portail m'inspecte. Je me décale d'un pas vers la gauche. La caméra me suit. Je lui adresse un petit signe de la main. Elle se met à vibrer, imitant mon mouvement. Je résiste à la tentation de lui adresser un doigt d'honneur et recule. La caméra, forcément, me suit, transmet mon image à un écran d'ordinateur. Je regagne la rue et me tourne vers la propriété de Grace Bishop. La caméra s'immobilise. Je me demande qui est derrière, si tant est qu'il y ait quelqu'un.

La propriété de Grace Bishop est également protégée par un portail, comme la plupart d'entre elles ici sur Meadow Lane. J'appuie sur le bouton de l'interphone. Quelqu'un décroche.

– Bonjour. Je suis Nell Flynn, du FBI. Je voudrais parler à Grace Bishop.

Le portail s'ouvre sur une propriété aussi imposante que celle de Meachem, mais moins aseptisée. Le terrain est engazonné et paysagé. Des haies d'hortensias et de millepertuis bordent l'allée. Il y a un potager et un verger. Une femme apparaît sous les arbres, coiffée d'un chapeau à large bord et vêtue d'un jean et d'une chemise en lin froissée. Le visage rosi par l'effort, elle retire ses gants de jardinage.

– Bonjour ! dit-elle. C'est moi Grace.

Elle a un soupçon d'accent chantant du Sud.

Nous avançons l'une vers l'autre et nous rejoignons à mi-chemin entre le verger et l'allée. Grace Bishop est une belle femme. Grande, mince, élégante. Quand elle tend la main, je remarque qu'elle porte une alliance en or toute simple et qu'elle a les ongles courts et non vernis. Pas du tout le genre de personne que je m'attendais à trouver ici. Je baisse légèrement la garde.

– J'espère que je ne vous dérange pas, Mrs Bishop.

– Appelez-moi Grace, je vous en prie. Non, vous ne me dérangez pas. Je travaillais dans le jardin pour me changer les idées. La journée a été difficile, vraiment.

– Je sais. Je suis désolée. Je peux vous poser quelques questions ?

– Bien sûr. Ça vous dit de vous asseoir quelque part ? De toute façon j'ai bien besoin d'une petite pause.

Des gouttes de sueur perlent sur son front. Elle les essuie du dos de la main, puis me fait signe de la suivre.

La maison, parfaitement entretenue, a un toit à la Mansart, des volets en bois blancs, et elle est entourée d'une véranda sur laquelle grimpent des belles-de-jour. Au loin, l'océan murmure. On se croirait dans un magazine ou dans un film, dans une de ces vieilles demeures imposantes. Grace se penche au-dessus d'un canapé en osier installé sur la terrasse et commence à arranger les coussins. La brise fait claquer l'auvent en tissu coordonné.

– Je peux vous offrir un rafraîchissement ? De la limonade ? Du thé glacé ? Ou peut-être du thé sucré ? C'est ma spécialité. Une fille du Sud, ça reste une fille du Sud, où qu'elle soit.

Elle m'adresse un sourire triste. Je devine sa nervosité. Tout en parlant, elle s'affaire sur la terrasse avec des mouvements vifs de colibri, tapotant un coussin par-ci, retirant une feuille morte par-là. Le genre de comportement qui n'est pas rare chez les témoins d'un crime. Tomber sur un cadavre, ça a de quoi vous secouer, comme un accident de la route ou une agression. On observe souvent des répercussions physiques. Certaines personnes s'effondrent, ont besoin de repos. D'autres, comme Grace, s'agitent dans tous les sens, incapables de calmer leurs nerfs éprouvés.

– Non merci, ça ira.

Je sors le sac contenant son bracelet.

– L'inspecteur Davis a trouvé ceci sur la plage. Il m'a demandé de vous le remettre.

– Oh ! fait-elle en se figeant.

Je lui tends le sac. Elle le prend du bout des doigts, comme si elle n'était pas sûre d'avoir le droit de le toucher.

– Je peux ?

– Bien sûr.

Elle sort le bracelet du sac transparent et s'assoit.

– Vous voulez bien m'aider à l'attacher ? J'ai les mains qui tremblent aujourd'hui. Je n'ai rien pu avaler ce matin.

– Pas de problème.

Je m'assois à côté d'elle, attache le bracelet autour de son poignet fin aux veines bleues.

– Il a dû tomber pendant que j'essayais de maîtriser Jasper ce matin, dit-elle en caressant le bracelet du bout du doigt. Je l'ai cherché partout. Je croyais qu'il était tombé dans le lavabo. La chaîne est vieille. C'est ma mère qui me l'avait offert juste avant de mourir. Je ne l'enlève jamais. Je suis si contente qu'il ne soit pas perdu.

– J'imagine que ç'a été un choc pour vous. Ce qui s'est passé ce matin, je veux dire.

Son visage s'assombrit.

– C'est affreux. Jasper est un chien de chasse. Du moins, à ce que je crois. Il a été dressé pour le sauvetage. Il me fait penser à un coonhound, la race de chiens de chasse qu'on avait au Texas. Avec des longues pattes et un odorat exceptionnel. Mais insupportables si on ne les dresse pas.

– Vous avez passé votre enfance au Texas ?

– Oui. Dans un ranch au sud de San Antonio. Mon père travaillait dans l'industrie pétrolière. Il adorait chasser. J'ai commencé le ball-trap à l'âge de six ans. Maintenant, je tire au club de tir de Mattituck. Vous connaissez ?

– Oui, très bien.

Je suis surprise. Il est rare de voir des Bentley garées sur le parking du club de tir de Mattituck. En général, ce sont plutôt des 4 × 4 ou des pick-up, comme celui de mon père. Le club est fréquenté par les gens du coin, flics, chasseurs ou fermiers.

– C'est là-bas que j'ai appris à tirer, dis-je.

– Vous aviez quel âge ?

– J'étais jeune. Six, sept ans peut-être.

– Mon père disait toujours qu'une jeune fille doit savoir se protéger dans ce monde.

– C'est sage, comme philosophie.

– Entre nous, je préfère nettement le Mattituck à tous ces clubs chichiteux dont nous sommes membres.

– Vous emmenez Jasper à la chasse ?

– Dieu du ciel, non ! Tuer des oiseaux ou des biches, très peu pour moi ! Je trouve ça cruel. Je ne tire que sur des pigeons d'argile. Et puis j'adore observer les oiseaux. Il y a de superbes observations à faire ici à Long Island, surtout au début des migrations. Au fait, c'était quoi, votre question ? Ah oui ! Jasper ! Désolée, je n'ai pas toute ma tête aujourd'hui. Je suis sûre que quelqu'un lui a appris à rapporter le gibier. Il court toujours dans tous les sens, à fureter partout. Il lui arrive de me rapporter des oiseaux morts. Un jour, même, une tortue ! Mon Dieu, cette odeur… vous ne pouvez pas imaginer ! Il l'a déposée devant la porte, tout fier qu'il était. C'est sa manière à lui de dire merci, je suppose. Quand je l'ai récupéré, ce pauvre chien, il n'avait que la peau sur les os. Hors saison, je le lâche sans laisse sur la plage. Il aime se défouler. Alors quand je l'ai vu creuser, je me suis dit… Je n'aurais pas dû le lâcher là-bas. Je sais que normalement c'est interdit. Je fais partie du comité directeur de la Société de préservation des dunes, après tout. Je les ai aidés à installer cette foutue clôture !

– Si vous n'aviez pas lâché Jasper, nous n'aurions peut-être jamais retrouvé le corps de cette jeune fille.

– Il n'y a qu'une brute pour commettre une telle atrocité. J'espère que vous mettrez la main sur lui.

– On fera tout pour.

– Vous êtes dans la police ?

– Au FBI. Je travaille comme consultante sur cette enquête.

– Oh, très bien. Je suis contente qu'ils aient fait appel à vous. S'il vous plaît, ne le répétez pas, mais je n'ai pas trop confiance dans la police d'ici.

– Pourquoi ?

– Il y a eu une affaire similaire l'été dernier. Une jeune fille. Tuée d'une balle entre les deux yeux et coupée en morceaux. Son corps était enveloppé dans de la toile de jute, exactement comme celui-ci.

– Le meurtre de Pine Barrens.

– C'est ça. Ce sont des randonneurs qui l'ont découverte, je crois. Vous imaginez ? Sacrée surprise, dans un coin aussi paumé ! Je peux vous l'assurer : jamais de toute ma vie je n'ai eu aussi peur que ce matin. Heureusement je n'étais pas loin de chez moi. Je suis rentrée à la maison en courant, avec Jasper qui se faisait traîner.

– J'imagine le choc.

– Pour revenir à Pine Barrens, ils n'ont jamais trouvé le meurtrier. Je ne suis pas sûre qu'ils aient vraiment cherché.

Je suis bien tentée de répliquer. De défendre mon père d'une manière ou d'une autre, ou du moins de dire à Grace que tout le monde n'était pas indifférent, loin de là. Mais je me retiens et me contente de hocher la tête poliment.

– Vous avez suivi l'enquête ?

– Un peu. La jeune fille a été abandonnée sur un terrain que la Société de préservation restaurait suite à un incendie. Un inspecteur est venu m'interroger au sujet d'Alfonso Morales. Un jardinier qui travaille pour la Société. J'ai dit à l'inspecteur que ses soupçons étaient infondés. Alfonso est un homme honnête. Humble, travailleur. Il ne ferait pas de mal à une mouche.

– Vous le connaissez personnellement ?

– Je le connais bien. C'est moi qui l'ai engagé. Il travaille pour moi ici de temps en temps.

Elle désigne d'un geste la pelouse et le jardin.

– La Société de préservation s'est occupée du programme de restauration des dunes du parc régional de Shinnecock, c'est bien ça ?

– Oui. J'ai passé un an à lever des fonds pour ce projet, et un an de plus à convaincre la ville de Southampton de nous donner les autorisations. Vous seriez surprise des réticences des autorités locales, même quand ce que vous proposez peut bénéficier à toute la population.

Elle soupire et s'enfonce dans les coussins du canapé, comme épuisée rien qu'en y repensant.

– Restaurer des dunes, ça veut dire quoi, concrètement ?

– En fait, c'est plus compliqué qu'on le croit. Les dunes de sable sont des écosystèmes fragiles abritant une faune et une flore uniques. La végétation qui pousse dans les zones dunaires s'est adaptée à un environnement assez rude, avec des changements de température et un substrat instable. Oh, désolée ! C'est peut-être un peu trop technique comme réponse...

– J'apprécie les réponses précises.

– C'est un sujet que j'étudie depuis plusieurs années. Il a pour moi une telle importance que souvent j'oublie que tout le monde n'a pas forcément envie de connaître l'écologie côtière dans ses moindres détails.

– C'est la même chose pour moi avec les tueurs en série.

Sous l'effet de la surprise, Grace éclate de rire.

– Vous voulez savoir ce qui ne cesse de m'étonner ? Ces femmes qui peu à peu renoncent à être intéressantes. Je suis invitée à beaucoup de cocktails dans la région. Ces épouses, elles ont toutes fait des études brillantes : Harvard, Yale, Stanford. Et puis un jour, elles épousent le manager d'un fonds de pension, elles font des enfants, et alors c'est comme si elles avaient été lobotomisées. Elles ne savent plus parler que de tournois de tennis et de décoration intérieure. Vous, vous êtes différente. Ça fait du bien.

– Vous aussi, vous êtes différente.

– Oui, sans doute. Mais je n'ai jamais pu avoir d'enfant. Alors il m'a fallu trouver d'autres centres d'intérêt.

– Je comprends, dis-je, gênée que la conversation ait pris un tour si personnel.

– Oh, ne vous en faites pas, j'en parle très naturellement. Eliot aussi. Nous nous sommes mis d'accord sur un point, quand nous avons compris que nous n'aurions pas d'enfants : il faudrait que nous donnions un sens à nos vies, mais de manière différente.

– Votre travail de préservation des dunes a un sens.

– Ça m'occupe. Le plus important, c'est ce qu'Eliot fait.

– Il est secrétaire du Trésor, c'est ça ?

– Oui. Il a quitté le monde de la finance il y a quelques années. Il voulait se rendre utile au pays. C'est un peu difficile : il passe tellement de temps à Washington, mais on fait face. Seulement, aujourd'hui, j'aimerais qu'il soit là.

Elle regarde au loin. Son menton tremble.

– La restauration des dunes a commencé quand ? je demande pour revenir à notre sujet de départ.

– La municipalité a finalement accepté de fermer le parc naturel fin juin. Au début, ils ont regimbé – l'été, c'est la pleine saison touristique –, mais nous avons fini par les convaincre. Les gens s'insurgent quand on les empêche d'aller dans les zones naturelles, mais ils font tellement de dégâts.

Son visage s'assombrit, comme si elle était sur le point de pleurer. Puis elle poursuit :

– Ils ne se rendent même pas compte. Ce n'est pas juste les feux et les déchets. Je suppose que moi aussi, je fais partie des coupables. Je lâche Jasper dans les dunes, alors que c'est interdit. Et ça, je devrais le savoir mieux que quiconque.

Elle se cache le visage dans les mains et renifle. Je lui donne du temps pour se calmer.

– Mr Morales travaille sur le projet de restauration des dunes ?

– Oui. Si vous voulez, je peux vous donner la liste des noms de tous ceux qui travaillent sur ce site.

– Ça serait vraiment d'une grande utilité. Merci. Au fait, vous savez si Alfonso Morales est également employé par James Meachem ?

Elle fait une grimace de douleur.

– Oui, il travaille pour ce monsieur. Mr Meachem et nous avons une clôture en commun. J'ai proposé d'y planter des arbustes tout du long, pour que nous ayons les uns et les autres plus d'intimité. Alfonso et son équipe s'en sont chargés. Je crois que Mr Meachem les a engagés pour entretenir le reste de sa propriété.

– Alfonso Morales serait-il là en ce moment ?

– Non. Je le fais venir l'été, quand j'ai besoin de bras. Pendant la morte saison, il travaille dans une jardinerie de North Fork.

– Vous savez laquelle ?

Grace marque un temps d'hésitation. Elle cligne des yeux, les baisse. Je suis sûre qu'elle sait, mais qu'elle ne veut pas attirer d'ennuis à son jardinier.

– Là, je serais incapable de vous dire. Je ne me souviens plus.

– Ce n'est pas grave. Et par hasard, vous sauriez où je peux trouver Mr Meachem ?

– Il n'est pas là. Il ne reste jamais très longtemps.

– Alors il doit bien avoir des employés pour s'occuper de la maison quand il est absent, non ?

– Je suppose, oui. Avec une maison aussi grande, forcément. Mais honnêtement je ne sais pas. Je n'ai jamais mis les pieds chez lui.

Je perçois une pointe de dédain dans sa voix.

– Vous l'avez rencontré, lui ?

– Oui. Mais nous ne fréquentons pas les mêmes cercles. Si j'ai planté une haie, c'est pour une raison précise.

– Ah oui ?

Sa mâchoire se contracte de manière presque imperceptible.

– Il organise des fêtes. Qui peuvent durer parfois plusieurs jours. Le bruit est insupportable. Il invite des gens célèbres – des hommes politiques, des grands patrons. Et il y a des filles. Jolies. Et jeunes. Visiblement c'est son truc.

– Il offre du bon temps à de jeunes et jolies filles ?

– Je dirais plutôt que ces jeunes et jolies filles lui offrent du bon temps, répond-elle, les sourcils en accents circonflexes.

– Je vois.

– Nous avons une maison à Palm Beach. Là-bas aussi, en Floride, il a une certaine réputation. Vous n'avez qu'à demander : vous en entendrez, des histoires ! Il a beau être riche, aucun club ne le laisse entrer. Ni ici, ni en Floride. À cause de – voyons, comment dire ? – à cause de ses goûts particuliers.

– Vous avez appelé la police ? Au sujet de ses fêtes.

– La police ? Elle ne fera rien.

– Qu'est-ce qui vous fait dire ça ?

– Tout le monde dans la région est au courant. Y compris la police. Ils font mine de ne pas savoir. Meachem a beaucoup d'influence. À Palm Beach, on dit qu'il a acheté le commissaire divisionnaire. Toutes sortes de gens viennent à ses soirées. Des juges, des sénateurs. Des gens qui peuvent mettre un terme à une enquête s'ils le veulent.

– Et ici ? Vous pensez qu'il a des amis dans la police ?

– Vous me promettez que ça restera entre nous ?

– Promis.

– Eh bien oui. J'en suis certaine.

J'entends des bruits de pas dans l'allée. Je me retourne. C'est Lee.

– Voici l'inspecteur Davis, dis-je à Grace. Vous l'avez déjà rencontré, peut-être…

– Oui, ce matin, brièvement.

Elle se redresse, les lèvres serrées esquissant un sourire. Finies les confidences.

– Re-bonjour, inspecteur. Merci pour le bracelet.

– Pas de problème. Désolé d'avoir interrompu votre conversation.

– Vous n'interrompez rien. Que puis-je faire pour vous ?

– Rien de particulier, merci. Je venais juste chercher Miss Flynn.

Il tapote sur le cadran de sa montre. Je me rends alors compte qu'il est bientôt quatorze heures. Howard va arriver chez moi d'une minute à l'autre. S'il n'y est pas déjà.

– Merci de m'avoir consacré un peu de votre temps, Mrs Bishop, dis-je en me redressant et en lui tendant la main. Vous m'avez bien aidée.

– Si je peux faire autre chose..., répond-elle en me serrant la main fermement. N'oubliez pas ce que je vous ai dit. Appelez-moi si vous avez des questions à me poser. Je serai ravie d'apporter ma petite contribution à l'enquête.

– Je n'y manquerai pas. Merci.

Je sens le regard de Grace nous suivre Lee et moi jusqu'au portail.

6.

Howard Kidd m'attend sur le perron, un attaché-case à la main. Le soleil de l'après-midi fait luire son crâne chauve. Il a le bout du nez rougi par le froid et se tient tout recroquevillé dans son manteau Barbour dont il a relevé le col. Il a un air soucieux, comme un gosse que sa maman aurait oublié de venir chercher à la fin d'un anniversaire chez un copain. Je me demande depuis combien de temps il patiente. En me voyant arriver en voiture, il m'adresse un grand geste de la main.

– Il y a des jours, me dit Lee en coupant le moteur, où je suis content de ne jamais avoir exercé le métier de notaire.

– Pauvre Howie ! Quand même, j'imagine que son boulot lui fait parfois vivre des moments forts.

– Tu crois ? Être notaire, ça veut dire s'occuper de décès et d'impôts. Avec des familles qui se disputent pour des histoires de fric.

– Au moins dans mon cas, la bonne nouvelle, c'est qu'il n'y en a pas.

– De quoi, de famille ou de fric ?

– Les deux.

J'ouvre la portière et sors de la voiture.

– À plus ?

– Ok. Je t'appelle. Merci pour ton aide ce matin, Nell.

– C'est rien.

Lee met la marche arrière pour reprendre Dune Road,

puis il file. Je me demande si ma présence a vraiment été utile. J'ai peut-être bien compliqué l'enquête. Il se peut que je n'aie plus jamais de nouvelles de lui. L'idée me démoralise un peu.

Je me tourne vers Howard avec un sourire forcé. Je ne suis pas d'humeur à parler avec lui – à parler tout court –, mais je ne peux pas remettre les choses à plus tard.

– On entre ? Je te fais du café ? du thé ?

– Du thé. Merci.

– Ça s'est brusquement rafraîchi, hein ?

– Oui. Dans la région, l'automne arrive en traître.

– C'est bien vrai.

J'introduis la clé dans la vieille serrure rouillée et parviens après de multiples tentatives à ouvrir la porte. Howard me suit. Je me rends brusquement compte à quel point la maison aurait besoin d'un bon coup de ménage et d'entretien. Mon père avait des goûts spartiates, mais c'était également un maniaque du ménage. Il savait tout réparer. Le résultat n'était pas forcément joli, mais la maison était fonctionnelle et bien rangée. Du moins dans mon souvenir. Les choses ont visiblement changé.

Ma mère, qui était plus fantaisiste, s'accommodait du désordre. Elle étalait ses pinceaux et ses pots de peinture et déroulait d'immenses feuilles de papier par terre dans le salon. Elle mettait de la musique et nous peignions, sans nous préoccuper ni l'une ni l'autre de la peinture coulant sur le plancher, sur nos mains, nos vêtements. Quand elle préparait à manger, c'était pareil : bols et casseroles s'amoncelaient, le sol se couvrait de farine et la cuisine s'emplissait d'odeurs de pain chaud et de chilaquiles. Tout en fredonnant elle goûtait les plats directement dans la casserole, à la cuillère. Assise par terre à ses pieds, je tournais la salade ou rangeais les pots d'épices par couleur.

Tout ce bazar provoquait de fréquentes disputes entre mes parents. Mon père aimait trouver une maison calme et bien rangée quand il rentrait du boulot. À quoi ma mère répondait qu'on n'était pas dans l'armée et qu'elle avait une fille à élever. Elle me laissait barbouiller, cuisiner, construire des châteaux forts avec des couvertures et des coussins, et peu lui importait si j'abîmais les meubles. Le soir, quand ils me croyaient endormie, je descendais de mon lit, m'installais sur le palier et les écoutais se disputer. Je me sentais terriblement coupable. J'étais complice de ma mère, après tout. Je savais qu'elle faisait souvent la sieste avec moi au lieu de s'occuper du linge par exemple, parce que je dormais mieux lovée dans ses bras. Pour me faire plaisir, elle me laissait rester longtemps à la plage ou au parc au lieu de se dépêcher de rentrer préparer le dîner. C'était nos petits secrets à nous. Jamais elle ne les aurait révélés. C'était elle, et elle seule, qui subissait la colère de mon père. Parfois, après une dispute, j'entendais la porte claquer et le vrombissement de la moto de mon père qui s'enfonçait dans la nuit. Mais il y avait d'autres fois où ils ouvraient une bouteille de vin, mettaient de la musique et dansaient, la tête de ma mère reposant tendrement sur la poitrine de mon père. C'était ça, l'amour, me disais-je alors. Une chose aussi imparfaite et embrouillée que la façon dont ma mère tenait sa maison. Mes parents formaient un couple dissonant, mais passionné. C'est au lycée que j'ai enfin compris que tous les couples ne fonctionnaient pas ainsi. Impossible pour moi d'imaginer les parents de Tom Street se disputer comme les miens le faisaient. Ou danser pieds nus. Ils se comportaient toujours très poliment l'un envers l'autre, plus comme des partenaires en affaires que comme des amants. Je n'aurais pas su dire quel genre de couple était le pire.

Après la mort de ma mère, les pots de peinture ont disparu, ainsi que les ustensiles à pâtisserie. Mes jouets se sont retrouvés rangés dans des paniers dans ma chambre. J'ai compris que c'était désormais leur place. La musique a cessé de résonner chez nous. Les vêtements de ma mère ont été enlevés de son placard. Les souvenirs que j'avais d'elle ont commencé à s'effacer à un rythme affreusement rapide. Je me suis mise à chercher dans la maison les traces qu'elle y aurait laissées – dans l'armoire à pharmacie, dans le vide sanitaire sous la cuisine. Quand je sentais l'odeur de son parfum à une soirée, ou celle des empañadas dans une cuisine de restaurant, je pensais à elle. Quand je repérais sur la plage une femme en maillot de bain rouge vif, une douleur me traversait, comme si ma mère était un membre fantôme. Mon père ne parlait jamais d'elle, et je n'osais pas le questionner. Toute trace de son existence a disparu de chez nous, en dehors de l'urne funéraire rangée dans le placard. La maison est devenue le reflet de la personnalité de mon père : pratique, organisée, précise. Ma mère s'est évaporée, purement et simplement, comme si elle n'y avait jamais vécu.

Oui, les choses ont changé dans la maison. Quelque chose s'est détraqué. J'ignore quand. Peut-être dans les semaines précédant la mort de mon père. Peut-être vivait-il ainsi depuis dix ans. Mon père ne recevait jamais personne. Il est donc possible que la maison se soit lentement et silencieusement délabrée. Ne voyait-il pas les fissures qui s'élargissaient, la couche de poussière qui opacifiait les vitres ? Il y en a tellement dans l'air qu'on voit les particules en suspension là où le soleil entre. Des affaires sont empilées un peu partout. Le genre de chose qu'Howard ne relèvera sans doute pas. Mais moi, je les remarque. Les piles de vieux journaux dans un coin de la pièce auraient hérissé mon père, de même que toutes ces factures non ouvertes sur le plan de travail dans la cuisine. Tout cela ne ressemble pas à cet homme qui faisait son lit de façon si méticuleuse le matin que je me demandais souvent s'il y avait dormi.

– Désolée pour le bazar, je marmonne avant de courir à la cuisine faire chauffer de l'eau pour le thé. Je sais qu'il fait froid ici. Je peux faire du feu si tu veux. La chaudière ne fonctionne pas très bien.

– Du thé, ça suffira.

– Assieds-toi où tu veux.

Howard regarde autour de lui, puis s'installe dans un fauteuil. Pendant que je sors le thé du placard, il ouvre son attaché-case, en tire une liasse de documents, puis une deuxième, et une troisième. Il les pose soigneusement l'une à côté de l'autre sur la table basse. De petits signets sont intercalés à des endroits où il faut sans doute que je signe ou appose mes initiales. Pour un défunt sans aucune famille ni biens en dehors de cette maison, et à mon avis sans aucune dette, mon père a laissé beaucoup de paperasse.

– C'est un accord de fusion-acquisition que tu nous prépares là, Howie ?

– Désolé. C'est impressionnant quand on voit ça, je sais.

Je verse le thé dans deux mugs dépareillés. Je laisse à Howie celui de la police de Suffolk et prends l'autre, celui qui est ébréché, avec *Kiss me, I'm Irish*[1] écrit dessus. Il n'y a pas de sucre, alors je n'en propose pas. J'espère qu'Howard aime l'English Breakfast éventé, parce que je n'ai rien d'autre.

– Merci, dit-il.

Il prend son mug entre les deux mains et laisse la fumée lui envelopper le visage.

– Bon, alors, je signe où ?

Il lève le visage vers moi.

– En fait, dit-il, les sourcils froncés, il y a deux ou trois choses dont il faut qu'on discute. Avant de commencer à signer.

– Ok.

– Vous aviez parlé de succession, ton père et toi ?

– Non.

– Des biens qu'il possédait ?

– Tu veux dire de cette maison ?

– Oui, de la maison. Mais la succession de ton père est assez considérable.

– Considérable ? Je sais que ce terrain vaut une certaine somme sans doute, mais en dehors de ça…

Je ne finis pas ma phrase, incapable d'imaginer ce que mon père aurait pu posséder d'autre.

– Il y a d'autres biens. Par exemple, un compte offshore.

La surprise me fait hausser les sourcils.

1. « Embrasse-moi, je suis irlandais. »

– Un compte offshore ? Tu veux dire, genre, dans les îles Caïmans ?

– Exactement. Un compte à la Cayman International Bank. J'ignore combien il y a dessus. Mais juste avant de mourir, ton père m'en a parlé. Il voulait être sûr que tu pourrais y accéder.

– Désolée, mais je ne comprends pas. Je te rappelle qu'il était flic. Qu'est-ce qu'il aurait bien pu faire d'un compte offshore ?

– Navré, mais il ne me l'a pas dit, et je n'ai pas cherché à savoir. Je lui ai promis que je te donnerais ceci.

Il me tend une carte de visite :

« Justin Moran. Vice-président, Cayman International Bank. »

– Je suis sûr que si tu contactes ce Justin Moran, il pourra t'aider.

Je reste là à regarder la carte en m'efforçant de comprendre ce qu'elle signifie. Impossible d'imaginer mon père détenteur d'un compte offshore. Une sensation familière me prend aux tripes. La peur.

Je ferme les yeux. J'ai sept ans. Je suis assise sur le siège arrière de la voiture de mon père. Dehors, les gyrophares des policiers clignotent dans la lumière trouble du petit matin. Pour le petit déjeuner, mon père a réchauffé du riz et des haricots, et je suis barbouillée. Il est en train de discuter avec Glenn Dorsey. Leurs lèvres remuent, leurs visages sont pâles, soucieux. Quelque chose s'est passé. Quelque chose de grave. Mais quoi ? Je colle ma langue derrière mes incisives. Le fait d'en avoir une de moins me surprend encore. L'endroit de la gencive où elle se trouvait reste sensible. Le goût métallique du sang envahit ma bouche. Je retire ma langue.

– Nell ?

Mes yeux s'ouvrent brusquement. Howie me regarde, perplexe.

– Qu'est-ce qu'il y a d'autre ? demandé-je. En dehors de ce compte.

Howard paraît surpris que je ne lui pose pas plus de questions.

– La maison te revient.

– D'accord.

– Si tu veux de l'aide pour la vendre, je peux te mettre en rapport avec un courtier. Il faudra aussi un de ces jours évaluer les biens meubles.

Je lui montre la table basse et le vieux canapé.

– Ça ne devrait pas prendre plus d'un quart d'heure. C'est tout ?

Howie se met à tousser, gêné.

– Tu savais qu'il envisageait de refaire son testament au moment où il est mort ?

– Non, dis-je, quelque peu abasourdie.

Je pose mon mug sur la table entre Howie et moi.

– Tu veux dire qu'il n'allait pas me laisser la maison ?

– Non. Il n'a jamais été question de ça. Simplement, l'été dernier, il a pris un bail de deux ans pour un appartement à Riverhead.

– Un appartement ?

– Tiens, l'adresse, répond-il en me glissant un bout de papier. Il ne m'a pas dit grand-chose à ce sujet. Il a un autre compte bancaire, dont il se sert pour payer le gaz, l'électricité. Il voulait s'assurer que la personne occupant cet appartement pourrait y rester, même si quelque chose lui arrivait à lui.

Je commence à m'agiter. Je remarque qu'Howie tente de se donner une contenance en classant des documents. Nous sommes entrés dans une zone délicate, et en sommes tous les deux conscients.

– La personne… tu veux dire le locataire ?

– Mon impression, c'est que *la* locataire était plus que ça.

– Tu sais comment elle s'appelle ?

– Non. Je me disais que peut-être tu saurais.

– C'est la première fois que j'entends parler de cet appartement ou de son occupante.

– Peut-être qu'il fréquentait quelqu'un et craignait que ça te contrarie.

– Je ne suis pas une enfant, Howie. Si mon père avait une petite amie, il pouvait me le dire.

– J'ai une fille de ton âge. Je comprends que ce genre de chose puisse être délicat.

– Alors je suis censée faire quoi maintenant ?

– Ma foi, c'est toi qui vois. Mais Marty a été très clair. Il voulait que cette femme soit à l'abri. D'où l'idée d'un nouveau testament.

– Qui n'a jamais été rédigé.

– Exact. Cette conversation, nous l'avons eue ton père et moi une semaine environ avant sa mort. Tout t'appartient. Simplement, je ne veux rien te cacher. Il y avait dans la vie de ton père une autre personne qu'il voulait mettre à l'abri du besoin. Tu n'as aucune obligation légale envers elle. Le testament de ton père est valable, et à moins que cette femme ne décide de le contester – et honnêtement, même dans ce cas, je ne pense pas qu'elle en ait le droit vu qu'ils n'étaient même pas mariés –, tout te revient à toi. Mais ce serait faire preuve de négligence de ma part que de ne pas t'informer des intentions de ton père.

Je m'enfonce dans le canapé, bras croisés. Il est peut-être un peu tôt pour un whisky.

– Flûte, Howie, c'est bien compliqué tout ça !

– Désolé, Nell, sincèrement. J'espère que tu ne vas pas t'imaginer qu'il voulait te priver de quoi que ce soit. Je pense juste qu'il voulait agir honnêtement envers cette femme.

– S'il avait quelqu'un dans sa vie, j'en aurais été ravie pour lui. Cela fait vingt et un ans que ma mère est morte. Je ne lui demandais pas de se faire moine.

– Vous étiez en contact, ton père et toi ?

– Pas vraiment. On s'est brouillés il y a dix ans. Quand j'étais au lycée.

– Il m'en a parlé.

– Vraiment ? Qu'est-ce qu'il t'a dit ?

– Qu'il t'avait poussée à aller dans une université loin

de Long Island. Il ne voulait pas que tu finisses coincée ici, dans ce comté, comme lui. D'après lui, tu ne lui avais jamais pardonné.

Je hoche la tête, frappée par l'idée qu'il se sentait piégé ici par ma mère. Par moi.

– Je lui ai pardonné. Il nous arrivait de parler au téléphone, mais nos relations étaient toujours un peu tendues. Nous sommes tous les deux têtus. Je pense qu'on attendait chacun des excuses, et que ni lui ni moi n'étions prêts à les faire.

– Dommage.

– Je sais. Il m'appelait deux ou trois fois par an pour mon anniversaire ou pour Noël, mais ça se limitait à ça. On ne parlait jamais de notre vie privée.

– Ton père était un homme très secret.

– C'est le moins qu'on puisse dire.

– Peut-être que l'un de ses copains policiers connaissait cette femme...

– C'est Glenn Dorsey qui a organisé la cérémonie hier. Il n'a évoqué aucune femme dans la vie de mon père. Je pense que si cette personne avait vraiment compté pour papa, il aurait dit quelque chose.

– Peut-être que lui aussi ignorait son existence.

– Alors tu n'as pas ses coordonnées ?

Howie fait signe que non.

– Désolé. J'ai seulement l'adresse de l'appartement. Ton père m'a donné une copie du bail – tout est là. Le compte est à la Suffolk County Bank. Je te conseille de les contacter. Comme je disais, le testament fait de toi son unique héritière. Et il est valide. Si bien que ce compte t'appartient maintenant. C'est à toi de décider de ce que tu veux en faire.

Je ferme les yeux, laisse aller ma tête en arrière. Je me sens brusquement extrêmement fatiguée. J'ai mal partout. Ma tête est lourde comme du plomb. Peut-être que si je reste dans cette position un certain temps, je vais finir par m'endormir.

Howie comprend tout de suite le message. Je l'entends

ranger une pile de documents en alignant bien les bords, et se lever. J'ouvre les yeux.

– Désolée. La journée a été dure.

– Oui, j'imagine. Repose-toi. Je laisse tout ça ici pour que tu regardes tranquillement. Si tu as des questions, appelle-moi. On en reparle quand tu auras eu le temps de tout lire.

Je me lève, lui tends la main.

– Merci, Howie. J'apprécie ton aide.

Il me serre dans les bras.

– Nell, ça fait longtemps que je fais ce boulot. Un héritage, c'est compliqué pour les familles. Il y a des choses dans la vie de ton père qui vont te surprendre. Mais il t'aimait. C'était toi la personne la plus importante dans sa vie. N'oublie jamais ça. Chaque fois qu'il venait me voir à l'étude, il ne parlait que de toi.

Je hausse les épaules, incertaine de la réponse qui convient. Mon père a toujours été une énigme pour moi, même quand nous vivions sous le même toit. Je me suis souvent demandé si je le connaissais vraiment, s'il avait la capacité ou l'envie d'apprendre à me connaître. Maintenant, je comprends, choquée, que nous n'en aurons jamais l'occasion. Cette pensée m'emplit d'une tristesse amère et éprouvante. Je me mords la lèvre inférieure, pour que la douleur m'empêche de pleurer.

– Tu vois quelqu'un ? me demande Howie. Je veux dire, un psy. Je peux te recommander des personnes très compétentes.

– Ça ira. Merci.

Howie hoche la tête, prend son attaché-case. Je l'accompagne jusqu'à la porte. Il me serre la main avec maladresse. Dès qu'il s'est éloigné, je vais dans la cuisine me verser un whisky, que j'engloutis en quelques gorgées. Je me sers un deuxième verre et m'installe sur le canapé. L'alcool me réchauffe. Prise d'une envie soudaine, je compose le numéro du docteur Ginnis. Il décroche dès la première sonnerie.

– Cabinet du docteur Ginnis.

Je suis tellement surprise que je ne sais plus quoi dire.

J'étais sûre de tomber sur un répondeur et m'étais préparée à laisser un message. Je ne me sens pas prête à parler.

– Nell Flynn à l'appareil, finis-je par dire d'une voix plate et froide, comme si c'était lui qui m'avait appelée et non l'inverse. Une collègue de Sam Lightman au FBI.

– Oui, je me souviens. Nous nous sommes rencontrés il y a quelques semaines.

– J'aurais dû vous rappeler, je sais, mais mon père est mort. Je suis partie à Long Island pour les obsèques.

– Toutes mes condoléances. Vous vivez vraiment des semaines difficiles.

– C'est ce que les gens me disent.

– Vous souhaitez en parler ?

Je bois une gorgée de whisky avant de répondre :

– Vous voulez dire, là, maintenant ? Sans rendez-vous ?

– Oui, si vous voulez. C'est vous qui décidez.

J'hésite. D'un côté, j'ai envie de raccrocher, de retourner à mon verre de whisky. Mais si je ne parle pas au docteur Ginnis aujourd'hui, je ne ferai que retarder l'inévitable. Et puis, sa voix chaude a quelque chose d'apaisant, comme celle d'un vieil ami.

– Bon. Je commence par quoi ?

– Par ce que vous voulez.

– Nous avons dispersé ses cendres hier. Il n'avait que cinquante-deux ans.

– C'est terrible. Vous pouvez me dire comment il est mort, si ça n'est pas trop dur pour vous ?

– Un accident de moto. Il avait bu. Il était tard, la chaussée était glissante. Du moins c'est ce qu'on m'a dit.

– Et vous n'y croyez pas ?

– Je ne sais pas ce qu'il faut croire. Je ne le connaissais pas vraiment. Je n'étais pas revenue à la maison depuis dix ans. Et même quand je vivais avec lui, on se parlait à peine.

– Et votre mère ? Elle est vivante ?

– Non. Elle est morte quand j'étais petite. Je vivais seule avec lui.

– Vraiment désolé.

– Mon père était un ancien marine. Un flic. Le genre d'homme qui se réveille tous les matins à cinq heures pour faire son jogging. Qu'il pleuve, qu'il neige, il courait. Il courait même quand il était malade ou qu'il n'avait pas dormi la nuit précédente. Il s'imposait une discipline de fer. Sauf en matière d'alcool. C'était son point faible. Sinon, c'était un homme dur. Avec des principes bien établis. Du moins c'était ce que je croyais. Aujourd'hui j'apprends qu'il avait de l'argent planqué sur un compte offshore. Et qu'il louait un appartement dont je n'avais jamais entendu parler. Un appartement où vit une femme. Sa petite amie, j'imagine.

– Ça vous fait quelque chose, l'idée qu'il ait fréquenté quelqu'un ?

J'avale une gorgée de whisky et réfléchis avant de répondre :

– Ce qui me fait quelque chose, c'est d'en savoir si peu sur sa vie.

– Vous pensez qu'il aurait pu causer sa propre mort ?

– Peut-être. Ou bien que quelqu'un d'autre aurait causé sa mort.

Ces mots, c'est la première fois que je les prononce à haute voix. Ils me paraissent étranges, comme extérieurs à moi-même.

– Je ne sais pas. Il se peut que je sois un peu parano.

– Quelle raison aurait-on de vouloir sa mort ?

– Il faisait partie de la brigade criminelle. Il enquêtait sur une affaire de meurtre au moment où il est mort. Une jeune fille. Une call-girl. Assassinée l'été dernier. Et aujourd'hui, on a découvert un deuxième corps. Celui d'une autre jeune fille, enterrée dans le sable comme la première victime.

Ginnis ne répond pas. Je me rends compte que je parle de manière compulsive. Les mots s'enchaînent et se chevauchent. Peut-être l'excès d'alcool. Ou la fatigue. Sans doute les deux.

– Vous vous dites que je suis folle, hein.

Une affirmation, plus qu'une question.

– Je n'ai pas dit ça.

– Je sais bien ce qu'on pourrait penser. C'était juste un flic. Une enquête criminelle.

– Pourtant, vous êtes troublée.

– Il y a quelque chose que je ne sens pas.

Je me lève. Le sang me monte à la tête. Je me rassois, pose la tête sur l'accoudoir du canapé. La pièce se met à tourner comme une toupie, puis s'arrête.

– Je ne sais pas pourquoi je vous raconte tout ça. Je m'excuse.

– Vous n'avez pas à vous excuser. Je suis là pour ça.

– Je peux vous demander quelque chose ? À condition que ça reste entre nous.

– Tout ce que nous disons reste entre nous, Nell. Tout est confidentiel.

– Si ce n'est que vous êtes payé par le FBI.

– Ce qui ne veut pas dire qu'ils ont le droit d'écouter nos discussions. Vous et moi sommes liés par le secret médical. Et je ne plaisante pas avec ça.

– Ok, mais il va falloir que vous rédigiez un rapport sur moi. Comment cela est-il possible tout en respectant le secret médical ?

– Je vais écrire un rapport qui évaluera votre capacité à exercer vos missions. Mais qui n'évoquera pas ce dont nous parlerons lors de nos séances. Vous comprenez la nuance ?

– C'est une nuance sujette à interprétation.

Ginnis soupire. Je suis une patiente difficile, et nous en sommes tous les deux conscients.

– Ne vous inquiétez pas pour ce rapport. Mon boulot, c'est de vous aider à surmonter un traumatisme. Pas de remplir un formulaire pour le bureau des fautes professionnelles.

Il prononce cette phrase avec un ton légèrement dédaigneux qui me fait esquisser un sourire.

– Pour être franche, la chose la plus traumatisante qui me soit tombée dessus ces derniers temps, c'est d'avoir dû revenir ici. Dans le comté de Suffolk.

– Beaucoup de gens ressentent la même chose quand ils

reviennent chez leurs parents. Surtout quand les circonstances sont aussi dramatiques.

– Ça fait remonter plein de vieux souvenirs. Qui ne sont pas toujours heureux.

– Vous souhaitez en parler ?

– Je ne… je ne sais pas, pour le moment.

– C'est votre droit.

– Si je devais vous raconter une histoire impliquant une tierce personne dans un crime, êtes-vous censé transmettre l'information au FBI ?

– Ça dépend.

– Ça dépend de quoi ?

– De beaucoup de choses. Mais surtout de si oui ou non je pense que quelqu'un est menacé. Si en brisant le secret professionnel je peux empêcher qu'une personne souffre, alors je le fais. Ça vous paraît cohérent ?

Je me laisse le temps de la réflexion. Les glaçons flottant dans mon whisky s'entrechoquent. Je tourne la tête vers le plan de travail, regarde la bouteille, plus qu'à moitié vide. J'ai bu plus que je le pensais ! Je ne suis pas en état de me confier à qui que ce soit. Surtout à un psy qui fera un rapport à mon chef.

– Il vaut mieux que j'arrête de parler, je crois. Je prendrai rendez-vous.

– Très bien. Accordez-vous un peu de repos. Et appelez-moi quand vous le pouvez, Nell. Je suis toujours là.

7.

Impossible de me reposer, du moins réellement. Je me suis agitée dans mon lit jusqu'à ce que la lumière commence à pénétrer dans la chambre. Au petit matin, je prends le volant du pick-up de mon père et roule jusqu'à Riverhead. Il est tôt. La ville est encore endormie. Moi-même je dors à moitié, tenue en éveil uniquement par les deux tasses de café noir que j'ai bues en guise de petit déjeuner. Les magasins sont fermés, et les rues presque désertes. Je trouve une place pour me garer sur Main Street, juste en face de l'adresse que m'a donnée Howard.

L'appartement de papa se situe au dernier étage du numéro 97, un petit immeuble coincé entre un pub irlandais, le O'Malley, et un drugstore où s'alignent dans la vitrine poussiéreuse des poupées victoriennes aux yeux vides. Le propriétaire vit au rez-de-chaussée. Il y a un appartement par étage. Mon père loue celui du quatrième depuis juin de l'année dernière. Si j'en juge par les fenêtres bouchées, le troisième étage est inoccupé. L'endroit est dénué de charme, mais il est vrai que papa ne se préoccupait pas vraiment de questions d'esthétique. En revanche, il appréciait la solitude, et je comprends pourquoi il a choisi un appartement au quatrième sans aucun voisin de palier ni personne au-dessus ou en dessous, avec une entrée discrète par le parking derrière l'immeuble.

Le loyer mensuel est de mille dollars, une somme raisonnable pour un deux-pièces ici, mais qui reste non négligeable. Je ne vois vraiment pas pourquoi mon père s'est engagé à consacrer un pourcentage aussi important de ses revenus à une résidence secondaire, qui plus est à quinze minutes en voiture de chez lui. Peut-être s'en servait-il de bureau. Mais pourquoi avait-il également un bureau chez lui, dans sa maison ? Ou alors, il utilisait cet appartement les nuits où il voulait pouvoir boire chez O'Malley et simplement monter quelques étages plutôt que de prendre la voiture pour rentrer chez lui. L'idée paraît plausible, mais un peu extravagante. Or mon père était tout sauf extravagant.

La réponse ? Il avait une petite amie, forcément. Peut-être se sentait-il quelque part engagé, tout en n'étant pas prêt à vivre avec elle. Ou peut-être prévoyait-il de venir s'installer avec elle et de mettre la maison en vente, mais il n'avait pas eu le temps de le faire. Il n'empêche, je trouve étrange qu'il n'y ait aucune trace de son existence à elle – ou de celle d'autres personnes – dans la maison de Dune Road. Pas de deuxième brosse à dents dans la salle de bains, pas de chemise de nuit féminine dans le bureau, ni même une bouteille de vin ou de coca dans le frigidaire. Juste les affaires de mon père : le bourbon de mon père, le whisky de mon père, les vêtements de mon père, les nombreuses armes de mon père. La maison de mon père, sa maison à lui tout seul.

Je suppose que le propriétaire de l'appartement pourra répondre à certaines de mes questions. Sur le compte de papa à la Suffolk County Bank, il y a 25 000 dollars, une somme largement suffisante pour payer un an de loyer et de charges. Après avoir réfléchi à la question toute la nuit, j'ai décidé que je devais entrer en contact avec cette femme et lui donner cet argent. Si pour une raison ou une autre je ne parviens pas à la retrouver – ou si jamais je m'aperçois qu'il s'agit vraiment de quelqu'un de peu recommandable –, je pourrai donner cet argent à une organisation caritative. Mon père n'avait pas souhaité qu'il me revienne, alors je n'en veux pas.

De toute façon, je n'en ai pas besoin. Je ne dépense pas

tout ce que je gagne, loin de là, et entre son assurance et la maison, papa m'a laissé beaucoup d'argent. Pour ne rien dire du compte dans les îles Caïmans, sur lequel je ne me suis pas encore penchée. Je ne sais même pas si je le ferai un jour. Ça pourrait me faire perdre mon boulot. Hier soir, je me suis assise devant la cheminée avec mon cinquième et dernier verre de whisky et me suis demandé si je n'allais pas mettre au feu la carte de visite de Justin Moran.

Or je ne l'ai pas jetée. Il se peut que je le fasse, mais pour l'instant, elle est dans le tiroir de la table de nuit. J'ai des affaires plus importantes à régler. L'appartement de mon père. Sa petite amie. Sa moto. Son enquête. Sa vie. Je suis fatiguée. Et il n'est même pas huit heures du matin.

Je sonne chez le propriétaire. Un concert d'aboiements me répond. J'ai des remords à déranger si tôt, mais pas au point de renoncer. La journée risque d'être longue, la semaine aussi, avec tous ces cadavres et ces mystères. Comme de toute manière je ne dors pas, autant régler les choses vite.

J'entends un bruit de pas traînants. Les chiens cessent d'aboyer. Puis quelqu'un ouvre les verrous. Il y en a trois, ce qui paraît beaucoup. La porte s'entrouvre, bloquée par une chaîne. Un homme aux cheveux gris, en pyjama et robe de chambre, me scrute par l'intervalle de dix centimètres.

– Qu'est-ce que vous voulez ? demande-t-il en me fusillant du regard.

Les chiens lui tournent autour, sans le lâcher d'une semelle.

– Bonjour, dis-je d'une voix enjouée. Vous êtes bien Lester Simms ?

– Oui. C'est moi.

– Je me présente : Nell Flynn. Je suis la fille de Martin Flynn, votre locataire du quatrième.

Les sourcils froncés, l'homme se frotte le menton.

– Je n'irais pas jusqu'à l'appeler mon « locataire ».

– Pourtant, je suis bien au numéro 97, non ? Tenez, j'ai le bail ici.

J'ouvre mon sac et en sors un dossier.

– Il paie effectivement le loyer. Simplement, je ne le vois pas souvent.

– Alors, s'il n'occupe pas l'appartement, qui y vit ?

– Je ne suis pas sûr que cela vous concerne.

– Mon père est mort, je suis l'unique héritière de ses biens, et l'exécutrice de son testament. Alors, si vous voulez bien me laisser entrer, j'aimerais discuter de tout cela en privé.

La porte se ferme. Lester Simms va-t-il appeler la police ? Mais non : la chaîne glisse et la porte s'ouvre. Les chiens tout excités font cliqueter leurs griffes sur le carrelage. Au moment où j'entre, l'un d'eux se dresse et pose les pattes sur mon bas-ventre. C'est une énorme bête, avec un museau gros comme celui d'un cheval, tellement puissante qu'entraînée par son poids, je tombe sur les fesses.

Lester l'attrape par le collier et le tire brutalement en arrière.

– Brutus, non ! gronde-t-il d'un ton si sec que le chien se recroqueville. Désolé. Il ne mord pas, mais il est juste un peu exubérant, surtout le matin avant la promenade. Entrez. Et ne faites pas attention au bazar.

Il fait un geste en direction d'une petite table en bois dans la cuisine.

– Vous voulez du café ? Il est fait.

– Oui, merci.

– Vous le prenez comment ?

– Noir, ça sera parfait.

Il hoche la tête et remplit deux mugs.

– Toutes mes condoléances pour votre père. Ça s'est passé quand ?

– Il y a environ dix jours.

– Il était flic, c'est bien ça ?

– Oui. Dans la branche criminelle de la police du comté. Dans le Troisième District.

– Il est mort dans l'exercice de son métier ?

– Non. Pas du tout. C'était un accident de moto.

Lester hoche la tête, un peu déçu toutefois.

– C'est vraiment bête.

– Vous le connaissiez bien, mon père ?

– Pas vraiment. Il est venu me voir l'été dernier en disant qu'il voulait louer l'appartement. Il comptait en faire son bureau. C'était en juillet dernier, je crois. Je ne me souviens plus trop.

– Il voulait en faire son bureau, pas plus ?

– Oui. Du moins c'est ce qu'il m'a dit. Il allait et venait, une ou deux fois par semaine d'après ce que j'ai vu. À peu près un mois plus tard, il m'a demandé de lui faire faire un double des clés. Il avait une connaissance qui avait besoin de cet appartement pour quelque temps. Il m'a demandé si ça ne me dérangeait pas.

– Vous lui avez répondu quoi ?

Je trempe les lèvres dans mon café. Celui de Lester est meilleur que le mien, ce qui en dit plus long sur moi que sur lui.

– Oh, peu m'importe ce que mes locataires font, tant qu'ils ne sont pas bruyants et payent le loyer régulièrement. Maria est une femme bien. Je la vois rarement, mais parfois elle me fait des muffins qu'elle laisse devant ma porte. Quand je me suis cassé la hanche l'hiver dernier, elle m'a bien aidé. Elle sortait les chiens, m'apportait mon courrier, s'assurait que les poubelles étaient sorties – ce genre de choses…

– Maria… Et son nom de famille ?

– Cruz, je crois. Une Cubaine. Vous ne la connaissez pas ?

– Non. Je sais que mon père souhaitait qu'elle puisse rester dans l'appartement. Je me disais que je pourrais me présenter à elle et que toutes les deux on trouverait une solution.

– Ma foi, vous pouvez continuer à payer le loyer si ça vous chante. Mais Maria, elle est partie, avec toutes ses affaires, il y a deux semaines environ.

– Avec ses affaires ? Vous en êtes sûr ?

– Oui, à 100 %. Je promenais mes chiens quand je l'ai vue charger un gros sac marin dans un taxi. Je lui ai demandé si elle avait besoin d'aide. Elle a répondu que ça irait. Elle m'a serré dans les bras et rendu les clés. Elle pleurait, je me souviens. Je lui ai demandé où elle allait. Elle a juste secoué la tête. Un jour, elle m'avait dit qu'elle avait de la famille à Miami. Peut-être qu'elle est allée les rejoindre. Elle ne recevait pas beaucoup de lettres, alors je suppose qu'elle n'a pas jugé utile de me laisser une adresse pour faire suivre son courrier. Enfin bref, le bail court toujours.

– Elle est partie quand ? Vous vous souvenez du jour ?

– Voyons voir… Je pense que c'était un dimanche soir… Oui, c'est ça. Je regardais mon émission et alors ma sœur m'a téléphoné, comme tous les dimanches. En général pour se plaindre. Donc ça doit remonter à dix, douze jours…

Onze jours. J'ai le souffle coupé. La veille de la mort de mon père.

– Vous auriez les clés de l'appartement ? J'aimerais vraiment le voir. Et retrouver Maria si c'est possible.

Lester marche d'un pas traînant jusqu'à la cuisine, fouille dans un panier rempli de courrier et, au bout d'une minute, en sort une clé qu'il me montre. Elle est accrochée à une chaîne que j'ai offerte à mon père le Noël précédant mon départ. Au bout de la chaîne, un petit couteau suisse sur lequel sont gravées ses initiales, MDF.

– Voilà, elle est à vous, me dit Lester.

– Merci. Je peux la garder quelques jours ?

– Bien sûr. Tant que vous me payez le loyer.

– Pas de problème. Un instant, je vous fais un chèque tout de suite.

8.

L'appartement numéro 3 est équipé d'une épaisse porte métallique, avec deux serrures à pêne dormant, dispositif que mon père appréciait sans doute. Il y a des barreaux à la fenêtre. Un système de sécurité rudimentaire, certes, mais efficace.

Il semble en effet que Maria ait quitté les lieux. Aucun objet personnel dans l'appartement : pas de poster aux murs, pas de vêtements dans le placard, pas d'affaires de toilette dans la salle de bains. Le seul signe indiquant que quelqu'un vivait ici récemment, ce sont les draps légèrement froissés et quelques plats et tasses dans le lave-vaisselle. Une odeur aigre émane du frigo. Il contient une bouteille de lait tourné, du jus d'orange et trois barquettes de spécialités chinoises périmées. Je referme tout de suite la porte – il faudra mettre tout ça à la poubelle avant de partir. L'appartement est le mien à présent, du moins pendant un mois. Autant s'en occuper un peu.

Dans le salon il y a un secrétaire avec un tiroir dans lequel je découvre plusieurs stylos, crayons, trombones et feuilles de papier. Ainsi qu'une enveloppe contenant quarante dollars. Maria a dû partir de manière précipitée. Une photo Polaroïd s'est glissée tout au fond du tiroir. Je la sors. Elle représente deux femmes tendrement enlacées. Elles semblent jeunes – plus que moi en tout cas – et sont toutes les deux très jolies. Des sœurs, peut-être. Elles ont les mêmes cheveux longs et noirs, le même teint olivâtre et les mêmes pommettes hautes. Je me demande si l'une d'elles est Maria.

Mon téléphone se met à vibrer. Je pose la photo. C'est Lee. Je réponds tout de suite.

– Bonjour, dit-il d'une voix un peu trop guillerette pour quelqu'un chargé d'une enquête criminelle. Tu as réussi à te reposer cette nuit ?

– Pas vraiment. Et toi ?

– Je n'ai pas fermé l'œil. En revanche, j'ai de bonnes nouvelles. On a découvert l'identité de la victime.

– Eh bien, vous n'avez pas traîné !

– Je te l'ai dit, Jamie Milkowski est très compétente.

Je ne commente pas.

– Elle a remonté la piste du numéro sur la prothèse insérée dans la mâchoire de la victime. Ça correspond à la jeune fille qui a disparu aux alentours de *Labor Day*. Une certaine Adriana Marques. Dix-huit ans. Une fille du coin, de Riverhead. Un profil très similaire à celui de Ria Sandoval. Elle faisait la call-girl, mettait des annonces sur Craigslist et Backpage. Les deux victimes se ressemblent même physiquement. Des cheveux noirs, longs. Jolies, pas très grandes.

Je caresse le Polaroïd du bout du doigt.

– Elle avait de la famille ?

– Très peu. La mère est morte. Le père en prison. Adriana vivait avec sa sœur aînée, Elena Marques. C'est elle qui a signalé sa disparition.

– Elle avait un petit copain ?

– Un ex. Un vrai sale type. Une petite frappe, membre d'un gang affilié à la MS-13.

– Charmant. Vérifiez son alibi.

– Il est en taule. Pour violences avec voies de fait. Depuis juin.

– Je vois. Donc il est hors du coup. Cela dit, on ne peut pas exclure une histoire de gang là-dessous.

– En signalant la disparition d'Adriana, la sœur a indiqué qu'elle avait vu un pick-up rouge foncé garé devant chez elles. Et pas qu'une fois.

– Et alors ?
– Ça correspond au véhicule conduit par Morales.
– Donc il faudrait retrouver Morales ?
– Dorsey veut que j'aille parler d'abord à la sœur. Avant que toute cette histoire ne se retrouve à la une des journaux. Je me suis dit que ça serait bien que tu viennes.
– Pour annoncer la mauvaise nouvelle aux proches ? Le truc que je préfère dans le boulot, c'est sûr !
– Tu es chez toi ? Je passe te prendre sur le chemin si tu veux.
– En fait, je suis à Riverhead. Dans un café sur Main Street. Tu me rejoins là ?
– Ok. J'arrive. Tiens, commande-moi un donut si tu peux. Et un café.
– Tu es vraiment le macho type !
– Écoute, réplique Lee en rigolant, je fais de mon mieux pour passer inaperçu. À tout de suite.

Vingt minutes plus tard, Lee se gare devant le Main Street Coffee. Je l'attends sur le trottoir avec son donut et son café. Il se penche par la vitre côté passager et m'ouvre la portière. Je ne peux pas m'empêcher de remarquer qu'il a une tête de déterré. Je suis sûre qu'il se dit la même chose à mon sujet.
– Super, tu me sauves la vie, dit-il en attrapant le café.
– Je sais, je sais.
– Merci d'être là. Ce truc, c'est ce qu'il y a de plus difficile dans le métier.
– À chaque fois, oui.
– On ne s'habitue jamais, n'est-ce pas ?
– À annoncer la mauvaise nouvelle aux proches ? Non, en effet je ne crois pas. Et si jamais ça devient facile, alors sans doute ça veut dire qu'il est temps de faire un break.
Un numéro apparaît sur l'écran de mon portable. Un appel local.
– Une minute, s'il te plaît. Je dois répondre.
Lee hoche la tête comme pour dire : « Ok, vas-y. »

– Nell Flynn à l'appareil.
– Nell, bonjour, c'est Cole Haines, de la fourrière. Tu ne te souviens peut-être pas de moi, mais autrefois il m'arrivait d'aller à la pêche avec ton père.
– Cole ? Mais si, bien sûr ! Ça me fait plaisir de t'entendre.
– Ce qui est arrivé, c'est vraiment terrible. Marcy et moi, on était bouleversés quand on a appris.
– Merci. C'est gentil.
– Ton père était un type bien, Nell. Un type vraiment bien.
Je me racle la gorge, pressée de passer à d'autres sujets.
– Au fait, pour sa moto…
– Ah oui… sa moto… Elle a pris un sacré choc. Comme si ton père avait percuté un arbre de plein fouet. J'ai dit aux policiers de la faire expertiser, au cas où. Peut-être que les freins étaient défectueux. À ta place, j'entamerais des poursuites contre le fabricant.
– Et pourquoi ils ne l'ont pas déposée au laboratoire pour une expertise ?
– C'est la question que je me pose aussi. Ils l'ont laissée là. Et voilà que Dorsey m'appelle aujourd'hui pour me dire de l'emmener à la casse.
– Je vois. Tu l'as fait ?
– Non. Pas encore. Quand j'ai reçu ton message, je me suis dit que tu devrais y jeter un coup d'œil et décider toi-même. Si tu préfères la mettre à la casse, ce n'est pas un problème. Mais si tu peux récupérer des sous de l'assurance…
– Je passerai dans la journée. Merci Cole. J'apprécie ton aide.
– C'est normal. À tout à l'heure.
Je raccroche.
– C'était qui ? me demande Lee.
– Cole Haines, de la fourrière. C'est lui qui a la moto de mon père.
– Zut. Désolé. Tu veux que je m'en occupe ?
– Non, c'est bon.
Je détourne le regard. Je me rends compte que je ne lui ai pas tout dit.

Lee enfourne un quart du donut et remet le reste dans le sac. Puis il sort du parking en marche arrière et s'engage dans Main Street. La radio s'allume. Les parasites, la voix débitant d'un ton saccadé des instructions codées, soulèvent en moi une immense vague de nostalgie. C'est comme une langue que je parlais couramment autrefois et que je n'ai pas entendue depuis des années. Je colle mon front à la vitre, regarde défiler les magasins. Petite, mon père me laissait m'installer sur le siège avant de sa voiture de patrouille. Il allumait la radio et m'expliquait la signification des codes : 10-16 signalait des violences conjugales, 10-33 une urgence, 10-79 la nécessité de faire venir le coroner pour déterminer les causes d'un décès. Et ensuite il m'interrogeait. Ces codes, je ne les ai jamais oubliés.

Elena Marques habite dans une impasse longeant le cimetière de Riverhead. Je regarde filer les pierres tombales. Comme dernière demeure, on fait mieux que ce cimetière entouré d'un grillage avec ses plaques d'herbe brunie.

Ce n'est pas la première fois que je viens ici. Je me souviens d'une sortie en classe de troisième. Notre professeur d'histoire, Mr McManus, nous avait demandé de choisir une pierre tombale et d'en décalquer les inscriptions en posant dessus une feuille de papier de boucher et en frottant avec un fusain. J'avais choisi une pierre tombale de la guerre de Sécession, celle d'un certain John Downs mort à dix-huit ans au cours de la bataille de Gloverston, en 1862, en Virginie. Un membre du 12e régiment d'infanterie. J'ai rapporté mon frottage à la maison pour le montrer à mon père. Il a déchiré la feuille en deux et m'a dit que c'était un sacrilège de faire ça sur une tombe, en particulier sur celle de quelqu'un de mort pour la patrie. Il avait bu. Son souffle sentait le whisky. Dans ces moments-là ses yeux noircissaient et sa voix devenait froide. Je n'avais pas encore compris qu'il fallait l'éviter quand il était dans cet état. Il m'a attrapée par le bras en serrant si fort que ça m'a laissé un bleu. Honteuse à l'idée de devoir expliquer à Mr McManus ce qui était arrivé à mon frottage, j'ai acheté du papier de boucher et un fusain avec mon argent de poche, et séché le cours de gym pour aller à vélo au cimetière le plus proche en faire un autre. À partir de ce jour-là et pendant plusieurs mois, j'ai porté des manches longues, même après la disparition de mes marques.

À l'entrée, une pancarte indique « Cimetière de Riverhead, fondé en 1859 », avec en dessous une autre plus petite qui précise : « Concessions disponibles ». Peut-être Adriana sera-t-elle enterrée ici. Je pense aux cendres de ma mère conservées dans une urne funéraire que mon père a placée dans son armoire. Il n'a jamais pu s'en séparer – de l'urne, et de ma mère. Une messe souvenir a été organisée à St. Agnes deux mois après sa mort, quelque chose de complètement informel arrangé par ses amis à elle. À l'époque, j'étais trop jeune pour me rendre compte de l'incongruité de la cérémonie, ou du caractère étrange de ma fascination pour les vieux cimetières. Ceux de Long Island sont pour la plupart des lieux calmes et beaux. Certains datent du XVIIe siècle. Parfois, après l'école, je me rendais à vélo à celui qui se trouve en ville. Beaucoup de pierres tombales étaient vieilles, à moitié effacées, et au printemps l'herbe se couvrait d'une couche rose de pétales de fleurs de cerisier. Il ne m'est jamais venu à l'esprit qu'avoir un endroit où pleurer ma mère aurait pu m'aider, ou que le fait de conserver ses cendres à la maison ne nous permettait pas vraiment, à mon père ou à moi, de faire notre deuil. Maintenant je me rends compte, pour la première fois depuis mon retour ici, que je devrais sans doute faire quelque chose avec les cendres de ma mère.

Lee se gare face au cimetière devant une petite maison à la façade brun-gris. La pelouse, ou du moins ce qui en tient lieu, forme un bourrelet jusqu'à la rue, comme si la terre elle-même se plissait. Une fillette est accroupie dans l'allée. Elle porte un tee-shirt mauve, des sandales en plastique transparent et un pantalon décoré aux genoux de têtes d'Elmo, la marionnette du *Muppet Show*. Sa tignasse frisée est coiffée à la va-vite, avec deux couettes qui pointent dans des directions opposées. Les yeux fixés au sol, elle ramasse des cailloux un par un et les met dans un verre en plastique rouge, le genre que les jeunes utilisent quand ils fêtent un anniversaire à l'école. Elle nous a entendus descendre de voiture et se fige, les yeux levés vers nous comme si nous l'avions surprise en train de voler dans un magasin. Je souris, lui adresse un petit signe de la main. Pas de réponse. Une grosse goutte de salive perle sur sa lèvre. Elle nous regarde passer, les yeux écarquillés.

Une femme ouvre la porte avant que nous ayons eu le temps de sonner. Elle porte une jupe longue et un petit haut qui découvre son ventre et sa peau mate. Ses cheveux sont noués sur sa nuque. Même si son visage est beau, il exprime une certaine lourdeur. Des poches soulignent ses yeux. Elle nous regarde d'un air las.

– Excusez-moi, dit-elle en passant derrière Lee. *Isabel ! Ven aquí por favor.*

La petite relève la tête. De mauvais gré, elle laisse tomber un dernier caillou dans son verre et nous rejoint en courant. La femme se baisse, la prend dans les bras et lui essuie la bouche avec le pouce. Un téléviseur hurle à plein volume à l'intérieur. Les sons hystériques et survoltés d'un dessin animé rivalisent avec les infos diffusées par un poste de radio installé sur le rebord d'une fenêtre. La femme pose la gamine par terre

– Va voir Diego, s'il te plaît, lui dit-elle en lui donnant une petite tape sur le derrière.

La petite s'éloigne de son pas incertain. La femme se tourne vers nous, le visage sévère.

– Qu'est-ce que je peux faire pour vous ?

– Vous êtes bien Elena Marques ?

– Oui. C'est à quel sujet ?

– Je me présente : inspecteur Davis, et voici Miss Flynn, du FBI. On peut rentrer ?

Elena hésite. Elle sait pourquoi nous sommes ici. L'espace d'un instant, je crois qu'elle va nous demander de partir. Mais elle ouvre la porte en grand et nous fait signe d'entrer.

– Vous vous occupez des personnes disparues ? nous demande-t-elle.

– Pas tout à fait, répond Lee.

Le salon est petit et encombré. Des stores déglingués occultent les fenêtres, ne laissant passer que très peu de lumière. Je distingue une table encore encombrée des restes du petit déjeuner : bols de céréales et cuillères, verres de jus d'orange à moitié bus, et une assiette contenant des petits morceaux de toasts beurrés. Je compte quatre bols. Qui d'autre vit ici ? Des enfants ? Des adultes ? Ont-ils entendu parler du corps découvert à Shinnecock ? Elena déplace un panier de linge sale pour libérer de la place sur le canapé et nous fait signe de nous asseoir. Elle-même s'installe sur l'accoudoir d'un fauteuil en face de nous.

– C'est Adriana, dit-elle d'une voix glaciale, le corps qu'on a trouvé dans les dunes. J'ai appris ça aux infos. C'est elle, n'est-ce pas ?

– J'ai bien peur que oui, dit Lee.

Elle se tourne vers moi, me regarde droit dans les yeux.

– Alors c'est pour ça que vous êtes là. Ils n'enverraient pas un agent du FBI juste pour une histoire de nana disparue.

– Toutes mes condoléances. Je sais à quel point c'est difficile d'apprendre ce genre de nouvelle.

– Non, vous n'en avez aucune idée. Personne n'en a rien à faire. Quand je suis allée au commissariat signaler sa disparition, vous savez ce qu'il m'a demandé, le flic ? Si ma sœur était une professionnelle. Sa première question ! Et quand j'ai répondu : « Oui, ça lui arrivait », il a fermé son carnet. Comme si tout avait été dit sur elle. Comme si elle était une moins-que-rien.

– Quelle honte, dis-je, écœurée.

– Il y a une autre jeune fille qui a disparu l'été dernier, explique Lee.

Je devine son malaise. Sa jambe est secouée comme par des tics nerveux. Ça me donne envie de poser la main dessus pour l'immobiliser.

– C'était une prostituée. Peut-être qu'il voulait juste voir s'il pouvait y avoir un lien entre les deux affaires.

– Je vais vous le dire, moi, le lien qu'il y a : à chaque fois, c'est des Latinos dont tout le monde se contrefout.

– Pas nous, proteste Lee, sans grande conviction.

– À votre avis, qu'est-ce qui se serait passé si ma sœur était issue d'une bonne famille blanche de Southampton ? La Garde nationale serait venue pour les recherches. Et n'allez pas me dire que je me trompe.

Isabel, la petite fille, apparaît sur le seuil de la porte. Tout en tétant furieusement sa sucette, elle se précipite vers Elena, qui la prend dans les bras. La fillette pose la tête sur l'épaule de la jeune femme.

– Elle est fatiguée. Personne n'a réussi à dormir cette nuit.

– Pas de problème. Si vous voulez qu'on vous laisse…

Elena fait signe que non et serre la petite encore plus fort. Elle détourne le visage et laisse échapper un bref sanglot. Nous restons silencieux. La fillette ne semble pas remarquer qu'Elena est secouée de larmes. Elle abandonne sa tête sur l'épaule de sa mère, les paupières mi-closes, et se laisse bercer par le rythme apaisant de sa poitrine.

Une minute passe. Deux peut-être. Tout à coup, Isabel ouvre les yeux. Elle se redresse, se dégage, descend des genoux d'Elena et retourne en courant vers le couloir.

Une fois la petite partie, Elena essuie ses yeux avec sa manche.

– Isabel adorait ma sœur. Adriana s'occupait d'elle l'après-midi. Elle ignore que sa tante est morte. Je ne sais pas comment lui expliquer.

– Elle a quel âge ? demandé-je.

– Elle va sur ses deux ans.

– Vous avez d'autres enfants ?

– Un garçon de sept ans. Rafael.

– Dites-leur la vérité.

Elle me regarde, le front plissé.

– Ils sont trop jeunes. Jamais ils ne comprendront ce genre de chose.

– J'avais sept ans quand ma mère a été assassinée. Ça a été un vrai soulagement pour moi quand on m'a enfin dit qu'elle était morte. Les enfants comprennent plus que ce qu'on croit. Et ils apprécient qu'on leur dise simplement la vérité.

Ce que je lui apprends la désarme. Son visage se froisse. Je me rends compte que j'en ai trop dit.

– Alors Adriana a été assassinée, c'est ça ? murmure-t-elle.

– On le dirait bien. Je suis vraiment désolée. On en saura plus quand on aura reçu le rapport du médecin.

– Qu'est-ce qui lui est arrivé ?

– C'est encore trop tôt pour le savoir, dit Lee.

Il pourrait l'informer davantage, bien sûr. Lui parler de cette balle dans la tête. De la façon dont son corps a été démembré. De la toile de jute, de la ficelle. Mais il s'y refuse. Nous avons tous les deux appris à ne livrer les informations à la famille qu'au compte-gouttes. Inutile qu'Elena connaisse tous les détails, du moins à ce stade. Si nous ne les communiquons pas à d'autres personnes, elle ne les apprendra que bien plus tard.

– Le médecin légiste va bientôt nous communiquer d'autres informations. Si vous pouviez nous fournir un échantillon d'ADN, ça nous serait bien utile. Je peux par exemple faire un prélèvement de votre muqueuse buccale. Pour confirmer l'identité du corps.

Elle redresse légèrement la tête. J'ai bien envie de botter le cul de Lee pour le punir de lui avoir donné de l'espoir.

– Alors ce n'est peut-être pas elle ? C'est peut-être une erreur ? dit-elle sur un ton désespéré.

– Non. C'est bien elle. Elle avait une plaque métallique dans la mâchoire, avec un numéro gravé dessus. Le prélèvement d'ADN, c'est juste une manière de confirmer une deuxième fois. Désolée… J'aurais dû… C'est elle, c'est sûr.

– Je veux la voir. Vous pouvez m'emmener là-bas ?

– Pas tout de suite. Bientôt. Pour l'instant, c'est nos services médicaux qui s'en occupent.

– Pourquoi je ne peux pas la voir ? C'est ma sœur ! Ma famille ! Vous ne pouvez pas m'empêcher de la voir !

– Mrs Marques, dis-je en prenant ma voix la plus douce, la seule façon pour nous de comprendre ce qui est arrivé à votre sœur, c'est de laisser les médecins examiner son corps. D'accord ? Pour l'instant, vous pouvez nous aider en répondant à nos questions.

Elle me regarde, les yeux écarquillés, hagards, comme si elle ne m'entendait pas vraiment. Elle tourne la tête vers la porte, puis de nouveau vers moi. Et là, elle s'affaisse dans le fauteuil.

– Un verre d'eau, s'il vous plaît, dit-elle d'une voix rauque.

Lee se redresse d'un bond.

– J'y vais, dit-il.

– Vous voulez bien me parler du jour de la disparition de votre sœur ? je demande à Elena, tandis que Lee file dans la cuisine.

Elena hausse les épaules entre deux sanglots.

– C'était le vendredi juste avant *Labor Day*. Elle m'a dit qu'elle partait à une soirée. Mais je savais qu'elle allait y retrouver des clients. Je savais toujours.

– Comment vous le saviez ?

– J'ai l'air stupide ou quoi ?

– Pas du tout. Mais les détails m'aideront à comprendre.

– Il y avait toujours une voiture qui venait la chercher, soupire-t-elle. Une Escalade.

– Toujours la même ?

– En général, oui. Elle disait que le chauffeur était un ami. Il l'attendait au bout de la rue. Parfois, elle rentrait tard dans la nuit. D'autres fois, elle ne revenait que le matin.

– Vous pourriez reconnaître le chauffeur si je vous montrais une photo ?

– Oui, sûrement. Un jour, je suis allée lui dire ce que je pensais de lui. Je lui ai dit de ficher le camp. Je l'ai menacé d'appeler la police. Il m'a répondu : « Allez-y, appelez-les. » Comme s'il me défiait de le faire. Ce connard.

– Sa voiture, elle était blanche ?

– Oui. Blanche. Avec des jantes spéciales. Le style m'as-tu-vu. Le soir de sa disparition, c'était une autre voiture. Une berline noire. Genre limousine.

– Avec le même chauffeur ?

– Je ne sais pas. Je n'ai pas pu voir son visage.

– Ce n'est pas grave. Vous nous avez fourni des éléments très utiles déjà.

Lee revient avec un verre d'eau.

Elena le remercie et boit une gorgée, les mains tremblantes. Je vois l'eau vibrer dans le verre, qu'elle serre dans ses mains comme si elle avait peur de le laisser tomber.

– Vous avez appelé la police ? À propos de ce type dans la voiture blanche ?

– Non. Je ne voulais pas qu'Adriana ait des ennuis.

– Pourtant, ça ne vous plaisait pas, qu'elle aille avec des hommes, réplique Lee.

– Bien sûr que non ! Imaginez que votre petite sœur fasse pareil ! Ça vous plairait ?

Elle s'arrête quelques secondes, reprend son souffle avant de poursuivre :

– En fait, c'est facile de gagner de l'argent comme ça. On met une annonce sur Craigslist, ou sur Backpage, et hop ! Les gens vous appellent. Elle avait ses clients fidèles, Adriana. Parfois, je l'entendais leur parler comme une nana à son petit copain. « Salut, chéri. Alors ton voyage, c'était comment ? » Vous voyez le genre. Elle était jeune. Naïve. Elle a toujours été comme ça. Même à l'école.

– C'était une gentille fille.

– Oh oui ! Avec un cœur gros comme ça ! Elle voulait devenir infirmière. Elle était super sensible. Genre, vous lui présentiez une personne et à la fin de la soirée, elle était devenue sa meilleure amie. Les gens lui confiaient leurs problèmes, tous.

– Elle a suivi sa scolarité jusqu'au bout ?

– Non. Elle avait des problèmes d'apprentissage. Si bien que l'école, c'était dur pour elle. Et côté famille, c'était un peu instable. Enfin, pas de gros problèmes, on avait tout ce qu'il nous fallait. Mais notre père n'était pas là, et notre mère pas vraiment présente, si vous voyez ce que je veux dire. Alors c'est moi qui ai élevé Adriana en réalité. Je lui disais tout le temps de passer ses équivalences pour valider son niveau d'études. Mais elle préférait sortir et gagner de l'argent. Et quand le petit voyou avec lequel elle sortait a été foutu en taule tout là-bas dans le Nord, elle n'a pas vraiment eu le choix. Elle est venue s'installer ici. Je voulais qu'elle trouve un boulot, un vrai, pas ces trucs louches, mais ça créait des disputes. D'ailleurs on se disputait pour plein de choses.

Elle pousse alors un long soupir, le genre de soupir qui trahit une fatigue profonde, et enfouit son visage dans ses mains.

– J'espérais qu'elle arrêterait, murmure-t-elle.

– Quand elle partait, comme ça, le soir, vous lui demandiez où elle allait ? reprend Lee. Vous lui disiez de vous envoyer un texto quand elle arrivait ?

Elena se hérisse. Elle regarde Lee fixement.

– Bien sûr, répond-elle, comme pour se défendre. Parfois, elle le faisait, parfois non. Il ne faut pas oublier qu'elle avait dix-huit ans. Impossible pour moi de la contrôler. Tout ce que je pouvais faire, c'était lui offrir un endroit où vivre. On a tous besoin de travailler, monsieur l'inspecteur.

– Je comprends. Désolé, il n'y avait aucun sous-entendu dans ce que je...

– Elle m'aidait beaucoup dans la maison. Elle faisait les courses, achetait des pizzas. Et elle s'occupait d'Isabel, en plus, ce qui m'évitait souvent de payer une baby-sitter. Elle gagnait beaucoup d'argent – elle avait des clients friqués. Même si elle en dépensait énormément en maquillage et vêtements, à en juger par son look, elle rapportait beaucoup d'argent à la maison.

– Qu'est-ce que vous entendez par « son look » ?

– Les ongles faits, la coiffure impeccable, les vêtements chics, vous voyez le genre. À partir du moment où elle a participé à ces soirées, elle s'est mise à soigner son apparence.

Comme vous le voyez, ajoute Elena en faisant un geste en direction d'une porte. Ça, c'est sa chambre.

Cet interrogatoire l'agace au plus haut point. Je le vois à sa posture : assise droite comme un i, les épaules remontées. Elle serre son verre si fort dans sa main que je crains qu'il n'explose. Visiblement, Lee n'a rien remarqué. Il ouvre la bouche. J'interviens avant qu'il puisse la harceler davantage :

– Et si tu allais voir ce qu'il y a d'intéressant dans cette chambre, Lee ? J'ai quelques questions à poser à Mrs Marques.

Lee semble ravi d'avoir quelque chose à faire. Une fois qu'il s'est éloigné, Elena se détend un peu et s'enfonce dans son fauteuil, vidée de toute son énergie. Elle cligne des paupières, comme si ses yeux voulaient se fermer.

– Ce soir-là, Adriana est partie à vingt heures environ. Les gosses étaient en train de dîner. Je voulais qu'elle mange avec nous, mais elle a dit qu'elle devait y aller. Elle avait l'air pressée, comme si on lui avait demandé de faire vite. Elle avait sorti le grand jeu – des talons hauts, une robe moulante.

– Elle avait un sac à main ?

– Un gros sac. Un tote bag. Peut-être qu'elle prévoyait de rester dormir là-bas.

– Vous l'avez vue entrer dans la voiture ?

– Oui. Je l'ai suivie dehors. Je l'ai appelée au moment où elle montait dans la voiture, mais elle ne m'a pas entendue.

– Vous nous avez dit que le véhicule était différent. Vous pensez que c'était le même conducteur que d'habitude ?

– Je ne sais pas. Les vitres étaient teintées.

– Vous voulez bien fermer les yeux ? Imaginez la voiture au moment où elle s'éloigne. Dites-moi si vous remarquez quelque chose.

Elle cligne des yeux, les ouvre, puis les referme.

– La plaque d'immatriculation était jaune.

– Très bien. Autre chose ?

– Je crois qu'il y avait un 5 dans le numéro.

Elle ouvre à nouveau les yeux, secoue la tête.

– Ou bien un S. Je ne sais pas. Je ne suis pas douée pour ce genre de chose.

– Vous vous en sortez très bien. Cette voiture, vous ne l'aviez jamais vue avant ?

– Non.

– Et vous vous êtes aperçue quand de la disparition de votre sœur ?

– Le samedi je travaille, dans l'équipe de nettoyage de l'hôpital de Southampton. Alors je pars à six heures trente le matin. Ce jour-là, tout le monde dormait. La porte d'Adriana était fermée. Je me suis dit qu'elle était dans sa chambre. Je n'ai pas pensé à aller vérifier.

Elle se couvre le visage avec la main. Son corps est secoué d'une nouvelle crise de larmes. J'attends tranquillement, puis murmure :

– Ce n'est pas de votre faute.

Mais les mots me paraissent creux.

– Je suis sa sœur aînée, dit-elle d'une voix étranglée. J'aurais dû vérifier qu'elle était bien rentrée.

Je me penche au-dessus de la table et attrape une boîte de mouchoirs. J'en tends un à Elena, elle se mouche.

– Vous êtes rentrée à quelle heure ce samedi ?

– Vers dix-huit heures. Les gosses regardaient la télé quand je suis arrivée. J'ai demandé à Diego, mon copain, où était Adriana. Il ne l'avait pas vue de la journée. Alors j'ai commencé à m'inquiéter. Sa chambre était vide. Je l'ai appelée deux fois sur son portable. Pas de réponse. Je suis tombée sur son répondeur.

– Ça lui était déjà arrivé de partir plus d'une nuit ?

– Non. Du moins je ne m'en souviens pas. Mais là, c'était le week-end. Diego m'a dit que peut-être elle faisait la fête quelque part, et qu'il ne fallait pas s'inquiéter. Il trouve que je suis trop sur son dos. Que je la traite comme une enfant. Alors je n'ai rien fait. Mais je n'ai pas fermé l'œil de la nuit. Je sentais que quelque chose clochait. Vous savez, le genre de chose qu'on sent dans ses tripes. Le lendemain matin, quand j'ai vu qu'elle n'était toujours pas revenue, j'ai appelé la police.

– Vous vous souvenez du nom de la personne à laquelle vous avez parlé ?

– Non. J'ai appelé les services d'urgence, et ils ont transféré mon appel au commissariat. Un type m'a dit de venir remplir une fiche de signalement. Ce que j'ai fait. C'est là que je suis tombée sur ce connard qui m'a demandé si Adriana était une professionnelle. Je voyais bien qu'il se foutait d'elle, de moi, de nous tous.

– Vous avez mentionné dans votre signalement avoir vu un véhicule, un pick-up rouge, garé devant chez vous.

Elena hoche gravement la tête, comme si on lui rappelait quelque chose qu'elle avait oublié.

– Oui. En effet. Un pick-up.

– Juste avant la disparition de votre sœur, c'est ça ?

– Oui. La veille.

– Il y avait quelqu'un dans ce pick-up ?

– Oui, un type. Je n'ai pas pu voir son visage. Il portait une casquette de base-ball. Il est resté à l'intérieur. Comme s'il surveillait notre maison. Ça m'a fait froid dans le dos.

– Et ce pick-up, vous l'avez revu depuis ?

– Non. Peut-être que c'était rien, je ne sais pas.

Elle marque un temps d'hésitation, comme si elle voulait ajouter quelque chose.

– Mrs Marques, dis-je calmement, si jamais vous pensez à une autre chose importante, vous pouvez me la confier. Je ne la partagerai avec personne d'autre. Mais cela pourra peut-être nous aider à savoir qui a tué votre sœur.

Elle me regarde, les yeux emplis de larmes.

– Je pense qu'Adriana était enceinte.

– Qu'est-ce qui vous fait dire ça ?

– Oh, vous savez, l'intuition. Elle était très fatiguée les derniers temps. Et je l'ai surprise en train de vomir le matin deux ou trois fois.

– Vous lui avez posé la question ?

– Non. Je n'étais sûre de rien. Elle se comportait comme

si de rien n'était. Je me suis dit qu'elle me l'annoncerait quand elle serait prête.

– Elle vous a paru inquiète les jours précédant sa disparition ? Mystérieuse ? Étrange ?

Elena se mord la lèvre, réfléchit.

– En fait, c'est tout le contraire. Elle avait l'air heureuse.

– Heureuse ?

– Oui. Comme si elle voyait la fin de ses problèmes.

– Peut-être qu'elle était ravie d'attendre un bébé.

– C'est ce que je me suis dit. Elle passait plus de temps au téléphone, à parler à son interlocuteur à voix basse. En général, la nuit. Une fois, elle a utilisé le téléphone fixe. Alors j'ai écouté sur le deuxième poste. Par curiosité. C'était une voix d'homme. Il lui disait qu'elle ne devait pas faire de vagues. À cause du poste qu'il occupait.

– Et elle a répondu quoi ?

– Qu'elle comprenait. Qu'elle ne ferait jamais rien qui puisse lui nuire. Alors il a dit : « Je m'occuperai de toi. Je m'occuperai de tout. » Et là elle a commencé à pleurer.

– Vous lui avez posé des questions sur cette conversation ?

– Non. Je ne voulais pas qu'elle se sente espionnée. Et de toute façon, elle ne m'aurait rien dit.

– Ce n'est pas grave. On peut toujours retrouver la trace des appels faits avec votre téléphone et voir à qui elle parlait. Vous avez eu affaire à d'autres personnes de la police ? Après avoir fait votre signalement, je veux dire.

– Un flic est passé ici plus tard cette nuit-là. Un Blanc, grand, les cheveux bruns coupés ras. Le style militaire. Il a inspecté la chambre d'Adriana, il m'a posé quelques questions sur elle. Il était bizarre, pas très bavard. Nerveux, comme s'il cherchait quelque chose de précis.

– Quelque chose de précis ?

– Oui. Il a passé beaucoup de temps à fouiller son bureau. Et son placard.

– Il a pris quelque chose ?

– Il a trouvé un téléphone dans son bureau. J'étais surprise – elle emportait toujours son mobile avec elle. Celui-là ne ressemblait pas au sien. C'est ce que j'ai dit au flic, mais il l'a quand même gardé.

Je sens ma gorge se serrer. Du fond de l'appartement montent des pleurs d'enfant.

– Ce flic, vous vous souvenez de son nom ?

Elle fronce les sourcils, puis lève la tête vers moi.

– Vous savez quoi ? Je crois qu'il s'appelait Flynn. Comme vous.

9.

Mes oreilles bourdonnent. Les pleurs s'intensifient. Elena se lève.

– Je m'excuse. Je vais voir ce que veut Isabel.

Je hoche la tête, encore sonnée.

– Je comprends. Faites.

Elle disparaît dans le couloir. Je me lève lentement. J'ai la tête qui tourne. Vite, rentrer à la maison, aller voir dans le bureau de mon père si je trouve le numéro de téléphone d'Adriana écrit quelque part.

J'avance jusqu'à la porte de la chambre de la jeune fille. Est-ce une bonne idée d'interroger Lee sur la fois où mon père est venu ici après la disparition d'Adriana ? Non. Lee en aurait parlé s'il avait jugé que c'était important. Quelque chose me dit qu'en fait, il n'est pas au courant. Mais alors, quelle raison mon père aurait-il eue de dissimuler des choses à son collègue ?

La chambre est minuscule, avec tout juste l'espace pour un lit simple et un petit bureau. Des livres sont empilés dans un coin. Je penche la tête pour lire les titres. Un manuel d'anatomie. Le *Guide pratique de la nutrition.* Une brochure de l'école d'infirmières de St. Joseph. Un prospectus annonçant une réunion d'information au campus le 28 août. La date est entourée en noir.

Il y a une fenêtre juste au-dessus du bureau. Elle donne sur le mur de la maison voisine. Dehors, une femme est en train de décrocher du linge de l'étendoir. Le vent s'est levé. Il lui ébouriffe les cheveux, soulève sa jupe, fait claquer les vêtements, qui menacent de s'envoler. La femme lève la tête, croise mon regard. Les sourcils froncés, elle détourne le visage, prend son panier de linge et rentre chez elle, brusquement pressée.

Je ferme les yeux, tente d'imaginer la porte-fenêtre chez James Meachem, celle qui donne sur le balcon face aux dunes. Quelqu'un dans cette maison sait quelque chose. Et Grace Bishop en sait plus que ce qu'elle a bien voulu me dire. Peut-être pas à propos de la nuit du meurtre, mais au moins au sujet du va-et-vient de filles. Des « soirées ». Des hommes qui les fréquentaient. De James Meachem lui-même. Grace est sa voisine, sur Long Island mais aussi à Palm Beach. Les voisins en savent souvent bien plus que ce qu'on imagine. Il faut que je retourne l'interroger. Et cette fois-ci, seule.

De l'autre côté du mur, Elena chante une chanson à Isabel. Une chanson mélancolique, lente, une mélodie en mineur. Une chanson que j'ai entendue dans mon enfance, mais dont j'ai oublié les paroles. L'entendre me donne la chair de poule. C'est comme si j'entendais la voix de ma mère. Les pleurs se calment, puis cessent. J'imagine Isabel blottie contre sa mère, s'agrippant à elle. Je me demande si elle faisait la même chose avec Adriana qui, d'après Elena, adorait la fillette. Adriana se disait peut-être qu'avec un bébé, elle prendrait un nouveau départ dans la vie. Surtout si le père était riche et puissant. En fait, il se peut qu'elle ait été tuée pour cette raison.

Un tableau en liège est accroché au-dessus du lit d'Adriana. Y sont épinglés plusieurs photos, un ticket de cinéma, quelques cartes de visite. J'examine les photos. Je reconnais tout de suite Adriana. C'est le genre de visage qui éclipse tous les autres. La bouche ouverte en un sourire parfait, les traits fins, parfaitement symétriques, avec des pommettes rondes et de grands yeux lumineux. Sa sœur, en plus délicat. Un visage resplendissant de jeunesse, une peau veloutée d'une belle couleur noisette, des cheveux épais d'un noir d'obsidienne, détachés sur la plupart des clichés, avec une raie au milieu. Sur ceux où la jeune fille sourit, ses joues se creusent de fossettes, ce qui lui donne un air chaleureux et accessible.

Je me penche. Sur l'une des photos, Adriana et Elena sont ensemble sur la plage. L'eau est calme. On dirait la baie plutôt que l'océan. Peut-être Meschutt Beach, l'une des plages d'Hampton Bay, où mes parents m'emmenaient quand j'étais petite. Je me souviens des bouées délimitant la zone de baignade. Mon père me portait juchée sur ses épaules jusqu'à elles. Restée sur la plage, ma mère nous regardait en nous faisant de grands gestes de la main, tandis que le soleil projetait sa silhouette sur le sable.

Sur la photo, les deux sœurs se tiennent tout au bord de l'eau, bras dessus, bras dessous. Je suppose que c'est la fin de l'été. La lumière, pâle, lumineuse, fait scintiller la mer. Adriana est particulièrement bronzée. La tête rejetée en arrière, les yeux fermés, elle rit, la bouche ouverte. Elle s'est fait une tresse, et des petites mèches folles encadrent son visage. Elle est heureuse. Heureuse et vivante.

Elle ressemble à Elena. Elle ressemble à ma mère.

Une image apparaît, comme un bleu qui vient colorer la peau. Ma mère me tient la main. Nous sommes à Meschutt Beach. Le sable est couvert de coquillages, que nous ramassons et mettons dans un seau avec mon nom dessus. J'aime le bruit qu'ils font quand ils tombent au fond. Je sens le contact de leurs bords effilés sous la peau tendre de mes voûtes plantaires.

– *Uno*, dit ma mère en plongeant ses yeux noirs dans les miens.

Elle avait de magnifiques cils épais. Quand elle me tenait contre elle, je les sentais frôler ma joue.

Elle essaie d'être sérieuse. Sans succès – nous rions toutes les deux aux éclats.

– *Dos*, dis-je.

– *Tres.*

Et à trois, elle m'entraîne dans un tourbillon. Elle est l'axe qui tourne comme une toupie. Mon corps vole à l'horizontale. Je lui serre les mains très fort. Si je lâche, je vais atterrir brutalement sur le sable, les galets et les coquillages. Ça me fera mal. Alors je m'agrippe. Elle ne me lâchera pas.

Je tourne et tourne, prise de vertige et d'un rire incontrôlable, jusqu'à ce que, n'en pouvant plus, elle s'arrête. Alors nous nous effondrons toutes les deux par terre, hilares. Puis nous roulons sur le dos et contemplons le ciel vide, son oreille tout contre la mienne, nos poitrines soulevées par l'effort et le rire.

Je décroche la photo du panneau et l'approche de la lumière, sans pouvoir me défaire de cette impression d'avoir déjà vu Adriana quelque part. Pourquoi ? Mes souvenirs commencent à se fondre les uns dans les autres, comme des bouts de pellicule qu'on aurait mélangés. L'ai-je déjà vue, ou est-ce juste ma mère dont je me souviens ? Maintenant que je suis revenue à Long Island, je la vois partout. Je la vois traverser la rue. Se promener le long de la plage. Je rêve d'elle, comme je ne l'ai pas fait depuis bien longtemps.

– Elle était jolie.

Je sursaute. C'est la voix de Lee, derrière moi.

– C'est triste, hein ?

– Ça le serait tout autant si elle n'était pas jolie.

Ma remarque est plus sèche que je ne l'aurais voulu.

– Je sais. Ce n'est pas ce que je voulais dire.

– Je sais ce que tu voulais dire.

Je me tourne à nouveau vers le tableau. Dès que Lee a les yeux tournés, je fourre la photo dans ma poche, le cœur cognant dans ma poitrine. Pourquoi mon père est-il venu ici ? Avait-il établi un lien entre cette affaire et le meurtre de Pine Barrens avant sa mort ? Si c'est le cas, comment ? Il faut que je découvre ce qu'il savait. Je veux voir ce qu'il a vu. Avait-il la même impression que moi ? Qu'il y avait chez Adriana quelque chose de familier vers lequel il était instinctivement attiré…

Je repère une carte de visite épinglée tout en bas du panneau en liège. Un petit carré noir. Dans un angle, en lettres argentées, « GC, location de limousines ». Et en tout petit un numéro de portable. Je fouille dans ma poche, en sors mes gants. En prenant mille précautions, je retire la carte. Les lettres argentées scintillent dans la lumière. Je glisse la carte dans une pochette en plastique.

Lee se tient devant le placard. Il se retourne, tenant au bout d'un doigt un petit sac à main blanc avec une chaîne dorée et le devant matelassé.

– Hé ! Regarde-moi ça ! Un Chanel. À ton avis, ça coûte combien ce truc-là ?

– Deux ou trois mille dollars, peut-être plus.

– Mazette ! Je ne comprendrai jamais les femmes.

– Bienvenue au club.

Je m'approche du placard. On dirait qu'elles étaient deux à occuper cette chambre. Les vêtements sont pour moitié ceux qu'on trouve dans un placard d'ado. Des jeans, des tee-shirts pliés à la va-vite et empilés directement sur le sol. Tout au fond, des baskets, dans un coin, une botte Ugg fourrée, toute seule. Devant les baskets sont alignés des escarpins à talons vertigineux, certains toujours dans leurs boîtes. Je me penche, en ouvre une. Je soulève le papier de soie, sors un escarpin à talon aiguille et à semelle rouge encore toute lisse. Le talon est effilé comme une lame, et long comme ma main.

– Jamais portés.

– Un cadeau ?

– Peut-être.

Je me redresse, examine les robes l'une après l'autre.

– Beaucoup de vêtements chers. Je ne vois pas comment elle aurait pu s'offrir ce genre de choses.

– Elle avait des clients riches.

– Ça m'en a tout l'air.

Je sors un cintre sur lequel est accrochée une housse Bergdorf Goodman et ouvre la fermeture éclair. À l'intérieur, une robe de cocktail blanche taille 34, à coupe très sage, avec des petites manches et une jupe en corolle. Le genre de robe que portent les femmes de la bonne société dans les pages mondaines des magazines. L'étiquette est toujours épinglée à la manche : 2 000 dollars.

Lee siffle.

– Des clients riches avec des goûts de luxe. Je parie que c'est quelqu'un d'autre qui a choisi cette robe pour elle. Je n'imagine pas cette fille aller à New York faire du shopping dans un magasin aussi chic que Bergdorf Goodman. Et même si elle y était allée, elle n'aurait pas choisi cette robe. Tu vois ces Converse usées : c'est ça qu'elle porte quand elle ne travaille pas.

– On pourrait aller au magasin voir qui a acheté la robe.

– Oui. Je me demande... Elle se préparait à un voyage ou quoi ?

– Un voyage ?

– Regarde l'étiquette : c'est une collection croisière.

– Une collection croisière ?

– Le genre de vêtements que les femmes riches portent sur leurs lieux de vacances. Avec des couleurs vives, des imprimés tropicaux, des sandales à lanières.

– Comment tu sais ça ?

– Je lis.

– Tu lis quoi ? *Vogue ?* Je ne pensais pas que vous étiez une *fashion victim,* inspecteur Flynn !

J'ignore sa remarque, sors un pantalon en soie blanc du placard et le lui montre.

– Regarde ça. Ça, c'est du croisière. Comme si quelqu'un était allé à Bergdorf pour acheter une garde-robe complète. Pas juste des tenues de soirée, mais aussi des vêtements pour la journée. Pour moi c'est sûr, elle partait quelque part. Dans un endroit chic. Avec quelqu'un qui voulait qu'elle fasse parfaitement illusion.

– Ou peut-être qu'elle participait simplement à des soirées dans les Hamptons.

– Peut-être. Dis-moi... Ria Sandoval avait recours aux services d'un chauffeur, un certain Giovanni Calabrese, non ? Y compris la nuit de sa disparition ?

– Oui.

– Adriana aussi. Pas la nuit de sa disparition, mais avant. Sa sœur dit qu'un type chauve venait la chercher en Cadillac Escalade blanche. Impossible que ça soit une simple coïncidence. À mon avis, on devrait aller le voir, ce type.

– On devrait, mais il va falloir attendre.

Lee brandit son téléphone.

– Dorsey veut qu'on le rejoigne au labo du légiste dès qu'on aura fini. La presse est déjà sur le coup. Il doit faire une déclaration.

– Ok. On prend tout ça. Y compris les vêtements.

Lee fait signe qu'il a compris. En m'approchant pour l'aider, je mets la main dans la poche de ma veste pour vérifier que la photo est bien là.

C'est alors que je me souviens. Oui, j'ai déjà vu Adriana. Ce n'est pas juste qu'elle ressemble à ma mère. Elle est l'une des deux jeunes filles sur le Polaroïd que j'ai trouvé dans le bureau de l'appartement de Main Street.

10.

Le trajet en voiture de Riverhead à Hauppauge prend en général à peu près trente-cinq minutes. À l'heure qu'il est, la circulation est plus dense dans le sens inverse. Au moment où nous arrivons à la voiture, je décide d'aller voir Grace seule. L'autre fois, elle s'est fermée comme une huître dès que Lee s'est approché de nous. Elle se méfie de tout ce qui porte un uniforme de la police locale. Je commence à comprendre pourquoi. En plus, j'aimerais récupérer la moto de mon père et fouiller son bureau sans avoir Lee sur le dos.

– Tu peux me laisser près de ma voiture ? Je te rejoins au labo.

– Si tu veux. Tu me suis, alors ?

– En fait, je dois m'arrêter quelque part sur la route. Vas-y. Je ne veux pas te faire perdre du temps.

– C'est sur le chemin, j'espère. Parce qu'il ne faudrait pas que Milkowski commence sans nous.

Je soupire. Lee s'avère plus difficile à convaincre que je ne le croyais. Sans compter que pour moi aussi, hors de question de manquer le rapport du légiste. Ma petite enquête perso va donc devoir attendre.

– Oui, c'est sur le chemin. Il faut que je passe à la fourrière pour signer des papiers au sujet de la moto de mon père. Ça me prendra cinq minutes tout au plus.

Il consulte sa montre.

– D'accord. Pas de problème. On fait comme ça et ensuite on va ensemble au labo.

Quinze minutes plus tard, nous nous garons tous les deux dans la cour de la fourrière de Westhampton.

Lee descend sa vitre.

– Tu veux que je vienne avec toi ?

– Non. Reste où tu es. J'en ai pour une minute.

Je verrouille la portière en sortant. La mort de mon père a quelque chose de louche, j'en suis de plus en plus convaincue. Je revois ses cendres emportées par le vent. Trop tard pour obtenir une autopsie, mais peut-être pas pour examiner la moto.

Cole sort pour m'accueillir. Il ressemble à l'image que j'ai gardée de lui : un gaillard rougeaud, avec des mains comme des battoirs et une queue de cheval. Il s'est laissé pousser un début de barbe grisonnante. Au repas de Noël de la police, il se déguisait toujours en Père Noël et les enfants s'asseyaient sur ses genoux pour la photo.

– Salut, Cole, dis-je d'une voix faussement enjouée.

– Salut, Nell.

Il m'attire sur sa poitrine et me serre contre lui. Puis il recule et m'adresse un sourire.

– Ça m'a l'air d'aller, ma belle. Une ou deux pizzas ne te feraient pas de mal, mais ça m'a l'air d'aller.

– Toi aussi, ça a l'air d'aller.

– C'est la première année où je n'ai pas besoin de me coller une fausse barbe pour faire le Père Noël. Ce qui n'est pas pour me déplaire. Ce postiche, qu'est-ce que ça me grattait !

– Tu faisais un super Père Noël.

Il agite le doigt dans ma direction.

– Et toi, tu étais une sacrée cocotte. Tu venais t'asseoir sur mes genoux et tu me regardais droit dans les yeux en me disant « Salut Cole ». Juste pour me faire savoir que tu n'étais pas dupe.

– Le bon vieux temps ! Bon, écoute, je ne voudrais pas te presser, mais Lee Davis m'attend, alors je ne vais pas traîner.

Cole hausse les sourcils.

– Lee Davis ? Il faisait équipe avec ton père, pas vrai ?

– Mmm.

– Chic type. Il est marié ?

– Non. Hé oh, surtout, ne va pas te faire des idées ! Je l'aide à enquêter sur une affaire. On est des vieux copains.

– C'est ça, oui…

– Sérieusement, Cole. C'est pour le boulot, rien de plus.

– Bien sûr, bien sûr. Suis-moi. Je te montre la moto.

Nous passons devant plusieurs rangées de voitures. Certaines sont bonnes pour la casse, d'autres en bon état. Les propriétaires viendront les récupérer, mais celles qui font l'objet d'une enquête seront envoyées au laboratoire.

Tout au bout de la rangée, après un tas de ferraille rouillée qui a l'air d'avoir passé plusieurs mois sous la pluie, je découvre ce qui reste de la Harley-Davidson de mon père.

– Et voilà, dit Cole d'un ton fataliste. Bon, je ne sais pas ce que ton père a fait la nuit où il a eu cet accident, mais je vais te dire une chose : on ne plie pas une moto comme ça à moins de faire du 140, 160 km/h.

– Peut-être que les freins ont lâché.

– C'est ce que je me suis dit. Si tu veux que le laboratoire analyse l'épave, pas de problème pour moi. Je suis certain qu'ils le feraient tout de suite. À ta famille on ne peut rien refuser.

– Non. Pas de laboratoire.

– Tu es sûre ?

Les lèvres serrées, je réfléchis à ce que je vais lui dire. Je ne veux pas envoyer la moto au labo, mais je ne veux pas non plus que Cole ait des soupçons.

– Écoute, ce que je vais te dire doit rester entre nous : je m'inquiétais ces derniers temps pour mon père. Pour son moral. Il était très déprimé. J'avais appris qu'il voyait quelqu'un et que la personne l'avait quitté.

– Vraiment ?

– Oui. Alors je me demande s'il n'a pas provoqué son

propre accident. Ce n'est pas impossible. J'aimerais savoir. Comprendre ce qui s'est passé pour pouvoir l'accepter.

– Pigé. Bien sûr. Tu veux que mon frère y jette un coup d'œil ? La mécanique, ça n'a pas de secret pour Ty.

– C'est une très bonne idée, merci. Papa lui confiait ses motos en toute confiance. Tu penses qu'il voudra bien ?

– Oui, c'est sûr. Ty adorait ton père. Les motos, il connaît sur le bout des doigts. Je vais lui demander de venir la prendre tout à l'heure.

– Tu pourrais faire en sorte que ça reste entre nous ? Je ne veux surtout pas que Glenn Dorsey et les autres l'apprennent. Ça leur ferait un coup.

– Pigé.

Cole trace un trait sur ses lèvres, comme pour fermer sa bouche avec une fermeture éclair.

– Ça restera entre nous trois. Promis.

– Merci, Cole. Merci pour ton aide, vraiment.

Je le serre dans les bras, puis retourne vers le parking. Devant le pick-up de mon père, ma gorge se bloque. Le véhicule est recouvert d'une bonne couche de poussière mais on voit clairement à la lumière du soleil que la carrosserie est d'un beau rouge bordeaux.

Je frappe à la vitre de Lee pour lui signaler que je suis prête à repartir. Il descend sa vitre.

– Tout va bien ?

Il est en train d'écouter une radio qui passe des vieux tubes et qu'il s'empresse d'éteindre. Devant son beau sourire franc, l'espace d'une minute, j'ai des remords. Impossible d'imaginer qu'il m'aurait invitée à participer à cette enquête sordide s'il avait jugé la mort de mon père un tant soit peu suspecte. Ce n'est visiblement pas le genre de type capable de ce genre de manigance. D'un autre côté, cela pourrait être la raison pour laquelle on l'a mis sur le coup. Pour me chaperonner jusqu'à ce que je rentre à la niche.

– Oui. Je m'excuse. Il y avait des papiers à signer.

Il m'adresse un signe de tête, met le contact.

– Bon, alors je suis content que tout soit réglé. On y va ? Tu n'as qu'à me suivre.

Nous roulons tranquillement sur la grande route en nous suivant de près, moi derrière. Nous passons le parc régional de Pine Barrens, où a été découvert le corps de Ria, puis Yaphank, siège du quartier général de la police du comté. Après, le paysage devient une succession de pinèdes broussailleuses et de bretelles de sortie menant à des villes que j'ai oubliées depuis longtemps. Quand j'étais jeune, j'aimais leurs noms étranges et mystiques. Ils me rappelaient qu'elles avaient été des lieux magnifiques avec des lacs et des forêts pleines d'animaux, avant de devenir ces successions de galeries marchandes, stations essence et centres commerciaux qui ont connu des jours meilleurs. Ronkonkoma vient d'une expression algonquine signifiant « lac frontière ». Copiague veut dire « Abri », Hauppauge – notre destination –, « Terre de l'eau douce ». Du moins si l'on en croit la pancarte à l'entrée de la ville.

Le laboratoire de médecine légale se trouve dans un vieil immeuble de bureaux tout près de la route, devant lequel poussent quelques arbres chétifs et une maigre pelouse. Le parking est quasiment vide. Pour quelqu'un qui ne les connaîtrait pas, les lieux ont tout du siège social d'une entreprise en faillite. Faire travailler des légistes dans un endroit aussi mort a quelque chose de pervers. Au moins, à New York, les médecins retrouvent en sortant du boulot une foule animée, les klaxons des taxis et les métros bondés. Ici, ne les attendent que le ronronnement des voitures qui filent sur la route et les cris des oies volant dans le ciel.

Je sens une goutte tomber sur mon épaule au moment où je sors de la voiture. L'air est chargé d'humidité. Le tonnerre gronde au loin.

– Une scène de crime parfaite, soupire Lee en claquant sa portière.

Il me fait signe de le suivre. Pile au moment où nous entrons et passons la porte tambour, la pluie se met à tomber en faisant comme un chuchotis. Nous nous présentons à la réception, tenue par un agent de sécurité qui a l'air de s'ennuyer ferme et jette un coup d'œil rapide à nos cartes d'identité. Nous écrivons nos noms dans un registre. Pour moi, un gribouillis avec un grand N suivi d'un trait. Lee adresse un signe de tête au garde, qui nous fait passer le portillon. Nous descendons par l'ascenseur jusqu'au sous-sol.

Lee m'entraîne dans un dédale de couloirs avec un éclairage au sol qui donne à nos visages une pâleur verdâtre. Je me félicite de ne pas travailler dans un immeuble de bureaux comme celui-ci en particulier. Certes, j'ai un bureau, mais j'y suis rarement. En général mon travail se déroule sur le terrain, et ce terrain change à chaque nouvelle affaire. Souvent, je bosse mes dossiers dans une chambre de motel, où je me pose avec juste une valise et un ordinateur portable, et de temps en temps je me rends dans la salle piteuse que la police du coin a bien voulu nous laisser le temps de l'enquête. J'ai l'air de me plaindre ? Pas du tout. J'adore les déplacements, la solitude dans laquelle je travaille, le défi d'effectuer ma tâche dans un environnement difficile. Ça me procure des poussées d'adrénaline. L'idée de me rendre tous les jours, toutes les semaines, dans le même immeuble, de garer ma voiture au même endroit, de prendre l'ascenseur avec les mêmes personnes et le même repas à la cafétéria me donne la chair de poule. Je crois que je ne tiendrais pas plus d'une semaine. Mon père, encore moins.

Soit Lee connaît tout le monde ici, soit il est du genre à faire un signe de tête amical à chaque personne qu'il croise. J'envie sa bonne humeur, même si elle m'irrite un peu. La plupart des flics de la criminelle que j'ai rencontrés, mon père y compris, portent généralement un regard plutôt sombre sur l'humanité. Ils ont tendance à faire preuve d'une loyauté féroce envers les rares personnes qu'ils ont choisi d'admettre en leur sein et regardent les autres avec méfiance. Peut-être Lee ne travaille-t-il pas à la criminelle depuis suffisamment longtemps pour avoir perdu foi dans le genre humain. Ou peut-être existe-t-il d'indécrottables optimistes, dont il ferait partie. Quoi qu'il en soit, j'ai du mal à les imaginer, papa et lui, passant des journées entières ensemble, liés l'un à l'autre comme Oscar et Felix, le couple improbable du film *The Odd Couple*[1]. Difficile de dire lequel des deux aurait été le plus pénible pour l'autre.

Nous entrons dans l'ascenseur. Lee se met à fredonner la musique diffusée par le minuscule haut-parleur – une version instrumentale de *Every Breath You Take*.

– Je ne sais pas si tu sais, mais cette chanson parle d'un malade qui suit une femme partout.

– Oui, c'est de Police. Un grand classique. Allez, Nell, ne me dis pas que tu n'aimes pas le karaoké. Cette chanson, c'est la mienne.

– C'est pas vraiment mon truc.

– « *I'll be watching you.* »

Lee pointe son index vers moi, comme s'il me visait. Est-ce qu'il joue au niais, ou est-ce de l'ironie de sa part ? Ou encore une menace voilée ? Je serre les mâchoires. Dans tous les cas, il m'agace.

– Peut-être qu'après, je pourrais aller jeter un coup d'œil au bureau de ton père, non ?

Les portes de l'ascenseur s'ouvrent. Je sors la première sans répondre et commence à avancer dans le couloir, même si je ne connais pas les lieux.

– Hé ! Doucement, la môme ! C'est là.

Lee désigne une porte en inox juste en face de l'ascenseur. Une pancarte indique « Salle d'examen 1 ».

– Arrête de m'appeler comme ça.

– Comme quoi ?

– La môme. Bon sang, j'ai vingt-huit ans !

– Ok, désolé. J'ai compris, Nell.

Il a l'air vexé. J'ai honte d'avoir été aussi brusque. Il ouvre la porte et me laisse entrer la première.

– Merci, dis-je au passage.

Il hoche la tête, muet.

Depuis que je travaille pour le FBI, j'ai eu l'occasion de

1. Film américain de Gene Saks (1968).

passer beaucoup de temps avec des pathologistes, des médecins légistes et des assistants de laboratoire. Mais je suis rarement présente lors d'une autopsie. Quand mon équipe est appelée en renfort, les corps sont déjà froids. Même en cas de découverte d'autres cadavres lors d'une enquête, nous n'assistons pas aux autopsies, pour laisser à tous ces professionnels l'espace dont ils ont besoin pour accomplir leur tâche. C'est après que nous débarquons pour occuper le terrain.

Lee a probablement vu plus d'autopsies que moi. Il faut toujours que l'un des enquêteurs soit présent, pour confirmer que le corps sur la table de dissection est le bon. Généralement, ce sont les petits nouveaux ou les bonnes poires qu'on envoie sur ces missions peu ragoûtantes, les inspecteurs plus expérimentés se contentant d'attendre le rapport d'autopsie. Vu que Lee cumule les deux qualificatifs, j'imagine qu'il a été missionné plus souvent qu'à son tour.

Quel que soit le nombre d'autopsies auxquelles vous avez assisté, difficile de vous y habituer. Celle-ci me touche tout particulièrement. Peut-être à cause de la ressemblance frappante de cette jeune fille avec ma mère. Ou peut-être à cause des liens entre mon père et elle, des liens dont je suis la seule à soupçonner la nature intime. Mon corps se retrouve secoué de décharges électriques. Au moment où nous entrons dans la salle d'autopsie, je suis prise de nausées. J'enfouis mon nez dans le col de mon pull pour tenter de réprimer mes haut-le-cœur.

C'est l'odeur qui frappe en premier. Une odeur de mort et de produits nettoyants à retourner les estomacs les plus endurcis. En général, une salle d'autopsie est sombre, sans fenêtres, avec pour tout éclairage celui, aveuglant, des néons fixés en hauteur. Souvent, le sol et les éviers sont couverts de taches qu'on s'efforce en vain de ne pas regarder. Les tables elles-mêmes comportent une gouttière, comme un billot de boucher. Le long d'un mur se trouve une paillasse en inox qu'on appelle le poste de dissection, avec au-dessus une hotte aux allures de four industriel. Dans certaines grandes salles d'autopsie dernier cri, comme celle que dirige Nikki Prentice à New York, les postes de dissection sont carrément des salles entières. Au cours de ma carrière, j'ai certes vu pire comme salle d'autopsie, mais celle-ci n'en est pas loin : petite, mal ventilée, dépourvue de ces nouveaux outils technologiques auxquels je me suis habituée, par exemple l'imagerie numérique ou la vidéo-conférence. Quelque part en hauteur, le bruit régulier de gouttes tombant d'une fissure au plafond sonne comme un métronome. À quand remonte la dernière dotation pour équiper ces lieux ?

Quand on sort d'une autopsie, ce qui reste, ce sont les sons. Le ronronnement et les crachotements des fraises perforant chairs et os et couvrant la musique que souvent les médecins légistes et leurs assistants écoutent en travaillant. J'en connais un à New York qui passe des airs de salsa, un autre à Key West qui fait tourner *Son of a Son of a Sailor*, de Jimmy Buffett, en boucle. Je comprends que pour certains, la musique apporte de la joie dans un environnement sinistre, ou du moins permet de noyer le bruit des instruments sciant les os. Pour ma part, je trouve que ça crée une dissonance cognitive qui me heurte au plus profond. Depuis le meurtre de Key West, chaque fois que j'entends *Cheeseburger in Paradise*, je suis prise d'une irrépressible envie de vomir.

Jamie Milkowski donne dans la musique classique : la *Sonate au clair de lune*. Un morceau à l'atmosphère sombre plus appropriée. Il est diffusé par un petit haut-parleur installé dans un coin de la pièce, mais à un volume tellement bas que le claquement de nos pas sur le sol carrelé le rend presque inaudible. Juchée sur un tabouret pour mieux voir le torse de la victime, une petite scie à la main, Jamie Milkowski porte une blouse blanche, des gants en latex et un masque.

Elle nous aperçoit près de la porte.

– Entrez, messieurs de la police. Je commençais à me demander quand vous alliez arriver.

– Désolés pour le retard. On a dû s'arrêter sur la route, se contente d'expliquer Lee.

Jamie baisse son masque, révélant un sourire à peine esquissé.

– Pas de problème. On était en train de finir.

– Bravo pour l'identification, poursuit Lee en lui montrant l'échantillon d'ADN prélevé sur Elena. On a testé la sœur pour avoir confirmation.

– Posez-moi ça là, dit Jamie en désignant une table en inox rutilante qui a l'air d'avoir été rincée il y a quelques minutes.

La jeune femme nous suit du regard jusqu'à ce que nous la rejoignions autour de la table d'autopsie. Alors elle nous livre ses conclusions :

– Adriana Marques, dix-huit ans, de sexe féminin, 1,67 mètre, 54 kilos environ. Elle a eu la mâchoire fracturée il y a deux ans, d'où la plaque métallique. Une toute jeune fille, mais qui n'a pas eu la vie facile. Vous voyez, là, sur son crâne ? C'est une fracture, à peu près guérie. Son index a été cassé en deux endroits et les os ne se sont pas ressoudés correctement. Je vous parle de blessures anciennes, sans relation avec la cause de son décès.

– Alors, la cause de son décès ?

– Une balle dans la tête à bout portant. Un tir parfait. Elle est morte sur le coup.

– Ça m'a tout l'air d'un travail de pro.

– La personne qui l'a tuée est un tireur expérimenté. Quelqu'un de moins sûr de lui aurait visé le corps. J'ajouterais que probablement la victime connaissait son assassin, ou du moins lui faisait confiance au point de le laisser s'approcher d'elle. On ne vise pas quelqu'un à la tête tant qu'on n'est pas suffisamment près pour ne pas rater son coup.

– C'était peut-être un client, dis-je, quelqu'un qu'elle avait déjà vu ou qu'elle fréquentait. Quelqu'un en qui elle avait confiance.

Ce que je passe sous silence, c'est que ça pourrait être mon père.

– Ou bien un ami, ou encore un membre de sa famille,

ajoute Lee. Nous savons que son ex avait des relations avec la MS-13.

– Avez-vous trouvé des blessures de défense ?

Je n'arrive pas à détacher mes yeux du corps d'Adriana. Il a été réassemblé sur la table de dissection comme celui d'une poupée Barbie malmené par une gamine. J'ai déjà vu des membres coupés, mais jamais un corps entier complètement démembré avec tous les morceaux laissés au même endroit. En général, quelqu'un qui prend le temps de découper un cadavre le fait dans le but de disperser les morceaux pour diminuer les risques d'identification. Pourquoi prendre le temps de démembrer quelqu'un, si c'est pour emballer le tout bien proprement et l'ensevelir sous quelques centimètres de sable dans une réserve naturelle très fréquentée ?

– Non, pas de blessures défensives. Un détail qui me semble important : elle a des faux ongles très longs. Le genre à se casser facilement. Les siens sont intacts. Si elle s'était défendue, forcément il y en aurait eu un ou deux de cassés. Aucune trace non plus d'agression sexuelle, même s'il est difficile d'en être certain étant donné le stade avancé de décomposition du corps.

– Si elle n'a pas été violée, et qu'elle ne s'est pas débattue, alors pourquoi avait-elle les poings liés ?

– C'est une bonne question. De plus, elle n'avait pas que les mains liées. Les pieds aussi. Quand le corps a été découvert, la ficelle utilisée pour attacher les chevilles s'était défaite. Mais on en a trouvé des bouts sur place, et les marques aux chevilles suggèrent la présence de liens très serrés.

– Franchement, ce n'est pas logique. Qui se laisserait ligoter de la sorte volontairement ?

– Une pute ? suggère Lee.

Je lui décoche un regard sévère.

– Désolé, se reprend-il, une travailleuse du sexe.

– Ce que je me disais, c'est que peut-être elle était inconsciente à ce moment-là...

Tournant le dos à Lee, je m'adresse à Jamie Milkowski. Celle-ci fait signe que non.

– Elle a été ligotée une fois morte.

– Vraiment ? Pour quelle raison ?

– Je l'ignore. Il y a des marques de frottements aux poignets et aux chevilles, mais pas de traces de saignement.

Je ferme les yeux. Un souvenir remonte à la surface. Mon père et moi sommes debout, dans la nuit froide, sous un ciel étoilé. Le sol est couvert d'une neige fraîche qui mouille. Je sens le froid et la boue s'infiltrer par un trou dans l'une de mes semelles, imbiber ma chaussette en laine épaisse, remonter jusqu'à ma cheville. Mon pied s'engourdit peu à peu. Je change de jambe d'appui pour trouver une position plus confortable. Inutile. Quelques flocons flottent, comme suspendus. Il a dû s'arrêter de neiger. L'air est saturé d'odeurs, celles de la résine et des aiguilles de pin. Quand j'expire, je vois mon propre souffle se cristalliser.

– Celui-ci, dit papa en désignant un petit sapin aussi large que haut.

Dans le ciel, des nuages passent devant la lune. Les étoiles forment des points lumineux dans un océan noir.

– Qu'est-ce que tu en penses, Nell ?

Je marque un temps d'hésitation. J'aime cet arbre. Je l'imagine avec une étoile à son sommet, illuminant un coin de notre salon. Depuis la mort de maman, nous n'avons pas fait de sapin. Deux ans. Deux Noël avec juste quelques petits cadeaux emballés dans du papier journal et empilés sur ma chaise à l'heure du petit déjeuner. Deux ans avec les guirlandes qui prennent la poussière dans le vide sanitaire sous la maison. Deux ans de plateaux-dîners avec en dessert un gâteau acheté à la hâte au supermarché. Je pense avec tristesse aux poinsettias que ma mère créait en feutre rouge. Au pop-corn qu'on faisait ensemble et qu'on assemblait en guirlandes pour décorer les buissons du jardin. À l'odeur du jambon cuisant dans le four et à la pâte qu'elle roulait et dans laquelle j'enfonçais le doigt.

Cet arbre, je le veux.

C'est alors que je vois la hache dans les mains de mon père et le regard impatient du propriétaire de la parcelle.

Le sapin est petit, aussi petit que moi. On devrait le laisser grandir. Ses branches sont vert vif, contrairement aux autres arbres d'un bleu-gris éteint qui ont commencé à perdre leur vitalité. Ce petit arbre, je sais que quelqu'un finira par le couper. Cette année sans doute. Et ce quelqu'un ne sera pas forcément moi.

Je fais non de la tête.

– Plus grand.

Nous avançons. Je me retourne. Les branches du petit sapin rebiquent vers le ciel, comme les toits d'une pagode. On dirait qu'il sourit, qu'il me sourit.

Nous choisissons un autre sapin plus grand. Fin, avec de longues branches plus ternes. Il y en a des centaines comme celui-ci dans cette parcelle, des milliers sans doute sur Long Island. C'est pour cela que je l'ai choisi. Il n'a rien de spécial.

Mon père commence à couper le sapin. Le premier coup de hache fait vibrer les branches. Des aiguilles tombent au sol. Mon père doit s'y reprendre à plusieurs fois avant que le sapin cède. Je sens comme un coup au ventre quand il tombe. Le propriétaire de la parcelle le plaque au sol pendant que mon père le ficelle. Puis ils l'enveloppent dans de la toile de jute. Papa le porte lui-même sur une épaule. Il avance d'un pas décidé, à longues enjambées. J'essaie de sauter d'une empreinte à l'autre pour ne pas laisser de traces de pas.

– C'est comme ça qu'on fait pour les arbres. On commence par attacher les branches pour que ça soit plus facile.

Alors une voix résonne :

– Alfonso Morales.

Nous nous retournons tous – c'est Glenn Dorsey. J'ai l'impression que des années se sont écoulées depuis le jour où nous sommes allés en mer avec son bateau pour disperser les cendres de mon père.

– Il a passé tout le mois d'août à travailler sur le projet de restauration des dunes, poursuit Dorsey. La South Fork

Preservation me l'a confirmé. Je vous le dis, moi, nous tenons le suspect.

– Je le savais, fait Lee.

– Il y a deux ou trois autres éléments que je voudrais mentionner, reprend Jamie Milkowski d'une voix où pointe l'agacement du professeur essayant de capter l'attention de ses élèves. Tout d'abord, la victime a été frappée à plusieurs reprises à l'abdomen, y compris après sa mort. Par un objet en bois. Nous avons extrait une écharde, que nous avons envoyée au labo pour analyse.

– Un objet en bois, genre batte de base-ball ? propose Lee.

– Quelque chose de plus fin. Je dirais plutôt un manche à balai.

– Ou un râteau, proposé-je.

– Oui, fait la jeune femme, ça pourrait être un râteau. Une batte de base-ball aurait fait plus de dégâts. Mais l'idée est intéressante. Frapper un corps après la mort, ça me paraît être l'expression d'une rage intense. Crime passionnel ?

– Est-ce qu'elle était enceinte ?

Tous les regards se tournent vers moi.

– Si c'est le cas, alors, elle en était au tout début de la grossesse. Mais je peux demander des analyses.

– Oui, ça serait bien.

– Qu'est-ce qui te fait penser qu'elle était enceinte ? me demande Lee.

– Oh, une idée, comme ça.

– Nous avons découvert des traces de cendres de cigarette sur le corps, précise Jamie Milkowski. Nous avons donc affaire à un fumeur.

– Serait-il possible de connaître la marque ou d'autres détails ?

– J'en doute, mais on va voir.

– Ce Morales, il fume comme un pompier, fait Lee.

– Quoi d'autre, docteur Milkowski ?

– Vu l'angle de pénétration de la balle, le tireur devait être plus grand que la victime. Et il était gaucher.

– Vous nous disiez qu'elle faisait quoi, 1,67 mètre ?

– Oui. À mon avis, votre tireur doit faire entre 1,77 mètre et 1,85 mètre.

– Quelle taille fait Morales ? On sait s'il est droitier ou gaucher ?

Personne ne me répond. Jamie Milkowski ouvre la bouche, mais Glenn Dorsey l'interrompt :

– Il faut qu'on avance, là. Les journalistes sont sur le coup. On ne va pas laisser ce type nous filer de nouveau entre les doigts.

– Alors on fait quoi ?

– On retourne au commissariat. On a prévu un briefing. On se retrouve là-bas.

Je m'attarde jusqu'à ce que les hommes soient partis, puis me tourne vers Jamie Milkowski.

– Dites-moi, j'ai l'impression que vous aviez d'autres choses à nous dire.

Elle hausse les épaules d'un geste agacé.

– Ils sont pressés.

– Si vous voulez discuter, n'hésitez pas à m'appeler. Voici mon numéro de portable.

Elle hoche la tête, met la petite carte dans sa poche.

– Je vais tout faire pour vérifier si elle était enceinte.

– Faites au mieux.

Nous échangeons un regard appuyé, comme pour sceller un pacte silencieux. Je me précipite vers la porte pour rattraper Lee.

Sur le parking, Dorsey donne à Lee une bonne claque sur l'épaule.

– Si tu conclus l'enquête rapidement, fiston, tu seras un héros. Ce genre de victoire, ça serait super pour nous tous. Et pour toi.

– Je ferai de mon mieux.

– Dommage qu'on n'ait pas trouvé suffisamment d'éléments sur Morales l'été dernier.

– Pas suffisamment pour le coincer.

Dorsey claque la langue pour signifier son mécontentement, puis sort une boîte de tabac Skoal de sa poche et se contente de la garder dans son poing serré comme un doudou. Il essaie d'arrêter de fumer depuis que j'ai quitté la région il y a dix ans. On dirait qu'il n'a pas beaucoup avancé.

– Oh, cette fois-ci, on va l'avoir, dit-il. C'est un sale truc qui lui est arrivé, à cette fille. Ça aurait pu être évité.

– Tu veux qu'on arrête Morales tout de suite ?

– On va demander un mandat. Faut faire ça dans les règles, une bonne fois pour toutes.

– Tu penses qu'on a suffisamment d'éléments ?

– Je vais appeler le juge Mahoney. C'est un brave type. Il ne nous mettra pas des bâtons dans les roues. Il sait contre quoi on se bat ici. Il voit bien le tort qu'ils font ici, ces gens-là. Bon, on se retrouve au commissariat.

11.

Le briefing se tient dans l'une des deux salles de conférences du quartier général de la police. Deux tableaux blancs ont été installés l'un à côté de l'autre. Sur l'un est écrit « Pine Barrens (Ria Sandoval) » et sur l'autre, « Shinnecock (Adriana Marques) ». Des photos ont été scotchées sur les tableaux. Quand on plisse les yeux, les deux victimes – jeunes, sveltes, jolies – se confondent. Les mêmes longs cheveux noirs, le même sourire glamour, la même peau mate, les mêmes yeux noirs lumineux. Les scènes de crimes sont elles aussi quasiment identiques. Le corps ligoté d'Adriana ressemble à celui de Ria. Les lieux où on les a enterrées, situés au sein de zones protégées, dégagent tous deux une atmosphère froide et sinistre. Les jeunes filles ont disparu un jour d'été, par un vendredi étouffant, à un an d'intervalle presque jour pour jour. Si l'on en croit certains, il faut au minimum trois meurtres isolés pour commencer à parler de tueur en série. Peut-être, mais pour moi ces meurtres-ci sont le fait d'un tueur en série froid, méticuleux et expérimenté. Je m'y connais.

Je me rends compte brusquement qu'il y a très certainement d'autres victimes.

– Parfait, dis-je à voix haute sans m'adresser à quiconque en particulier.

– Pardon, tu as dit quoi ? fait Lee.

– Le meurtre de Ria Sandoval était parfait. Une balle

dans la tête, le découpage du corps, la présentation. Les lieux sont idéaux : une fosse dans un endroit écarté de tout, avec peu de risques qu'on la découvre. Un mois de plus et le corps aurait atteint un stade de décomposition rendant impossible toute identification. Ce qui me fait dire que Ria n'était pas sa première victime.

– Donc il y en a d'autres.

– Probablement. Vous êtes allés voir du côté des affaires classées où le mode opératoire était similaire ?

– Oui. On est remontés aussi loin qu'on a pu. Rien dans la région.

– Vous pourriez peut-être élargir les recherches. Il se peut que le tueur se soit installé ici récemment.

– Un immigré, alors.

– Ce n'est pas ce que j'ai dit.

– Peut-être a-t-il fait d'autres victimes dont nous n'avons pas retrouvé les corps.

– C'est possible.

Une photo attire mon regard. Je m'approche, le souffle coupé.

– Lee…

– Oui ?

– Viens voir.

Je tends le doigt. La photo montre l'endroit où Ria Sandoval a été enterrée. La fosse se trouve au milieu de l'image, avec au fond le corps toujours enveloppé dans de la toile de jute. Mais ce n'est pas le corps que je regarde. Mes yeux se sont posés sur le bord du cliché, plus précisément sur une petite pile de cailloux qu'on pourrait très bien ne pas voir.

– Ça alors !

– Il y a une loupe ici ?

– Oui. Donnelly ! aboie Lee en direction d'un jeune homme passant à ce moment-là dans le couloir. Va nous chercher une loupe ! Vite !

Donnelly fait signe qu'il a compris et part au trot. Nous attendons son retour. Les inspecteurs de police ont commencé à arriver au compte-gouttes. Visiblement, tout le monde à la brigade criminelle veut être briefé. Je vois également quelques petits nouveaux qui ont été enrôlés j'en suis sûre pour se charger des tâches basiques. Nous travaillons là sur la plus grosse et la plus sanglante affaire qu'ait connue la région depuis des années. Le genre d'affaire où tous doivent mettre la main à la pâte. Du moins tous ceux qui sont de la maison. Le fait que Glenn Dorsey ne souhaite pas faire appel à de l'aide extérieure me hérisse le poil, pas seulement parce que je fais partie du FBI. Ça reflète une vision très courte des choses, voire – et c'est pire – délétère et suspecte. Quoi qu'il en soit, chaque seconde qui passe est une seconde perdue. Plus il traîne des pieds, plus le tueur s'éloigne. Dorsey s'est fixé sur un seul suspect, alors il a intérêt à ne pas s'être trompé.

Donnelly revient avec une loupe. Lee la prend et examine la photo.

– Un cairn, dit-il.

Je suis prise d'une sueur froide.

– Bon sang, comment on a pu manquer ça ! D'après toi, qu'est-ce que ça veut dire ? poursuit Lee.

– Que nous n'avons pas affaire à un imitateur. Si vous n'aviez pas remarqué la présence de ce cairn, alors c'est un détail dont la presse n'a pas eu connaissance.

– Mais à ton avis, pour le tueur, ça veut dire quoi ?

– Soit c'est un repère pour qu'il puisse revenir sur les lieux plus tard, soit ça a un sens particulier pour lui. Ça peut être quelqu'un qui fait du camping, des grandes randonnées, ou bien pour lequel ces cairns sont un souvenir d'enfance.

Comme papa. Quelqu'un qui faisait du camping dans les parcs nationaux quand il était jeune, et qui a gardé cette habitude jusqu'à tout récemment.

Lee prend un air soucieux.

– Et si ça servait de repère pour une autre personne ?

– Qu'est-ce que tu veux dire ?

– Ça pourrait être une équipe, non ? Avec un qui prépare la fosse et l'autre qui enterre le corps.

– Intéressant comme hypothèse.

– Le site de Shinnecock en particulier est difficile d'accès. Même à supposer que le tueur ait eu toute la nuit pour opérer, c'est un sacré boulot de creuser cette fosse et de porter un cadavre depuis le parking jusque-là. D'ailleurs, ça pourrait être la raison pour laquelle les corps ont été découpés en morceaux. Ça les rend plus faciles à transporter.

– Donc peut-être que Morales est dans le coup, mais qu'il a un complice.

– Ce qui expliquerait beaucoup de choses. D'après Jamie Milkowski, le tireur est grand et gaucher. Ce qui n'est pas le cas de Morales. En fait, il est même carrément petit. Il aurait pu se charger simplement de se débarrasser des corps. Il faut qu'on aille voir dans le bureau de ton père, Nell. Pour comprendre ce qu'il savait, et depuis quand il le savait.

La pièce s'est remplie pendant que nous parlions. Je jette un coup d'œil autour de moi, examine la foule. La plupart des gens présents regardent Lee comme s'ils attendaient quelque chose de lui. Étant donné qu'il mène l'enquête, c'est lui qui va diriger le briefing.

– Tu attends quelqu'un pour commencer, Lee ?

– Dorsey. Il est au téléphone avec le juge Mahoney pour tenter d'obtenir un mandat d'arrêt.

Lee me semble inquiet, comme un lycéen avant un débat. Il parcourt les pages de son carnet en remuant les lèvres. Il y a quelque chose de désarmant chez lui qui m'attendrit. Un air sérieux qui m'incite à lui faire confiance malgré ma prudence naturelle.

– Je peux te poser une question ? Une question d'ordre personnel ?

– Bien sûr, dit-il d'un ton distrait.

– Est-ce que mon père fréquentait quelqu'un ?

– Fréquentait ? C'est-à-dire ?

– Est-ce qu'il avait une copine ?

Lee lève la tête, surpris.

– Je ne sais pas. On n'abordait pas vraiment ce genre de sujet.

– Il ne t'a jamais parlé d'une certaine Maria ?

– Non. Ton père était du genre secret. Et on n'était pas spécialement proches.

– Pourtant vous restiez dix heures par jour dans la même bagnole.

– C'est vrai. Mais en général, ces dix heures, il les passait à me dire de fermer ma gueule ou à critiquer en silence mes goûts musicaux.

– Je dois dire qu'ils sont assez désastreux.

– Attends qu'on fasse du karaoké ensemble et on en reparlera !

– Ok. Je vais y réfléchir. Tu pourrais me rendre un service ?

– Bien sûr. Dis-moi.

– Mon père louait un appartement à Riverhead, occupé par une certaine Maria Cruz. Elle a déménagé il y a quelques semaines, mais je voudrais la retrouver. Si cette personne comptait pour mon père, j'aimerais la rencontrer.

– Tu veux que je voie ce qu'on a sur elle ?

– Ça serait super. Je ne sais pas comment m'y prendre pour la retrouver. L'appartement est au numéro 97, Main Street. Tu pourrais peut-être commencer par là.

Je tais le fait que j'y ai trouvé une photo d'Adriana Marques.

– C'est sûr, dit Lee avec un grand sourire. Vois-tu, ton père était un vrai tombeur.

– Pardon ?

– Les nanas en pinçaient toutes pour lui. C'était un bel homme, Nell. Et puis les flics, ça attire un certain type de femmes. Chaque fois qu'on sortait, il y en avait toujours une qui voulait lui offrir un verre. En général, il disait merci, buvait le verre, puis ignorait totalement la fille.

– Peut-être parce qu'il avait déjà quelqu'un.

– Je vais voir ce que je peux trouver. Celui auquel il faudrait demander, le voilà, dit Lee en tendant le bras vers la porte. Dorsey et ton père étaient comme les deux doigts de la main.

Glenn Dorsey entre, ferme la porte derrière lui. Tout le monde se tait. Il fait signe à Lee qu'il peut commencer.

Lee se lève et s'éclaircit la gorge :

– Comme nous le savons tous, Marty Flynn et moi avons travaillé ensemble sur l'affaire Sandoval. J'ai proposé à Nell, la fille de Marty, de se joindre à nous aujourd'hui. Nell travaille au FBI au département des sciences du comportement. Nous avons de la chance de l'avoir avec nous. Son expérience ne peut qu'être un atout pour nous.

Les têtes se tournent vers moi. Les uns après les autres, tout le monde me salue. J'adresse à la foule un petit signe de tête puis, stylo et carnet en main, je fais semblant de prendre des notes.

– Je vais essayer d'être bref parce que le temps presse. Le corps de Ria Sandoval a été découvert en août de l'année dernière. La seule piste que nous ayons trouvée, l'inspecteur Flynn et moi-même, était celle d'un jardinier-paysagiste du nom d'Alfonso Morales. Il habitait en face de chez la victime. De plus, il travaillait sur le terrain où son corps a été découvert.

Lee montre une carte de Long Island. Un grand X rouge a été tracé au milieu de Pine Barrens.

– Nous avons fouillé son domicile à Brentwood ainsi que son véhicule, un pick-up GCM bordeaux. À l'intérieur, nous avons trouvé de la toile de jute et de la ficelle semblables à ce qui avait été utilisé pour envelopper le corps de la victime, et chez lui des fibres de toile de jute sur le tapis. Un témoin a repéré un véhicule correspondant à celui du suspect sur le parking du motel où Ria Sandoval a été vue pour la dernière fois. Nous avons interrogé Alfonso Morales à deux reprises. Il avait des égratignures aux bras et aux jambes, compatibles avec l'hypothèse d'une bagarre. Nous n'avons pas pu rassembler suffisamment de preuves pour démontrer son implication dans le meurtre, si bien que nous avons dû le libérer.

Je surprends un regard que Lee adresse à Dorsey. Le visage de ce dernier reste impassible et indéchiffrable. Lee rougit l'espace d'une seconde, puis continue :

– Dans cette nouvelle affaire – le corps trouvé hier dans la zone protégée de Shinnecock –, Morales reste notre suspect numéro un. Il travaillait à Shinnecock au moment de la disparition d'Adriana Marques. Il travaillait également sur une propriété située en bordure du parc. Comme vous le voyez avec les éléments rassemblés sur ce tableau, les deux meurtres sont pratiquement identiques. Nous partons de l'hypothèse qu'un seul et même tueur est responsable des deux meurtres. Alfonso Morales est le suspect qui s'impose.

Un inspecteur assis au premier rang lève la main.

– Quel lien Morales entretenait-il avec la seconde victime ?

– Nous n'avons pas trouvé de lien direct entre Alfonso Morales et Adriana Marques. Pas encore. Elena, la sœur d'Adriana, a déclaré avoir vu un pick-up bordeaux garé devant chez elle le jour précédant la disparition de sa sœur. Sa description correspond à celle du véhicule de Morales, celui-là même qui a été repéré sur le parking du motel le soir de la disparition de Ria Sandoval.

Je me sens brusquement mal à l'aise. La description correspond également au pick-up de mon père, celui avec lequel je circule ce matin. Celui qui est garé bien en évidence sur le parking.

– Nous avons également trouvé des cendres de cigarette sur le corps d'Adriana Marques et tout autour. Alfonso Morales fume, alors ça colle.

– Le légiste a fait remarquer que la personne qui a tué la victime était grande et gauchère, dis-je. Morales ne correspond pas à ce profil.

Si Lee m'en veut de souligner cette incohérence, il n'en montre rien.

– En effet, Morales n'est ni grand, ni gaucher. Il mesure 1,70 mètre et il se sert de sa main droite. L'autre hypothèse, c'est que nous avons affaire à une équipe. Morales aurait pu avoir un complice qui aurait tué la victime, et lui-même se serait ensuite débarrassé du corps sur son lieu de travail.

– Avez-vous une idée de la raison pour laquelle il s'en serait pris à Adriana Marques ?

– Les deux victimes étaient des call-girls offrant leurs services sur internet. Il est peut-être entré en contact avec elles par ce biais-là.

Ron Anastas s'éclaircit la gorge, s'attirant tous les regards. Je ne l'ai pas vu depuis que nous avons dispersé les cendres de papa dans la baie. Le visage pâle, un grand café à la main, il semble épuisé. Je me rends compte maintenant que depuis la mort de papa, Anastas est le plus gradé des inspecteurs de la brigade criminelle. Je l'ai toujours trouvé plutôt sympa, mais pas très malin. Sa loyauté envers Glenn Dorsey est absolue. Ce qui veut certainement dire que c'est lui qui dirigera la criminelle.

– Nous avons reçu un appel tôt ce matin, d'une certaine Sally Hayes, annonce-t-il. Elle est gouvernante chez James Meachem, l'homme dont la propriété jouxte le parc naturel. Nous essayons d'entrer en contact avec tous les gens qui travaillent là. Le mari de Sally Hayes est le gardien de la propriété. James Meachem est en voyage à l'étranger. Les Hayes occupent la maison des invités depuis un mois et supervisent quelques travaux de rénovation dans la propriété. Mrs Hayes affirme avoir vu un pick-up rouge se garer sur le parking de la zone protégée de Shinnecock il y a quelques semaines. Il faisait nuit, si bien qu'elle n'a pas pu distinguer le visage du conducteur. Sur le coup, elle n'a pas prêté attention à ce pick-up, persuadée que c'était les employés de la Société de préservation des dunes qui faisaient quelques heures supplémentaires. Mais quand elle a appris la nouvelle ce matin, elle a appelé.

– Elle est certaine que le pick-up était rouge ?

Quelqu'un ici nourrit-il les mêmes soupçons que moi ?

– Oui. Elle déclare l'avoir vu passer devant le portail. James Meachem avait fait installer des lampes de sécurité. Il était tard, certes. Aux environs de vingt-trois heures, d'après elle. Des travaux dans les dunes à cette heure-là, c'est bizarre, en effet. Je comptais me rendre là-bas et montrer à Mrs Hayes quelques photos pour voir si elle peut identifier le pick-up de Morales.

Je revois la caméra de sécurité placée devant le portail de

James Meachem. Elle a peut-être détecté le mouvement d'un véhicule, d'autant plus que la nuit, normalement, tout est immobile. Comment mettre la main sur les images enregistrées ? Si en réalité c'était le pick-up de mon père, je veux être la première à le savoir.

– Il semble bien qu'avec Morales, on tient notre homme, déclare DaSilva.

– C'est ce qu'on se dit, confirme Lee. On attend un mandat d'arrêt. Mais ne négligeons aucune piste. N'oublions pas que Morales avait peut-être un complice. Donc on n'écarte aucune hypothèse. On va avoir besoin de tout le monde, ok ? Pour moi, c'est bon. Allez, au boulot !

La foule se disperse en petits groupes qui s'éloignent en discutant. Lee pousse un long soupir, comme soulagé d'en avoir fini.

Un jeune flic entre alors.

– Patron, dit-il en s'adressant à Glenn Dorsey, le juge Mahoney nous a rappelés. On a le mandat.

– On sait où se trouve Morales ? demande Glenn.

Lee consulte sa montre.

– À mon avis, toujours à la jardinerie d'Harald Farms. À moins qu'il ait décidé de prendre la tangente.

Dorsey pointe le doigt vers Lee et moi.

– Vous deux. Allez, on y va, avant de laisser filer notre client.

12.

À Riverhead, au niveau de l'embouchure de la Peconic River, Long Island se scinde en deux branches. Celle du nord, North Fork, est restée agricole, avec entre la baie et le détroit une succession de vignobles et de champs de framboises, de zinnias ou de lavande, et des villages-rues qu'on traverse sans même s'en apercevoir. Le ciel est vaste, les routes tranquilles. Il n'est pas rare de voir des vaches et des chevaux dans les prés, à un jet de pierre de la route. Les granges, purement fonctionnelles, n'ont rien à voir avec les coquettes fermes restaurées de Sagaponack ou de Bridgehampton. Leur peinture s'écaille. Leurs bardeaux tombent des toits comme des vieilles dents pourries sans que personne se donne la peine de les remplacer. Ces granges, je les trouve belles. À mesure qu'elles tombent en ruine, elles se fondent dans le paysage. Elles me rappellent l'époque où le comté de Suffolk n'était pas encore devenu un lieu de villégiature pour *happy few*.

Juste après Riverhead, on tombe sur Aquebogue, un hameau connu pour ses caves vinicoles et ses petits stands où les fermiers vendent leurs produits. L'un des plus populaires est celui d'Harald Farms, une exploitation immense et pittoresque située le long de l'artère centrale de l'île. À l'automne, les clients s'y pressent. Des cageots de pommes, d'épis de maïs, de citrouilles, de concombres et de tomates, tous estampillés du logo d'Harald Farms, s'empilent de manière artistique, et le stand lui-même est décoré. Fin septembre, il y a des épouvantails partout. La ferme vend au prix fort des pommes d'amour et des confitures sous cellophane. Le week-end, les enfants peuvent venir faire un tour en chariot, se perdre dans un labyrinthe de maïs ou jouer aux chercheurs de fossiles et de pierres précieuses.

C'est le genre d'endroit qui attire les familles venues depuis la branche sud, South Fork, ou les New-Yorkais en excursion pour la journée. Aujourd'hui le stand est tenu par une femme aux cheveux blancs qui porte un tablier en toile Vichy avec un badge en forme de pomme sur lequel est écrit « NANETTE ». L'air est chargé de l'odeur de donuts au cidre. Derrière la femme se trouve un réfrigérateur bourré de fromages de luxe et de bouteilles du vin produit dans les vignobles alentour.

À cause de la pluie, le stand est pratiquement désert. En cette fin de journée, les quelques clients, pressés de rentrer avant la tempête, payent leurs derniers achats. Personne ne s'attarde. Un homme en tablier rentre les cageots à l'intérieur, tandis qu'un autre baisse le store. Une rafale de vent s'engouffre par les côtés ouverts du stand. Je frissonne. Si seulement j'avais mis des bottes et un imperméable à la place de ma petite veste légère et de mes baskets !

Le vent arrache la bannière accrochée aux poutres sur laquelle est écrit « Festival d'Harald Farms, 1er octobre ». La femme qui tient le comptoir pousse un cri consterné en la voyant tomber mollement par terre.

Lee et Dorsey se précipitent pour l'aider à la ramasser. Mon portable sonne. Le numéro du bureau du médecin légiste de Hauppauge s'affiche. Je me cache derrière le stand pour répondre.

– Allô ? dis-je à voix basse.

– Bonjour, c'est Jamie Milkowski.

– Bonjour. Quelles sont les nouvelles ?

– Vous aviez raison. Adriana Marques était enceinte.

– Ah. De combien de mois ?

– C'était le début. Elle en était au premier trimestre, je

dirais. Vous pensez que cela a quelque chose à voir avec sa mort ?

– Je ne sais pas. Mais ça permet d'envisager un autre mobile. Sa sœur était convaincue qu'elle avait un petit ami. Un petit ami riche. Merci pour votre rapidité.

– Je ne fais que mon boulot. Dites, entre nous, je n'ai pas l'impression que cette enquête soit menée comme il faut. Si en effet nous avons affaire à un tueur en série, je devrais avoir une équipe renforcée ici au labo, quand même !

– C'est bien ce que je pense.

– Alors qu'il n'y a que moi. Honnêtement, je n'ai pas l'impression que mes conclusions intéressent qui que ce soit.

– Dites-moi, vous n'auriez pas accès aux conclusions du légiste qui a travaillé sur le meurtre de Ria Sandoval ?

– Non. Et ça, c'est l'autre problème. Les installations ici ne valent rien. Tout est dans un état lamentable. L'automne dernier, la salle des archives a été inondée, et beaucoup de dossiers ont été détruits, dont ceux de l'affaire Sandoval.

– Pas de chance, vraiment.

– Je voudrais envoyer le corps dans un labo à New York. Je me souviens que vous avez mentionné Nikki Prentice. Vous la connaissez ?

– Oui, dans le cadre professionnel. C'est quelqu'un en qui j'ai confiance. Nous avons travaillé ensemble plusieurs fois. Elle a un jugement très sûr.

– Vous pensez que si je lui demandais son aide de manière officieuse, elle accepterait ?

– De manière officieuse… c'est-à-dire ?

– C'est-à-dire qu'on m'a expressément interdit de faire travailler sur ce crime toute personne extérieure au laboratoire du médecin légiste du comté de Suffolk.

– Quand vous dites « on », vous parlez de Glenn Dorsey ?

– Oui. Il a été on ne peut plus clair. Alors il faudrait faire ça… disons… en loucedé.

Je me retiens de rire en l'entendant prononcer l'expression sur ce ton très professionnel qu'elle a.

– Pigé. Je vous suggère d'appeler Nikki. Expliquez-lui la

situation. Dites-lui que vous êtes une amie et que je vous ai conseillé de vous adresser à elle. Elle est discrète. Si elle peut aider, elle le fera.

– D'accord. Merci. J'apprécie votre aide.

– Tenez-moi au courant.

– Vous aussi.

Je raccroche, puis regarde autour de moi pour repérer les lieux. L'allée est tellement large qu'un tracteur et un camion à plateau y sont stationnés l'un à côté de l'autre. Trois ouvriers sont en train de charger des sacs de tourbe à l'arrière du camion. La pluie ne semble pas les déranger, même s'ils ne portent que des sweat-shirts et des casquettes de base-ball.

Je m'avance vers eux, suffisamment près pour les entendre parler entre eux. Ils s'expriment à voix basse, à part quand l'un d'eux donne une instruction en espagnol. Le travail est pénible, et j'entends leur respiration saccadée quand ils portent les sacs. Aucun d'entre eux n'est Alfonso Morales. Je passe à côté d'eux juste pour m'en assurer. Ils ne me remarquent pas. Je me suis rendu compte avec l'expérience que le fait d'avoir un physique passe-partout présente quelques avantages. Il m'arrive souvent de passer complètement inaperçue. Les ouvriers ne me regardent pas d'un air méfiant, comme ils le font avec Lee et Dorsey, qui sont plutôt du genre à mettre en avant leur fonction de policier. Les trois hommes hochent poliment la tête au moment où je repasse à côté d'eux et me suivent du regard quelques secondes tout au plus.

Je distingue quelques camions garés plus loin. La pluie s'intensifie. Je rentre le cou dans les épaules, enfonce les mains au fond de mes poches. Mon pantalon me colle aux cuisses. Mes baskets sont trempées. Des éclairs zèbrent le ciel, suivis de plusieurs coups de tonnerre. L'orage dont tout le monde parlait arrive enfin.

C'est alors qu'un cri perce le rideau de pluie derrière moi. Je me retourne. Un homme sort de la cour à toute vitesse et se rue vers l'allée. Lee et Dorsey le poursuivent, leurs pieds claquant dans l'herbe humide et boueuse. Je me précipite derrière le camion. J'ai une sensation de brûlure dans les poumons et mon épaule me lance.

Sam Lightman, tu avais bien raison. J'ai besoin de rééducation.

Je défais mon blouson, sors mon arme. Mon pied glisse dans la boue. Je titube, me rattrape au flanc du camion. Je cligne des yeux pour y voir à travers la pluie.

C'est là que je le distingue : un homme émergeant entre deux voitures, le bras droit tendu. Avec dans sa main une arme.

Il jette un coup d'œil derrière lui, vers Dorsey et Lee. Je pourrais tirer, le neutraliser. Au lieu de ça, je m'élance. Trois bonds. Il m'entend, se retourne. Trop tard. Je l'ai pris au dépourvu. Je le tackle. Il n'est guère plus grand que moi, le genre maigre et nerveux. Il lâche son arme. Je le plaque au sol, le visage dans la boue. Il se tortille, se débat. Mais je le tiens, mon genou sur son dos, mon arme contre sa tempe.

– On ne bouge pas ! lui dis-je, les mâchoires serrées.

– *Esa perra,* marmonne-t-il. Cette pute.

Il tourne la tête. Je le vois cracher.

Nous restons dans cette position pendant ce qui me semble une éternité, chacun se débattant contre l'autre. La pluie tombe à seaux. Mes cheveux me collent au visage, m'empêchant de voir. Enfin, j'entends des pas derrière moi.

– Mazette, Nell ! Beau boulot ! s'exclame Lee.

– Un peu d'aide serait la bienvenue.

Morales se contorsionne. J'enfonce le genou dans son dos. Il respire par saccades, lutte contre le poids de mon corps.

Dorsey s'agenouille à côté de moi. Il passe les menottes à Morales. Alors je roule sur le côté, le visage offert à la pluie. Je ferme les yeux, reste là, frissonnante, l'épaule tiraillée par la douleur. Puis je sens les mains de Lee glisser sous moi pour me redresser.

13.

– Ça va, la môme ? Tu es sûre que tu ne veux pas voir un médecin ?

Je n'ai pas la force de répéter à Lee qu'il faut cesser de m'appeler la môme. Il a proposé de me ramener à la maison et j'ai accepté. J'arrive à peine à garder les yeux ouverts, alors, conduire une voiture dans l'état où je suis… Je suis affalée sur le siège passager. Le pick-up de mon père est resté sur le parking à Harald Farms. Dorsey m'a promis que l'un de ses gars me le ramènera. Personne ne semble remarquer qu'il correspond à la description du véhicule repéré devant le motel où Ria Sandoval a été vue pour la dernière fois, vu par Elena Marques devant chez elle, et aperçu par Sally Hayes, la gouvernante de James Meachem, près de Shinnecock. Ou alors, ils ont tous remarqué. Ce que je trouve encore plus flippant.

Mes yeux se ferment tout seuls. La douleur est éprouvante. Je me concentre sur le tambourinement de la pluie sur le toit de la voiture. La douleur va de la clavicule jusqu'aux bouts de mes doigts. J'ai abîmé quelque chose dans mon épaule qui ne peut se réparer ni avec de l'anti-douleur, ni avec un verre d'alcool. Il faudrait que j'aille voir un médecin. Sans tarder. Mais pas maintenant. J'ai trop à faire. Je dois aller fouiller le bureau de papa. Interroger Grace Bishop. Voir si Jamie Milkowski a trouvé autre chose. Je n'ai pas une seconde à perdre.

– Ça va, dis-je en marmonnant. Un petit whisky, ça suffira.

– Ce que tu as fait, là, ça m'a scotché, dit Lee d'un ton admiratif. Et dire que ce salaud était armé !

– Peut-être qu'il avait peur, tout simplement.

Lee me décoche un regard interloqué.

– Tu ne vas pas me dire que tu lui trouves des excuses !

– Des excuses, non. Mais je suis réaliste. Il est sans-papiers. Il a déjà subi des interrogatoires. Il a sans doute terriblement peur des policiers.

– Il a de bonnes raisons pour ça.

– Tous les éléments que vous avez rassemblés contre lui, ce sont des coïncidences. C'est peut-être suffisant pour expliquer les raisons du meurtre. Ou peut-être pas. En tout cas, pas assez pour convaincre un jury.

– Il travaillait sur les deux sites.

– Comme plein d'autres gens, je parie.

– Les corps étaient enveloppés dans de la toile de jute, et on en a découvert dans sa voiture.

– Un article dont tu as dit toi-même qu'on le trouvait partout à North Fork.

– Il fume.

– Sois sérieux, Lee. À ton avis, il y a combien de fumeurs rien que dans le comté de Suffolk ?

– Son pick-up a été repéré devant le motel où Ria Sandoval a été vue pour la dernière fois, puis devant chez Elena Marques, et enfin une nuit près de Shinnecock.

– Faux. Dans ces trois cas, c'est en effet un pick-up rouge qui a été vu. Mais tu ne sais pas si c'était celui de Morales. Tu es en train d'extrapoler.

La ceinture de sécurité me fait mal. Je la passe derrière pour qu'au moins elle ne frotte pas contre mon épaule blessée.

– Honnêtement, l'élément le plus significatif que tu puisses retenir contre lui, c'est qu'il était armé et a opposé une résistance.

Lee pousse un soupir d'exaspération.

– Anastas sera chez Morales dans quelques minutes pour

fouiller son domicile. Et Dorsey est en train de l'interroger. Ce qu'on veut, on va l'obtenir.

Je remue sur mon siège, incapable de trouver une position confortable. Je me tourne pour éviter le contact avec Lee et contemple la pluie par la fenêtre. La certitude avec laquelle il a parlé m'ébranle. Elle me rappelle ce qu'Ann-Marie Marshall a écrit dans un éditorial il y a vingt ans : « Les policiers se sont acharnés sur Gilroy jusqu'à obtenir ce qu'ils voulaient. »

– De nombreux éléments plaident en sa faveur, tu en es conscient, j'espère.

– Comme quoi ? Cette histoire de taille ?

– Par exemple. Cette histoire de taille. Jamie Milkowski semble convaincue que le tueur était plus grand qu'Adriana Marques. Morales fait ma taille. Jamie pense que le tireur était gaucher. D'après ce que je viens de voir, Morales est droitier, sans l'ombre d'un doute. Et quid des vêtements dans le placard de la victime ? Tu crois vraiment que Morales lui envoyait tous ces sacs Chanel et ces chaussures Louboutin ?

– Et alors ? Ça pourrait être un autre client. Ça ne veut rien dire.

– Pas plus que Morales n'a payé une limousine pour venir la chercher le jour de sa disparition. Je suis prête à le parier.

– Tu n'en sais rien. Peut-être que la limo appartient à Calabrese, et qu'il l'a utilisée à la place de son Escalade.

– Peut-être. Mais il faut interroger Calabrese. Quand même, ça ne te paraît pas bizarre, qu'un ancien escroc utilise sa boîte de location de limousines pour dissimuler un réseau de prostitution et que deux de ses « filles » soient retrouvées mortes ? Et qu'est-ce que tu fais de James Meachem et de ses soirées de folie avec de jeunes call-girls dans une baraque juste à côté du parc où a été retrouvée l'une des victimes ? Pour moi, on n'est pas au bout de nos surprises.

– Bien sûr que ça m'interpelle, tout ça. Mais pour l'instant, Morales est le principal suspect de deux affaires de meurtre. Il vient de tenter d'échapper à une arrestation en brandissant une arme que, j'en suis sûr, il détient illégalement. Alors personnellement, je pense qu'on doit se concentrer sur lui avant de commencer à nous intéresser à ces histoires de réseaux de prostitution et de clients pervers. Pour commencer, voyons ce que Dorsey réussit à tirer de l'interrogatoire de Morales.

Je serre les mâchoires. Pourquoi cet entêtement à mettre ce crime sur le dos d'Alfonso Morales ? Et si je n'étais pas la seule à considérer mon père comme un suspect possible ? Cette idée me glace le sang. Dorsey serait-il prêt à faire endosser le crime à un innocent pour éviter d'impliquer mon père ? Voilà qui expliquerait pourquoi il se refuse à faire appel à des agents du FBI, à l'exception de moi – la propre fille de Marty.

– Figure-toi que j'ai passé ma journée au volant d'un pick-up rouge, dis-je. Un pick-up qui appartenait à un tireur d'élite gaucher et de grande taille.

Un homme qui s'est rendu chez Adriana deux semaines avant sa propre mort. Un homme qui était marié à une femme ressemblant de manière troublante aux deux victimes.

Lee prend un air soucieux. Son visage me dit que cette possibilité, il ne l'avait pas envisagée.

– Qu'est-ce que tu insinues ? Que ton père aurait commis ces crimes ?

– C'est possible. Franchement, il correspond plus au profil établi par Jamie Milkowski qu'Alfonso Morales.

– Arrête, Nell. Ton père était flic, quand même !

– Flic, oui. Avec un caractère de cochon. Et un sacré penchant pour la bouteille. J'ajoute que ce n'est pas la première fois qu'on le soupçonnerait d'un crime.

– Zut, Nell ! Ici, c'est pas le département des sciences du comportement ! On ne s'amuse pas à passer des mois sur le portrait d'un suspect non identifié. On est la brigade criminelle de la police du comté de Suffolk. On travaille avec une poignée d'inspecteurs et des ressources limitées. Alors restons concentrés. Ce qui veut dire, ne pas échafauder des théories fumeuses sur l'un des nôtres !

– Je te demande pardon. Je croyais que tu voulais sincèrement résoudre ces affaires, pas simplement soutirer des aveux au premier suspect venu. Ce n'est pas pour ça que tu tenais tant à avoir accès au bureau de mon père ?

– Je te suggère de te détendre un peu, ok ? Va te reposer. Prends un verre. Moi, il faut que je sois là pour l'interrogatoire. Je te tiendrai au courant.

– Pourquoi tu m'as demandé de participer à l'enquête si en fait mon opinion ne t'intéresse pas ?

Lee se gare sans répondre à ma question.

– Je t'accompagne jusqu'à la porte ?

– Tu n'es pas mon chevalier servant. Merci de m'avoir ramenée.

Je sors de la voiture en claquant la portière un peu plus fort que j'en avais l'intention.

14.

Dehors, le ciel est noir. La pluie ruisselle des gouttières. La température a beaucoup baissé depuis ce matin. Mes mains tremblent au point que j'ai du mal à faire entrer la clé dans la serrure. Lee attend en laissant le moteur ronronner. Ses phares illuminent la véranda. Je ferme la porte derrière moi. Alors il s'éloigne dans un crissement de pneus. Je regarde par la fenêtre ses feux arrière disparaître.

J'appuie sur l'interrupteur. Rien. Pas d'électricité.

– Merde, dis-je tout haut.

Ma voix résonne dans le couloir. Quand il y a de l'orage, les coupures de courant ne sont pas rares sur Dune Road. La plupart de nos voisins ont des générateurs de secours, mais mon père était trop radin pour ça. Et de toute façon, l'obscurité ne le dérangeait pas. Il y a des lampes torches un peu partout dans la maison, des boîtes de conserve dans la réserve et suffisamment de bois pour faire du feu. *Tout va bien*, me dis-je, en dépit du nœud dans mon ventre qui affirme le contraire.

Je commence à préparer le feu dans la cheminée, dispose du papier journal, des brindilles, puis des bûches. Très vite, une bonne chaleur envahit la pièce, accompagnée d'une lumière suffisante pour l'égayer. Je me déshabille dans la salle de bains. Inutile de prendre une douche – ça ne me réchauffera pas. Il faut que j'entre dans le bureau de mon père. J'y pense depuis qu'Elena Marques a mentionné son nom. Je me sèche avec une serviette. Mes cheveux sont pleins de boue, mes vêtements aussi, en plus d'être tachés de sang. Je retire le bandage de mon épaule. L'air froid ravive la douleur de la plaie ouverte.

Une fois changée, je déniche une lampe torche et un escabeau. Mon père cachait la clé de son bureau dans une boîte de café quelque part au fond d'un placard. Je le sais parce que, adolescente, j'ai passé deux jours à procéder à une fouille systématique de la maison pour la trouver. J'ai toujours été plus maline qu'il ne le pensait, avec un regard plus affûté, et un esprit plus têtu. Après tout, j'avais un excellent modèle.

La clé, sans étiquette, est accrochée à un anneau rouillé. Je l'introduis dans la serrure et ne peux m'empêcher de frémir en poussant la porte. Même maintenant, j'ai l'impression de commettre une faute en entrant dans le bureau de mon père. C'était son espace privé, un espace qui m'était tout particulièrement interdit. Si j'osais frapper à la porte quand il y travaillait, j'avais intérêt à avoir une bonne raison.

Une bonne raison, j'en ai une aujourd'hui. Impossible de chasser de mon esprit l'idée que la mort de mon père est intimement liée à ces meurtres. Et s'il avait tué ces deux jeunes filles ? Cette éventualité me ronge. Ou bien toute cette histoire est bien plus compliquée que je ne l'imagine. Je ne la comprendrai pas tant que je n'aurai pas pris le recul nécessaire pour mettre les choses en perspective.

Le bureau de papa sent le renfermé. Les gouttes de pluie tombent du plafond en faisant poc-poc. Je braque ma lampe vers le haut, mais n'arrive pas à repérer la fuite. Le faisceau lumineux éclaire une photo sur la table de travail de mon père. Je m'approche, la prends et l'examine de près. Papa et Glenn Dorsey. Ils sont debout l'un à côté de l'autre près du bateau de Dorsey, avec derrière eux la vaste étendue bleue et scintillante du détroit de Long Island. Le ciel est pur, serein. C'est la fin de l'été. Ils sont tous les deux bronzés et sourient de toutes leurs dents. Dorsey porte des lunettes de soleil de marque Oakland. La visière d'une casquette de base-ball jette une ombre sur le visage de mon père.

Ensemble, ils tiennent dans les bras un énorme bar rayé. Je me souviens du jour où ils l'ont pêché. Avec ses trente-cinq kilos, la bête était l'une des plus belles prises faites dans la région. Mon père et Dorsey ont eu leur photo dans le journal local. C'était il y a plusieurs années, quand papa et moi traversions une période plutôt communicative. Il était fier de sa prise, de leur exploit. Il a découpé l'article et me l'a envoyé par la poste.

Un bar rayé est une merveille, et celui-ci est tout particulièrement impressionnant, à la fois à cause de sa taille et de sa forme. La lumière déclinante du soleil fait luire son corps gainé d'écailles argentées. Sa bouche est grande ouverte, comme pour protester ; ses yeux sont ronds, immobiles. Petite, je demandais toujours à papa de remettre à l'eau les poissons que nous attrapions. Je détestais les voir se tortiller désespérément sur le pont du bateau. Mais ce que je détestais encore plus, c'était les tuer.

Mon père disait qu'il était cruel de remettre une prise à l'eau. Le poisson avait été blessé, endommagé. Il aurait du mal à survivre dans un milieu naturel. Pour lui, mieux valait une mise à mort propre et rapide, sans cruauté. Pour ça, papa avait un gros bâton spécial – le « prêtre ». Il assenait au poisson un bon coup sur la tête, juste derrière les yeux, ce qui le tuait immédiatement, ou du moins le rendait inconscient.

Pour ma mère, la pêche et la chasse étaient des activités barbares. Elle plissait le nez pour manifester sa désapprobation chaque fois que mon père sortait ses cannes à pêche. Je me souviens encore de la première fois où il m'avait emmenée chasser. Il y avait eu une grosse dispute entre mes parents dans la cuisine, avec ma mère criant sa colère à en faire trembler les murs de la maison. Aujourd'hui encore, je ne comprends pas pourquoi elle a finalement cédé. Papa m'avait appelée en me disant de me presser. J'avais dévalé les escaliers. Quand j'étais passée devant ma mère, elle m'avait serrée très fort dans les bras, puis m'avait relâchée. « Va avec ton père, avait-elle murmuré, amuse-toi bien. » Elle m'avait donné une petite tape affectueuse dans le dos, comme pour me dire que tout allait bien. Pendant que papa sortait le pick-up du garage, je m'étais retournée vers la maison, espérant la voir par la fenêtre. Elle nous regardait, debout dans la cuisine, les bras croisés sur la poitrine et les lèvres pincées.

Papa et Dorsey étaient tous les deux des passionnés de chasse. Ils aimaient le côté défi, le frisson de la traque, le sentiment de victoire à la capture du gibier. Mais leur chasse n'avait-elle pour objet que des cerfs et des oiseaux ? Ou étaient-ils passés à du plus gros gibier ? Donnaient-ils la mort à des jeunes filles cabossées par la vie, les libérant ainsi des épreuves de la survie dans un monde brutal ?

Je retourne la photo et la repose sur le bureau. Je ne peux plus la regarder. Je me penche vers le classeur qui se trouve dessous. Il est fermé par un cadenas, le genre qu'on ouvre en alignant des chiffres pour composer le code secret. Je m'agenouille et commence à faire des essais – la date de naissance de mon père, dans tous les sens possibles, puis la mienne. En vain. En désespoir de cause, je mets celle de ma mère et là, bingo ! Le cadenas s'ouvre.

Les dossiers de mon père sont méticuleusement classés, chacun avec une étiquette et un titre rédigé en majuscules avec un soin presque maladif. Je les fais défiler rapidement, j'en aperçois un intitulé « TESTAMENT » et un autre « RELEVÉS BANCAIRES ». Je m'arrête en découvrant un gros dossier à soufflet : « GC LIMO SERVICES ».

Je le sors du classeur. Il est plus lourd que les autres. Au moment où je l'ouvre, une photo s'échappe et tombe par terre comme une plume. Je la ramasse et l'examine. Mon ventre se noue – Adriana Marques.

La photo a été prise de loin au téléobjectif. On y voit Adriana entrer dans un bâtiment qui ressemble à un entrepôt. Elle est en grande tenue, avec une robe bleue moulante formée de bandes de tissu qui se croisent, des talons aiguilles et autour du cou un gros pendentif en forme de croix. Son rouge à lèvres est rouge foncé. Elle regarde par-dessus son épaule, le front soucieux. Elle sait que quelqu'un la surveille. Je retourne la photo. À l'arrière, mon père a écrit : « A. Marques, 18 ans, entrant chez GC Limo Services le 29/08/2018. » Deux jours avant la disparition d'Adriana.

J'ouvre le dossier. Tout au fond se trouve un petit portable, genre portable de dealer. Sans doute celui que je recherche, celui que papa a pris dans la chambre d'Adriana juste après sa disparition. À côté se trouve une croix en or, similaire à celle que porte Adriana sur la photo.

Je me lève. Le sang me monte à la tête. Je ferme les yeux, tente de retrouver mon équilibre, prise de malaise. Il me faut faire des efforts pour rester droite. Mon corps réclame le repos. Je me dis que je dois continuer. Si je m'allonge, je risque de ne plus pouvoir me relever.

Pourquoi mon père était-il en possession du collier d'Adriana ?

J'ouvre les yeux, me concentre sur la grande carte de Long Island qui s'étend sur toute la longueur du mur. Elle est récente, du moins elle ne se trouvait pas là quand j'étais petite. Pourquoi l'a-t-il accrochée sur ce mur ? Je m'approche, essaie de repérer d'éventuelles inscriptions. Peut-être la localisation des corps avait-elle pour lui une signification particulière. Mon regard s'attarde un instant sur le parc régional de Sears Bellows, où papa et moi campions la nuit où maman a été assassinée. J'examine la petite tache de vert, puis me force à détourner le regard.

Je suis frappée de constater pour la première fois que Long Island a la forme d'un corps. Pourquoi ne l'ai-je pas vu avant ? Aujourd'hui, cela semble évident : un corps féminin, qui flotte dans l'eau, sans vie, avec Brooklyn en guise de tête. Son visage est tourné vers le sud, vers l'océan. La baie de Smithtown se situe au niveau de ses reins. Ses jambes – les branches nord et sud de l'île, North Fork et South Fork, se séparant à Riverhead, avec au milieu la baie de la Peconic, où Dorsey et papa m'emmenaient faire du bateau quand j'étais petite.

Nous mettions notre casse-croûte dans la glacière – sandwiches, jus de fruits et bières – et prenions le large dans le bateau de Dorsey, celui-là même à bord duquel nous avons dispersé les cendres de papa. Il a pour nom *Enfin*, ce qui n'est pas sans ironie maintenant que j'y pense. Je me souviens de l'écume salée sur mon visage et du sourire de Glenn Dorsey quand je montais sur ses genoux pour faire semblant de prendre la barre. L'espace de quelques secondes, il me laissait piloter toute seule et alors j'avais l'impression d'être libre.

Je m'approche de la carte et repère le parc régional de Pine Barrens. Puis mes yeux descendent vers le sud, vers Shinnecock, avant de remonter vers Sears Bellows. L'endroit où nous campions le soir de la mort de ma mère.

Trois espaces naturels. Tous verts, sauvages, et à quelques minutes en voiture de la maison où je me trouve.

Je m'assois par terre. Le week-end où ma mère a été assassinée – l'été tout entier, en fait – me revient par flashes successifs, dans le désordre. Les détails changent. Parfois, je me rappelle qu'il pleuvait quand nous sommes arrivés, d'autres fois je crois me souvenir que la pluie est venue plus tard, alors que nous étions installés bien confortablement dans notre tente. Dans mes rêves, mon père est habillé en vert kaki, alors que quand j'ai vu plus tard une photo de nous deux en train de charger la voiture, il portait une veste bleue. Dans mon boulot, on apprend vite que les souvenirs – surtout ceux liés à un traumatisme – sont très changeants. Plus on vit avec eux, plus on se rend compte de leur nature trompeuse.

Nous avions marché presque une heure avant d'arriver à l'endroit où nous allions installer notre tente pour la nuit. La bruine tombait. J'étais frigorifiée. Nous sommes passés devant plein d'emplacements où nous aurions pu facilement nous installer, mais mon père poursuivait son chemin comme un soldat qui fait une marche forcée. Je me gardais bien de me plaindre ou de remettre en question son choix. Pour ne pas me faire distancer, j'étais obligée de trottiner, mes petites jambes faisant deux pas quand lui en faisait un.

Soudain, j'ai trébuché sur une branche. Alors il s'est arrêté. Ma rotule était douloureuse. J'ai posé la main dessus en retenant mes larmes. Le sang a commencé à couler de la coupure que je m'étais faite.

– Ça va ? m'a demandé papa en s'agenouillant à côté de moi.

Il s'est penché en avant et a déposé un baiser sur mon genou – un geste d'affection extrêmement rare chez lui.

– C'est bon. On va jusqu'où ?

– Il y a un étang à quelques minutes d'ici, dans cette direction. À mon avis, ça va te plaire. Mais si tu es fatiguée, on peut faire demi-tour. Tu décides.

– C'est loin ?

Papa s'est tourné et a désigné quelque chose au bord de la piste.

– Tu vois ce tas de pierres ? C'est un cairn. Pour aider les randonneurs à trouver leur chemin. Ça veut dire qu'on n'est plus très loin.

J'ai hoché la tête et me suis levée.

– Ok. On y va.

Le cairn.

Je me recroqueville, les jambes plaquées sur le torse, et me balance d'avant en arrière, secouée de frissons. Maintenant je sais pourquoi le cairn que nous avons trouvé près du corps d'Adriana m'a tellement marquée. Il y en avait un aussi près du corps de Ria. Peut-être s'agit-il d'une coïncidence. Ou d'un élément confirmant mes soupçons – mon père a tué ces deux jeunes filles.

Et il a peut-être aussi tué ma mère.

15.

Sur le mur en face de la carte se trouve un grand tableau blanc, comme celui de la salle où a eu lieu le briefing de tout à l'heure. Je me lève et fouille dans le tiroir du bureau. Puis, avec le feutre que j'ai trouvé, je commence à écrire en haut du tableau :

JAMES MEACHEM
ALFONSO MORALES
GIOVANNI CALABRESE
GLENN DORSEY

En bas de la liste, j'ajoute :

MARTIN FLYNN

Au milieu du tableau, j'écris les noms des deux victimes. Je dessine un trait reliant James Meachem et Alfonso Morales. Et un autre reliant Glenn Dorsey et Martin Flynn. Giovanni Calabrese est relié aux deux victimes, Alfonso Morales à Ria Sandoval et à James Meachem. Mon père a des liens avec Adriana Marques, Glenn Dorsey et sans doute Giovanni Calabrese, même si je n'en ai pas encore la preuve.

Je prends la photo d'Adriana et la scotche sur le tableau. Une preuve accablante. À côté, je colle le Polaroïd. Je sors le pendentif en forme de croix et l'examine sous toutes les coutures. C'est un objet vraiment personnel. Peut-être un cadeau offert par quelqu'un ? Le portait-elle tous les jours ou seulement pour des occasions particulières ? Le pendentif avait-il des vertus protectrices ? Lui portait-il chance ?

Je le suspends à l'angle du tableau de façon à ce qu'il touche la photo où on la voit le porter. Si mon père ne faisait que surveiller Adriana de loin, comment est-il entré en possession de cet objet ? Que faisait-il dans un tiroir de son bureau ? Ce puzzle comporte tellement de pièces qui ne s'assemblent pas. Le tableau blanc ressemble à une toile d'araignée reliant les résidents les plus fortunés du comté de Suffolk aux plus pauvres. Il est possible que ces traits ne veuillent rien dire. Alfonso Morales a peut-être en effet tué ces deux jeunes filles et les a enterrées sur des terrains gérés par la Société de préservation. Mais alors, pourquoi mon père suivait-il Adriana ? Pourquoi Dorsey est-il si pressé de mettre ces meurtres sur le dos d'Alfonso Morales, alors qu'existent autant d'éléments contre lui que d'éléments qui le disculpent ? Et pourquoi personne n'a-t-il envisagé que Giovanni Calabrese pourrait être suspecté ?

Je décide d'appeler ma vieille copine Sarah Patel. J'ai besoin de renforts du FBI. Je pourrais appeler Sam Lightman, sauf que ça risquerait de l'énerver. Sarah a toujours été une rebelle, et comme elle est responsable de la brigade de lutte contre le trafic d'êtres humains, elle pourra constituer une équipe opérationnelle en quelques heures.

– Nell ! dit-elle, visiblement heureuse de mon appel. Ça fait un bail ! Comment ça va ?

– Bien. Non, en fait, pas du tout.

De l'autre côté de la ligne, j'entends des bruits de conversation, le son d'une basse. Se trouve-t-elle dans un restaurant ? à une fête ? Brusquement je me sens gênée par ma franchise. Pour quelqu'un qui d'habitude se montre très réservé, au point de s'isoler, j'ai beaucoup étalé mes problèmes depuis mon retour à Long Island.

– Désolée. Je te dérange peut-être.

– Pas de problème, je t'assure. Je suis contente de t'entendre. Qu'est-ce qui se passe ? Tu es où ?
– À Long Island.
– Qu'est-ce qui t'a amenée là-bas ?
– Mon père est mort. Dans un accident de moto.
– Oh, Nell, c'est affreux ! dit-elle d'une voix adoucie.
Le bruit de fond s'atténue, puis disparaît avec le son d'une porte qu'on ferme.
– Il était flic, non ?
– Oui. À la criminelle. Il enquêtait sur un meurtre au moment de sa mort. Une grosse affaire. C'est pour ça que je t'appelle. Je compte bien résoudre cette enquête, mais j'ai besoin d'aide.
– Qu'est-ce que je peux faire pour toi ?
– L'été dernier, des randonneurs ont découvert dans une réserve naturelle le corps d'une jeune fille de dix-sept ans abattue d'une balle dans la tête et découpée en morceaux. Elle s'appelait Ria Sandoval. Elle a grandi à Brentwood, mais elle vient du Salvador. Cette enquête, c'était celle de mon père. Il n'a jamais pu la résoudre. Hier, une deuxième victime a été découverte. Même profil : une jeune Mexicaine de Riverhead. Mort par arme à feu. Démembrement. Son corps a été enfoui dans les dunes de la réserve de Shinnecock.
– Zut alors, je crois que j'ai vu ça aux infos ! Mais la police a arrêté quelqu'un, non ?
– Oui, un Salvadorien. Un jardinier du coin. Sans papiers.
– Et tu n'y crois pas.
– Les deux victimes se prostituaient. Elles faisaient appel au même chauffeur, un ancien escroc, un certain Giovanni Calabrese. Ma théorie, c'est qu'elles travaillaient pour un réseau, le genre avec des clients très haut placés.
– Ça, c'est mon rayon.
– Le deuxième corps a été découvert à quelques mètres de la demeure d'un milliardaire, James Meachem. Je sais que je vais sans doute trop loin, mais…
– Je connais très bien James Meachem.
– Vraiment ? dis-je, parcourue d'un frisson.

– Il s'agit d'un prédateur notoire. Qui aime les très jeunes filles. Et aime les offrir à ses amis. Lesquels le lui revalent bien.

– Ils le protègent ?

– Ils font plus que ça. Ils investissent dans son fonds. Ils lui rendent des services. Meachem est issu d'un milieu pauvre. Il a grandi dans le Bronx, il a quitté l'université sans le moindre diplôme. Et le voilà milliardaire. Comment diable a-t-il pu arriver là où il est, et pourquoi tous ces hommes puissants lui confient-ils leur argent ? Mystère. Mais depuis un certain temps j'en suis venue à la conclusion que la raison, c'est qu'il possède suffisamment d'informations compromettantes sur eux pour les tenir. Son fonds prospère sur l'extorsion, mais à un niveau très élevé.

– Sa voisine m'a dit qu'il a les flics dans sa poche.

– Ça ne fait aucun doute. Et pas que des flics. Des juges. Des sénateurs. Un temps, nous avons suivi la piste d'un lien entre lui et le vice-président.

– Sérieux ? Tu peux me donner des détails ?

– Eh bien, il se dit que James Meachem aurait fait installer des caméras dans les chambres de sa maison de Palm Beach. D'après une jeune fille que nous avons interrogée, il détient une vidéo montrant le vice-président en compagnie d'une mineure nicaraguayenne sans papiers âgée de quinze ans. Pas très joli pour un vice-président qui affiche ses positions ultra-conservatrices, sa Bible et sa fidèle épouse.

– Cette vidéo, tu l'as vue ?

– Non. C'est pas faute d'avoir essayé, crois-moi. Mais on a parlé aux jeunes filles qui avaient été dans cette maison. Elles savent toutes qu'elles sont filmées. L'une d'elles a identifié plusieurs hommes qui d'après elle fréquentent les parties fines de Meachem. Elle nous a fourni un récit précis et tout à fait crédible, ainsi que les noms de plusieurs responsables politiques de premier rang. Dont le vice-président. On a commencé à mener une enquête à partir de son témoignage. Et là, elle a disparu.

– Disparu ?

– Oui. Sans laisser de traces.
– Tu penses qu'elle a été assassinée ?
– Honnêtement, oui. À supposer que Meachem ait découvert qu'elle coopérait avec nous, alors il aurait de bonnes raisons de se débarrasser d'elle. Et il ne serait pas le seul, loin de là. Mais sans cadavre…
Elle ne finit pas sa phrase. Je l'imagine hausser les épaules.
– Et l'enquête ? Qu'est-ce qu'elle est devenue ?
– Elle est partie en eau de boudin après ça. Nous avons dû nous rabattre sur d'autres trafiquants tout aussi louches. Ce n'est pas ça qui manque, malheureusement. En revanche, ce dont mon équipe a besoin, c'est de personnel. Alors on fait ce qu'on peut. Je regrette qu'on n'ait pas pu faire plus à l'époque. Peut-être un jour…
– Tu pourrais sortir tous les dossiers de jeunes femmes disparues dans la région de Palm Beach récemment ? Et vérifier si certaines n'auraient pas été tuées par balle, coupées en morceaux et enveloppées dans de la toile de jute. Si Meachem fait supprimer les filles qui ont travaillé pour lui, il ne va certainement pas viser uniquement celles du comté de Suffolk.
– D'accord, je vais voir ce que je peux faire. Mais je ne pense pas que James Meachem soit impliqué dans ce meurtre. Oui, c'est un salaud, tout à fait capable de tuer. Mais à mon avis, enterrer une jeune fille à quelques mètres de sa propre baraque, c'est le summum de la bêtise. Et Meachem est tout sauf bête.
– Il aurait pu paniquer. Peut-être qu'elle tentait de le faire chanter et il aurait perdu les pédales.
– Dans ce cas, pourquoi ne pas balancer le corps dans la mer avec un parpaing attaché au pied ?
– Je sais, je sais. Tu as raison. Ce n'est pas logique.
– Tu es absolument certaine que les deux victimes connaissaient James Meachem ?
– À mon avis oui, mais je ne peux pas le prouver.
– Alors creuse cette piste. Une fois que tu auras prouvé l'existence de ce réseau et la participation régulière de James

Meachem à ces soirées, il deviendra plus facile de démontrer son implication.

– Pour moi ça ne fait aucun doute. Je le sens. Il faut que je sache s'il achetait le silence des flics du comté. Ce que sa voisine suggère. Si c'est avéré, ça expliquera pourquoi personne n'a rien fait pour élucider la mort de Ria Sandoval.

– On parle bien des flics du comté de Suffolk ?

– Oui.

– Ton père en faisait partie.

– Exact.

– Alors il s'agit de ses copains, c'est ça ? De personnes que tu as côtoyées enfant ?

Il s'agit aussi de mon père. Les mots me brûlent les lèvres.

– Oui.

– Tu te sens prête à te risquer sur cette piste-là ?

– Oui. Il le faut. J'ai besoin de savoir.

Sarah observe quelques secondes de silence.

– On surveille James Meachem de notre côté. On lui sautera dessus au premier faux pas. Il n'y échappera pas. Tu peux compter sur moi.

– James Meachem, ce n'est pas lui le plus important. Le plus important, c'est Adriana, c'est Ria. Des jeunes femmes comme nous, Sarah. Nos sœurs. Je veux que leurs noms soient connus. Je veux savoir qui les a tuées. Elles méritent au moins ça.

– Lightman est au courant ?

– Non. Je ne peux pas demander au FBI de s'impliquer officiellement. Parce qu'alors la police de Suffolk serait au courant. C'est pour cela que je fais appel à toi.

Je me garde de lui dire que je suis en congé maladie et que Sam Lightman me ferait scalper s'il connaissait mes intentions.

– Ok, dit Sarah d'une voix où j'entends une pointe de réticence.

Elle doit penser que je l'ai attirée sur un terrain piégé. Elle n'a pas tort.

– Bon, dit-elle, commençons par le type qui d'après toi est à la tête de ce réseau.

– Giovanni Calabrese. Il dirige une société de location de limousines basée à Wyandanch, GC Limo Services. Il se chargeait de conduire les victimes.

– Si quelqu'un achète les flics, c'est lui, selon toute probabilité.

– Alors il faut trouver un moyen d'infiltrer sa boîte.

– On connaît une fille qui ferait partie de ce réseau, en dehors des deux victimes ?

J'hésite un instant, puis me souviens :

– Oui. Ria Sandoval, la première victime, avait une copine, Luz Molina, qui travaillait aussi pour Calabrese.

– Parfait. Il faut la trouver. Elle pourrait être notre informatrice.

– Le risque, c'est qu'elle ait trop peur pour nous aider.

– Elle aurait de bonnes raisons d'avoir peur. Si quelqu'un tue les filles qui travaillent pour Calabrese, elle pourrait être la prochaine.

– C'est bon. Je m'en occupe.

– Dis-moi, Nell…

– Oui ?

– Sois prudente. Fais attention. Meachem est intelligent. Et dangereux. Tiens-moi au courant régulièrement. Je ne peux pas me permettre de te perdre.

– Je suis une grande fille.

– Je sais. Mais Meachem dispose de toute une armée à sa solde. Et toi, tu es seule.

– Plus maintenant. Je t'ai, toi.

16.

La pluie s'infiltre sous les baies vitrées. Les fenêtres tremblent comme des dents qui s'entrechoquent. Je tente d'enfiler un pull sans me faire mal à l'épaule. C'est alors que j'entends le crissement des roues d'un véhicule sur le gravier. Une voiture de patrouille s'approche de la maison, suivie du pick-up de mon père. Les phares s'éteignent. Le conducteur sort. Il a relevé le col de son imperméable et porte un chapeau. Il lève les yeux vers la fenêtre. Je reconnais Ron Anastas. Je retiens mon souffle une seconde et, le cœur battant au rythme d'une horloge folle, je me baisse pour qu'il ne me voie pas. La sonnette retentit. Je ferme les yeux, priant pour qu'il s'en aille. La porte n'est pas fermée à clé. Il lui suffirait de tourner la poignée pour entrer. Il est accompagné. Je suis seule. Je glisse lentement la main vers mon arme, tourne la tête, aux aguets.

Rien. Puis j'entends des pas sur le gravier, le claquement d'une portière. La voiture de police s'éloigne. Le bruit du moteur s'évanouit, couvert par le martèlement de la pluie sur le toit. Une minute passe, puis deux. Au loin, le tonnerre gronde. Je me redresse, tente de percer du regard le rideau de pluie. Je pousse un soupir de soulagement. Ils sont partis, pour l'instant.

Coincée entre la baie et l'océan, Dune Road, notre rue, se retrouve souvent inondée en cas de tempête. Je suppose qu'ils vont bientôt la fermer, ce qui veut dire qu'alors je serai coincée ici jusqu'à la fin de l'orage. Hors de question d'attendre. Je me précipite au rez-de-chaussée et prends sur le bureau la photo de mon père avec Dorsey. Dans le placard de l'entrée je trouve son ciré : il est si long qu'il m'arrive presque aux genoux. Ça me fait bizarre de porter ses vêtements et de conduire son pick-up tout en enquêtant sur lui. Mais ai-je le choix ? Il faut que je sache qui était mon père. Je remonte la capuche et fonce sous la pluie.

Les clés du pick-up sont posées sur le siège conducteur. Je m'installe au volant, mets le contact. Les bas-côtés de Dune Road commencent à être submergés. Par endroits, mes roues aussi. La baie est en train d'envahir les terres. Au moment de passer sur le pont, je croise une voiture de police. Je me tiens prête à me coucher sur le siège. Impossible de reculer maintenant.

Le bar de Hank O'Gorman a un nom, le Marina Bar & Grill, mais personne ne l'utilise. Les gens disent qu'ils vont *chez Hank O'Gorman*, ou juste *chez Hank*. L'endroit comporte, conformément à son nom, un bar et un grill, pas plus, pas moins. Le sol est recouvert de sciure, le vieux billard de la salle du fond penche légèrement à gauche. La cible pour jeux de fléchettes est trouée de partout et le juke-box ne passe que du hard rock, surtout Lynyrd Skynyrd et AC/DC. Ce qui fait venir les clients chez Hank, c'est Hank lui-même. Flic à la retraite, Hank est un immense barbu à la tignasse rousse avec des tatouages sur les bras. Le genre à passer difficilement inaperçu. Six soirs sur sept, il mixe les cocktails au bar. En général, il ne fait pas payer ses ex-collègues de la police. Je n'ai jamais vu dans son établissement quelqu'un qui ne serait pas du coin et, à mon avis, c'est sa volonté à lui. Aucun panneau sur la route n'indique la présence du bar et il n'y a même pas d'enseigne au-dessus de la porte. Si je ne connaissais pas déjà son existence, je penserais qu'il s'agit d'une vieille bicoque, comme tant d'autres autour de la marina.

Deux ou trois voitures sont garées sur le parking. Les lumières du bar sont allumées. Quelques échos de musique parviennent à mes oreilles. J'entre. Une cloche retentit, annonçant mon arrivée. Le vent siffle derrière moi. Je passe la main dans mes cheveux trempés.

Un homme seul est accoudé au comptoir devant un verre de scotch. Dans l'un des box du fond de la salle, un couple est plongé en pleine conversation intime. Dans un angle, une télé diffuse la météo locale. Une violente tempête va frapper la côte de Long Island. En bas de l'écran, des chiffres se succèdent. Prévisions de pluie. Vitesse du vent. Fermeture des plages. « Le comté de Suffolk, annonce le présentateur, sera le plus durement affecté. Les personnes se trouvant sur le front de mer doivent se préparer à une évacuation. »

Hank émerge de la cuisine. Il est resté tel que dans mon souvenir. Suffisamment massif pour être intimidant, mais avec quelque chose de tendre. Par-dessus sa chemise à carreaux il porte un tablier sur lequel est écrit « Embrassez le cuisinier ». En me voyant, son visage s'illumine et sa bouche se fend d'un grand sourire qui laisse voir ses dents du bonheur. Il se penche par-dessus le comptoir pour m'enlacer maladroitement et de sa grosse patte d'ours me donne une tape affectueuse dans le dos.

– Nell Flynn ! J'espérais bien te voir. Dorsey m'a dit que tu étais dans le coin.

– Ça fait plaisir de te voir, Hank. Je ne pouvais pas ne pas passer te dire bonjour.

– Désolé pour ton père. Le bar n'est pas le même sans lui.

– Merci. C'était son repaire, ici.

– Eh oui.

Hank serre les lèvres comme s'il voulait en dire plus. Je n'ai jamais demandé à Dorsey d'où mon père sortait la nuit de sa mort. Sans doute avait-il passé un moment ici, à boire chez Hank comme il le faisait presque tous les soirs. Mais quelle importance ? Je ne veux pas donner à Hank l'impression que je le tiens pour responsable de la mort de papa. Si Hank ne lui avait pas servi de l'alcool ce soir-là, il s'en serait procuré ailleurs. Il réussissait toujours à s'en procurer. De toute façon, je commence à douter du lien entre l'alcool et son accident – un accident peut-être causé par quelqu'un qui n'avait pas la conscience tranquille.

– Tu étais l'un de ses bons amis, Hank. Je t'en remercie.

– Il était ici le soir de sa mort. Dorsey te l'a dit ?

– Je n'ai pas demandé. C'était un accident, voilà tout. Ses pneus étaient lisses, les routes glissantes.

– Il n'a rien bu. Ce que je veux dire, c'est qu'il a pris tout au plus un coca. Il était censé retrouver DaSilva, mais comme il ne venait pas, ton père a regardé le match avec moi. Je tenais à ce que tu saches qu'il avait arrêté de boire. Pour lui, c'était du sérieux.

La nouvelle me laisse bouche bée.

– Arrêté de boire ? Depuis quand ?

– Oh, quelques mois. Il ne t'en avait pas parlé ? Il avait stoppé d'un seul coup. Il venait ici boire un coca au comptoir. Je pense qu'il aimait se retrouver en compagnie plutôt que tout seul dans une maison vide. Moi je croyais que c'était sous ton influence qu'il avait quitté la bouteille.

– Non. On ne parlait jamais de son problème d'alcool.

– Je te dis, moi, je suis sûr que tu y es pour quelque chose. Un jour, il m'a expliqué qu'il voulait arrêter pour toi. Quand il a réussi, j'ai été fier pour lui.

– On m'a dit qu'il fréquentait quelqu'un. Une femme, une certaine Maria. Ça lui est arrivé de l'amener ici ?

Hank prend un air incrédule.

– Non. Qui c'est qui t'a raconté ça ?

– Un vieil ami.

– Ton père passait la plupart de ses soirées ici. Seul, ou alors avec les gars. À supposer qu'il avait une bonne amie, moi je ne l'ai jamais vue.

– Ce n'est pas grave. Je me disais juste que j'allais te poser la question.

– Qu'est-ce que je t'offre ?

J'hésite. J'aurais l'impression de commettre un sacrilège si je commandais un verre d'alcool juste après avoir évoqué la sobriété de mon père. Sauf que la journée a été rude. Mon épaule me lance. Mes nerfs sont encore à vif.

– Un whisky sec. Et prépare l'addition : j'insiste pour payer.
– Hors de question. Ton argent, tu peux le garder.

Hank glisse vers l'autre bout du comptoir pour remplir le verre d'un client. En attendant mon whisky, je jette un coup d'œil autour de moi. Aucun signe de Luz. On dirait bien que Hank s'occupe seul du bar ce soir. Pas étonnant, vu le temps qu'il fait. Dehors le vent hurle, comme une foule de supporters chauffés à blanc. Le bar ne serait sans doute pas ouvert si Hank ne vivait pas juste au-dessus – ce n'est pas comme s'il avait une longue distance à parcourir pour rentrer chez lui après la fermeture. Et puis pour l'instant, l'électricité marche encore.

À la télé le bulletin météo laisse place aux infos locales. Apparaît sur l'écran Alfonso Morales, menotté, tête baissée, qu'on fait sortir de la voiture de Dorsey. Je me redresse. Il enfouit son visage derrière le col de son manteau pour éviter le regard des caméras.

« Arrestation spectaculaire à Aquebogue cet après-midi par la police du comté de Suffolk, annonce le journaliste. Alfonso Morales, un employé de la jardinerie d'Harald Farms, armé au moment des faits, a tenté d'échapper aux policiers. La scène a été filmée par une habitante, Mary Cassavetes. »

Suit une séquence filmée où l'on distingue Morales qui traverse en courant le champ derrière le stand des produits fermiers. Je découvre avec un sursaut ma propre silhouette au loin, accroupie derrière un camion garé sur le parking. Je suis enveloppée par la pénombre. Impossible de m'identifier. Mais je suis bien là, aux actualités. J'imagine avec horreur la réaction de Sam Lightman si jamais il apprenait ça. Je l'entends déjà hurler au téléphone : « Qu'est-ce que tu fous à jouer aux gendarmes et aux voleurs dans une jardinerie au fin fond de nulle part ? Tout le monde te voit à la télé ! Tant que tu y es, pourquoi ne pas envoyer à Dmitry Novak une carte de vœux avec ton adresse dessus ? »

Juste avant que je plaque Morales au sol, le film est coupé. La journaliste réapparaît à l'écran. « Vous venez de voir des images filmées cet après-midi à Aquebogue, au moment même où les forces de l'ordre appréhendaient un suspect armé recherché dans le cadre d'une enquête sur le meurtre de deux jeunes femmes ici dans le comté de Suffolk. »

Et voilà. Les médias ont établi un lien entre les deux crimes. Ria Sandoval a été tirée de l'oubli. Elle est devenue l'une des victimes d'un tueur en série.

Hank réapparaît avec mon whisky.

– Une histoire de dingue, non ? dit-il en inclinant la tête vers la télévision. Tu en as entendu parler ? Ils ont trouvé hier le corps d'une fille enfoui dans les dunes à Shinnecock. Découpé en morceaux. Visiblement ils ont arrêté le coupable.

– C'est pour ça que je suis venue, en fait.

– Ah bon ?

– Dorsey a fait appel à moi en tant que consultante pour cette enquête. Papa travaillait dessus au moment de sa mort.

– On dirait bien qu'ils l'ont résolue.

– Un autre meurtre a été commis l'été dernier. Une jeune fille enterrée dans la réserve de Pine Barrens. Elle s'appelait Ria Sandoval.

– Oui, je me souviens. Elle avait une amie qui travaille ici. Luz Molina.

– Il est probable que ce soit le même type qui les a tuées.

– Sale histoire ! Luz m'a demandé si elle pouvait partir plus tôt ce soir. Je me suis un peu braqué. Je ne savais pas ce qui se passait.

– Elle est partie à quelle heure ?

– Vers seize heures, je dirais. Elle arrive à midi. Normalement elle reste jusqu'à la fermeture.

– Je ne pense pas qu'elle soit partie à cause de Morales, si ça peut te consoler. On ne l'a arrêté qu'à dix-sept heures. Elle travaille ici depuis combien de temps ?

– Un an environ. C'est une brave fille. Travailleuse. Vraiment, je n'aurais pas dû me fâcher comme ça quand elle m'a demandé de partir plus tôt. Normalement, je peux compter sur elle. Simplement, j'étais de mauvais poil à cause de la tempête.

– Elle travaille ici depuis un an, tu dis ? Alors elle a dû commencer juste après la découverte du corps de Ria...

– C'est ça.

Hank jette un coup d'œil à l'autre bout du comptoir, où un type visiblement à moitié endormi est presque affalé sur son verre, la tête posée sur les mains.

– Soit dit entre nous, reprend-il en baissant la voix, c'est Dorsey qui m'a demandé si je pouvais la prendre. Luz était tombée dans la prostitution, et avec ce qui était arrivé à sa copine, elle était terrorisée. Dorsey voulait l'aider. Il m'a demandé si je voulais bien lui rendre un petit service, officieusement disons. Elle avait besoin d'argent.

– C'est quoi, son boulot ici ?

– Le ménage, le service. La semaine dernière elle a installé les contre-fenêtres. C'est selon les besoins.

– Comment est-ce qu'elle a rencontré Dorsey ?

– Au cours de l'enquête, je suppose. Attends... ce type qu'on a arrêté... c'était pas celui qui habitait en face de chez elle ? Le jardinier ? Dorsey m'a parlé de lui. Un jour il m'a montré une photo en me demandant de le prévenir si je le voyais.

– Oui, c'est lui. Alfonso Morales.

– Ça alors ! Ce salaud ! S'ils l'avaient mis en taule l'année dernière, cette fille serait encore vivante.

Il se tait quelques instants, les joues empourprées.

– Je ne dis pas ça pour critiquer. Ton père a fait tout ce qu'il pouvait pour le coffrer, ce type.

– Pas de problème. Dis-moi, tu sais où je pourrais trouver Luz ? J'aimerais lui parler.

– J'ai ses coordonnées quelque part. Ça se gâte sacrément, dis-moi. À ta place, je ne prendrais pas la route maintenant. Conduire dans ces conditions, c'est de la folie. Surtout si c'est pour aller à Brentwood. Là-bas, la nuit, c'est dangereux.

17.

Depuis chez Hank, je roule jusqu'à Brentwood sans m'arrêter. Deux voitures de police sont garées devant chez Morales. Les gyrophares rouges me rendent nerveuse. Je dissimule mon visage dans ma capuche et remonte en courant l'allée jusqu'à la porte de la maison de Luz.

Elle est là, derrière la fenêtre, à observer les policiers. À m'observer. Je sonne, j'attends. Elle disparaît de la fenêtre. Pendant une minute, rien ne se passe. Puis j'entends des bruits de pas et le cliquetis des verrous. Luz ouvre la porte. Une rafale de vent fait voler ses cheveux. Elle est pieds nus, en bas de pyjama et petit sweat-shirt rose. Elle croise les bras sur la poitrine, se recroqueville pour se protéger du froid. Elle a l'air si jeune. Une gamine avec de grands yeux craintifs. Derrière elle, dans l'appartement, un bébé pleure.

– Vous êtes bien Luz ?

Elle fait signe que oui.

– Je m'appelle Nell Flynn, du FBI. J'aimerais vous poser quelques questions à propos de votre amie, Ria Sandoval.

Je lui montre ma carte. Elle l'examine, puis jette un coup d'œil par-dessus mon épaule en direction de la maison d'Alfonso Morales.

– Ils l'ont arrêté ?

– Oui. Un peu plus tôt dans la journée.

Elle réfléchit en se mordant la lèvre.

– Alors pourquoi vous voulez me parler ?

La pluie ruisselle de ma capuche, glisse sur la surface lisse du ciré et forme des flaques sur le trottoir craquelé. Je frissonne. Mon épaule me fait mal. Luz se tient dans l'encadrement de la porte, l'air intraitable. Elle semble se méfier de moi, et encore plus de la police. Je ne la blâme pas..

– Notre enquête porte sur des meurtres en série. Il ne s'agit pas seulement de Ria. On a découvert un autre corps à Shinnecock hier.

– J'ai entendu dire, oui.

– Une jeune fille qui s'appelait Adriana Marques. Morales est soupçonné dans les deux affaires. Les policiers sont en train de l'interroger.

Ria écarquille les yeux. Elle pâlit.

– Adriana ? Celle qui habite à Riverhead ?

– Vous la connaissiez ?

– Mon Dieu…

– Désolée. Je ne savais pas que vous la connaissiez elle aussi.

– La police pense qu'il a aussi tué Adriana ?

– C'est une hypothèse. Si vous me laissiez vous poser quelques questions à propos de Ria, ça nous aiderait vraiment. J'essaye de comprendre les liens entre ces deux meurtres.

Elle me fixe du regard. La peur fait briller ses yeux.

– Elle est morte comment ? De la même façon que Ria ?

– Oui, à peu près.

Elle se plie en deux. L'espace d'une seconde, je crois qu'elle va vomir. Elle ferme les yeux, la main plaquée sur sa bouche.

Je jette un œil par-dessus mon épaule en direction des voitures de police de l'autre côté de la rue. Deux hommes en gilet pare-balles sortent de chez Alfonso Morales. Je me retourne en espérant ne pas être reconnue.

– Je peux entrer ?

Luz ouvre les yeux.

– Vous êtes du FBI, c'est ça ? Parce que les policiers, je ne veux plus jamais leur adresser la parole.

– Rien ne vous y oblige. Ce que vous me direz restera entre nous.

– Si je dis quelque chose d'important qui pourrait faire avancer l'enquête sur la mort de Ria et d'Adriana, vous nous aiderez à quitter la région, mon frère et moi ?

– Vous comptez aller où ?

– Peu importe. Loin d'ici. Loin de Long Island. Dans un endroit sûr. Je ne peux rien vous dire tant je n'ai pas l'assurance que rien ne nous arrivera.

Elle me regarde avec des grands yeux suppliants.

– D'accord. Je ferai tout ce qui est en mon pouvoir pour vous garantir la sécurité, à vous et à votre frère.

– Ça ne suffit pas, il faut promettre. De toute façon il faudra qu'on parte.

– Je vous le promets. S'il le faut, je vous obtiendrai le statut de témoins protégés. Vous avez ma parole.

Elle me regarde, le front plissé.

– Ok, je veux bien qu'on parle, dit-elle enfin. Mais pas ici. Ma famille est à la maison. Ils dorment.

– Il est tard. Je peux revenir demain.

– Non, répond-elle en faisant un signe de tête en direction des gyrophares. Maintenant. Ça vaut mieux.

Finalement, nous prenons la voiture. Il est tard, presque minuit. Tout est fermé. Luz ne veut pas courir le risque d'être vue en ma compagnie, alors nous continuons à rouler vers l'est. Pour le moment, elle a l'air soulagée d'être loin de son domicile. Ses épaules se détendent dès que nous quittons sa rue et laissons derrière nous les gyrophares des voitures de patrouille.

– Ça vous dit, un peu de musique ? je lui demande.

La pluie tambourine sur le toit de la voiture et les essuie-glaces balaient furieusement le pare-brise. Luz se penche en avant pour allumer l'autoradio. Elle passe d'une fréquence à l'autre – rap, pop, musique classique – et s'arrête sur 103.9, la station d'informations locale :

« Pour moi, le problème, déclare une voix masculine véhémente, c'est que, quand on regarde le comté de Suffolk, on voit qu'il y a de plus en plus de crimes violents. Mais si on enlève les quartiers à majorité hispanique – Brentwood, par exemple –, c'est en réalité un comté très tranquille.

– Mais alors, quelle est la solution ? demande une autre voix. Faut-il couper le comté en deux ? expulser une partie de la population ? Il y a beaucoup de comtés avec des quartiers riches et des quartiers qui ne le sont pas. Ne serait-ce que Manhattan, par exemple.

– C'est vrai, mais le comté de Suffolk est très étendu. Nous avons une seule brigade de police pour toute la partie est de Long Island. Et si les policiers sont obligés de consacrer tous leurs moyens à la protection de certains quartiers chics...

– Il n'est pas exagéré de dire qu'ils consacrent beaucoup trop de temps et d'énergie à s'occuper des quartiers les plus aisés du comté, alors qu'à Brentwood on a des crimes par arme à feu pratiquement toutes les semaines et personne ne fait rien.

– Mon avis, c'est que si vous deviez renvoyer chez eux tous les habitants du comté de Suffolk qui sont dans ce pays illégalement, vous ne verriez pas les choses de la même manière. »

Je me penche pour éteindre, mais Luz est plus rapide.

– Vous vivez avec votre frère, c'est ça ? dis-je d'une voix qui se veut enjouée.

Elle hoche la tête, silencieuse.

– Il a quel âge ?

– Miguel ? Quatorze ans. Quinze le mois prochain.

– C'est un joli prénom, Miguel. C'était celui de mon grand-père.

– Ah oui ?

– Oui. Miguel Santos. Il venait de Juárez, au Mexique. Ma grand-mère était enceinte et ils voulaient que ma mère naisse aux États-Unis. Alors ils ont traversé la frontière, sans regret.

– Alors elle est née ici ?

– Oui. Au Texas. La famille s'est installée à Central Islip quand elle était ado. À quelques pas d'ici.

– Merde alors ! Euh, excusez-moi, je… je ne pensais pas que vous étiez d'origine hispanique.

– La plupart des gens l'ignorent. Avec Flynn comme nom de famille…

– Et vos grands-parents, ils sont restés ?

– Oui. En toute illégalité en fait. Leurs visas ont fini par expirer. Ils n'ont jamais obtenu leurs papiers. Mais peu leur importait dans le fond. Mon grand-père était américain et fier de l'être. Ils avaient installé un drapeau sur leur pelouse. Tous les ans, le 4 Juillet, ils organisaient un barbecue pour Independence Day.

Luz contemple la pluie qui tombe en se rongeant un ongle. Je suis tentée de poser la main sur son épaule et de lui dire que tout va s'arranger, mais je ne peux rien lui promettre. Mes grands-parents ont vécu une époque bien différente. Ils n'ont pas eu une vie facile, loin de là. Ils avaient deux boulots chacun, parfois même trois. Pas d'assurance-maladie, pas de diplôme, aucun filet de sécurité. L'argent manquait toujours. Parfois, il n'y en avait pas assez pour remplir le frigo. Mais ils ne vivaient pas sous la menace permanente d'une expulsion comme Luz.

– Ria venait de San Salvador. C'est comme ça qu'on est devenues copines.

– Vous l'avez rencontrée là-bas ?

– Non, plus tard, au collège. Je savais qu'elle vivait dans la même rue. Elle était différente. Vraiment intelligente. On travaillait bien à l'école toutes les deux. On voulait gagner suffisamment d'argent pour foutre le camp.

– Je comprends. Ma mère faisait des ménages dans la journée et prenait des cours du soir. Tout pour s'en sortir.

– C'est ce que Ria disait.

– Le rapport de police évoque le fait que Ria travaillait à l'occasion comme call-girl pour joindre les deux bouts. Adriana Marques également. Vous n'en sauriez pas plus à ce sujet ?

Luz garde le silence.

– Elles ont commencé toutes les deux par passer des

annonces sur Craigslist et Backpage. Ensuite, elles ont rencontré Giovanni Calabrese.

Pas de réponse.

– Vous sauriez où je peux le trouver, lui ?

– Ce n'est pas lui qui les a tuées, si c'est ce que vous pensez.

– Comment savez-vous ça ?

– Parce que je connais Gio. Il avait de l'affection pour Ria. Pour Adriana aussi. Et elles lui rapportaient beaucoup d'argent.

– Parce qu'il les conduisait chez leurs clients ?

– C'était plus que ça, répond Luz dans un soupir. Avant de rencontrer Gio, Ria mettait des annonces sur internet. Elle rencontrait ses clients à l'hôtel ou chez eux. Parfois dans leur voiture. C'était dangereux. Alors que Gio s'assurait qu'elle ne courait aucun risque. Que personne ne profitait d'elle. Que les types la payaient effectivement. Il a fini par ne garder qu'un nombre restreint de clients. Il choisissait soigneusement les nanas avec lesquelles il travaillait. Sa clientèle aime les filles qui ont de la classe. Ces hommes sont prêts à payer cher. Adriana et Ria étaient parmi celles qui lui rapportaient le plus.

– Que s'est-il passé la nuit où Ria a disparu ? Il l'a déposée sur le parking d'un motel. Moi, je ne trouve pas ça très prudent.

– Ce n'était pas de la faute de Gio. C'était ce qu'elle voulait elle. Je me trouvais avec elle cette nuit-là. On était censées aller à une soirée à Southampton pour l'un de nos clients réguliers. Mais à la dernière minute, Ria a reçu un coup de fil. Un type qu'elle avait rencontré à une soirée. Il disait qu'il voulait la voir en privé.

– Une minute… Vous étiez dans la voiture avec eux ?

– Oui, répond-elle, une larme coulant sur sa joue. Je n'ai jamais dit ça à personne. Je ne voulais pas m'attirer des ennuis. De toute façon je ne sais rien. Je n'ai pas vu la personne qu'elle a retrouvée dans le motel. On l'a déposée sur le parking. Et je ne l'ai plus jamais revue.

– Ce n'est pas de votre faute.
– Je n'aurais jamais dû la laisser seule là-bas.
– Vous ne pouviez pas savoir.
Elle fait non de la tête.
– Gio était inquiet. Il voulait qu'elle vienne avec nous. Tous les deux on sentait que quelque chose clochait. Je ne pourrais pas l'expliquer. J'avais un pressentiment.
– La fête se tenait où ?
– À Southampton. Dans la maison d'un milliardaire qui en organise souvent. Gio lui amène toujours des filles. On est super bien payées. Mille dollars la nuit.
– Vous connaissez son nom ?
Elle fait non de la tête.
– Si je vous emmenais voir la maison, vous la reconnaîtriez ?
Elle lève le visage, me regarde les yeux écarquillés.
– Hors de question que j'y remette les pieds !
– Pas à l'intérieur. On passera devant en voiture et vous n'aurez qu'à me la montrer. D'accord ? Elle est inoccupée pour le moment, je vous promets.
Luz ne répond pas. Elle pleure en silence. Les larmes brillent sur ses joues.
– Après la mort de Ria, je leur ai dit que je ne retournerais plus jamais là-bas.
– Quand vous dites que vous leur avez dit, vous parlez de qui ?
– De Gio. Et des autres.
– Vous pouvez me dire leurs noms ?
Elle me fait signe que non.
– Était-ce Glenn Dorsey ? Je sais que c'est lui qui vous a obtenu le boulot chez Hank.
– Je ne veux pas en parler.
– Luz, écoutez-moi. Deux des filles de Gio sont mortes. Si jamais des policiers sont impliqués, il faut que je le sache. C'est la seule manière de s'assurer que vous et les autres qui travaillent pour lui ne risquez rien.
– Alors aidez-nous, Miguel et moi, à partir. Promettez.

– Je vous le promets. Mais je vous en prie, aidez-moi. Aidez-moi et je vous aiderai.

Elle se tourne vers moi. Nos yeux se croisent.

– Il y a deux ans, Glenn Dorsey a arrêté Ria. Elle mettait des annonces en ligne. Alors il lui a proposé un marché : soit il la livrait aux services de l'Immigration, soit elle travaillait pour Gio.

Je sens mon visage s'enflammer. J'appuie à fond sur la pédale de frein.

– Un instant. Dorsey a mis Ria en relation avec Gio ? Vous en êtes sûre ? Glenn Dorsey ?

J'en ai le souffle coupé. Je repense au bras de Dorsey sur mes épaules dans le parking après la dispersion des cendres de papa. J'ai posé ma tête contre sa poitrine en me disant qu'il fallait qu'on reste en contact. Je lui ai dit que c'était bon de le revoir.

Ma gorge s'emplit d'un goût de bile. L'éventualité que Dorsey se fasse verser des pots-de-vin par un proxénète m'était déjà assez pénible. Mais jamais je n'aurais imaginé que lui-même était un proxénète profitant de jeunes filles qui n'avaient pas d'autre choix que de lui obéir.

– Oui, sûre et certaine. C'est comme ça que la plupart des filles entrent dans le réseau.

– Et Gio paye Dorsey pour qu'il lui procure des filles, c'est ça ?

– Dorsey fait tout, dit-elle. Absolument tout.

Luz paraît agacée, comme si j'étais lente à comprendre.

– Dorsey amène les filles. Il s'assure qu'on n'a pas d'ennuis. Il s'occupe également de la sécurité lors des soirées. Certains des clients sont des gens très importants. La présence de policiers les rassure. Ils ont l'impression qu'ils ne se feront jamais prendre.

Luz prononce ces mots avec une moue méprisante.

– Il y avait d'autres policiers impliqués ?

– Forcément.

– Vous connaissez leurs noms ?

– Il y en avait plusieurs. Ron quelque chose. Il venait de

temps en temps. DaSilva. Petit, avec un visage rougeaud. C'était lui qui faisait le service d'ordre, qui filtrait les entrées. Un vrai salaud avec les filles. Il nous menaçait tout le temps, vous voyez le genre ? Comme si ça lui faisait plaisir de voir qu'on avait peur.

– Vous vous souvenez de quelqu'un d'autre ?

– Il y en avait un autre. Je ne me souviens pas de son nom. Grand, silencieux. Il avait une moto.

– Marty Flynn.

– Oui. Ça doit être ça. Il venait de temps en temps.

Je m'engage dans Meadow Lane. La plupart des maisons sont plongées dans l'obscurité. Le vent hurle et secoue le châssis du pick-up. Au loin, j'aperçois les lumières du pont de Ponquogue. Tout au bout de la rue, le parc régional de Shinnecock s'ouvre comme une bouche sombre et sans fond.

– C'est là, dit Luz en se redressant. C'est cette rue.

Nous roulons jusqu'au bout. Je tends le doigt vers la propriété de James Meachem. Un éclair illumine la maison.

– Oui. C'est là qu'habite l'homme qui organise toutes ces soirées.

– Merci, Luz. Vous m'avez beaucoup aidée. Je peux vous demander une autre chose ?

– Bien sûr.

– Je voudrais que vous me présentiez Giovanni Calabrese.

– Vous présenter… Mais pourquoi ?

– Il ne saura pas que je suis du FBI, promis. Il faut que j'entre dans son bureau pour comprendre qui le paie, et qui il paie.

– Je fais comment, moi ? Ça fait un an que je ne l'ai pas vu.

– Dites-lui que vous avez une amie. Une amie qui aimerait peut-être travailler pour lui. Qui a un besoin urgent de cash.

Luz me regarde comme pour me jauger.

– Je ne sais pas. Il est vraiment très difficile en matière de filles. En général il les prend jeunes.

– Vous nous présentez. Je m'occupe du reste.

Elle remonte les genoux jusqu'à son menton, silencieuse.

– Au moment où je le rencontrerai, je vous promets que

vous et Miguel serez déjà loin de Long Island. Je vous mets dans un avion dès le rendez-vous pris.

– Vous pouvez faire ça ?

– Oui, dis-je sur un ton plus assuré que je ne le suis moi-même. Je le peux, et je le ferai.

– C'est bon. Mais je vous en prie, comprenez bien une chose : si vous me laissez ici, ils me tueront, comme ils ont tué les autres.

– Je sais. Ils nous tueront toutes les deux. C'est pour ça qu'il faut qu'on soit malignes et qu'on agisse vite. Pour les attraper avant qu'ils nous attrapent.

18.

Quand je rentre à la maison, l'accès à Dune Road est de nouveau ouvert. L'électricité n'étant pas encore revenue, je m'allonge devant la cheminée, recrue de fatigue. Je remets quelques bûches, me force à lire. Très vite, je tombe dans un sommeil agité, ponctué de rêves étranges et violents.

Un cri me réveille – le mien. J'ai de nouveau rêvé de ma mère. Nous nous trouvions sur la plage, juste elle et moi. Le ciel était sombre et l'océan agité crachait des panaches d'écume. Il faisait froid, trop froid pour être sur la plage. Je sentais sous mes pieds le sable glacial. J'ignorais pourquoi nous étions là. Je voulais rentrer à la maison. Ma mère était en maillot de bain. Elle courait vers l'océan. Je l'appelais, la prévenais du danger, tentais de l'empêcher de se mettre à l'eau. Elle serait morte de froid et le courant l'aurait entraînée vers le fond. Je hurlais mais le vent dispersait mes cris. Elle se retournait vers moi avec un grand sourire. Puis elle s'élançait, plongeait les bras tendus en avant et disparaissait dans une énorme vague mousseuse.

Je me redresse. Je suis sur le canapé du salon. Il fait un froid de canard. Le feu s'est éteint. Mes pieds nus dépassent de la couverture. Je les ramène vers moi, les frotte entre mes mains. Mon épaule me lance. Les relevés bancaires de mon père sont étalés par terre. Je pense que je me suis endormie en les consultant. Je les ramasse, tente d'y remettre un peu d'ordre. J'ai passé une grande partie de la nuit à les examiner soigneusement. Les chiffres qu'ils indiquent correspondent au salaire de policier de mon père. Aucune transaction douteuse. Aucun virement ou retrait important. Le seul élément qui sorte de l'ordinaire, c'est l'appartement de Riverhead, dont le loyer est payé par virement à partir d'un compte séparé. Et même là, l'argent est prélevé sur le salaire de mon père. Si jamais Giovanni Calabrese ou quelqu'un d'autre lui versait des dessous-de-table, il n'y en a aucune trace dans ces relevés. Il faut donc supposer que c'est à ça que servait son compte offshore. Le moment est venu d'apprendre la vérité.

Je mets en route la cafetière, puis sors la carte de visite de Justin Moran et compose son numéro. Il décroche.

– Bonjour, Mr Moran, je me présente : Nell Flynn, la fille de Martin Flynn. C'est son notaire, Howard Kidd, qui m'a donné vos coordonnées.

– Votre père va bien ?

– Il est mort.

– Ah. Toutes mes condoléances, Miss Flynn. Si je peux faire quelque chose pour vous…

– À vous de me dire. C'est la première fois de ma vie que je me retrouve en possession d'un compte offshore. Vous pourriez me fournir un relevé ? et m'expliquer comment fermer ce compte ?

– Je crains que vous ne soyez obligée de vous déplacer en personne si vous voulez récupérer les fonds.

– Me déplacer… vous voulez dire, venir aux îles Caïmans ?

– Tout à fait. Nous ne plaisantons pas avec les questions de sécurité, Miss Flynn. De sécurité et de confidentialité.

– Ce dont je vous sais gré. Mais hors de question que je prenne l'avion jusqu'aux Caïmans si c'est pour découvrir qu'il n'y a que quinze dollars sur le compte. J'ai mieux à faire.

Moran réfléchit quelques secondes à la logique de mon argument.

– Je comprends, dit-il enfin. Voici comment nous allons procéder : je vais vous poser un certain nombre de questions pour vérifier que vous êtes bien la personne que vous prétendez être. Votre numéro de Sécurité sociale, ce genre de chose. Et ensuite je serai ravi de répondre à vos questions sur le compte. Cela vous convient-il ?

– Ça marche.

– Très bien. On commence…

Là, Moran me pose une série de questions d'ordre pratique tout en étant personnelles, auxquelles je réponds. Je suppose que j'ai réussi le test, car au bout d'un moment il s'arrête et dit :

– Parfait. Pour moi, c'est bon. Que désirez-vous savoir à propos de ce compte ?

– Il y a combien dessus ?

– À l'heure actuelle, cent quarante mille dollars.

– Cent quarante mille dollars ? Ok, dans ce cas ça vaut la peine de prendre l'avion.

– C'est certain. Dix mille dollars sont transférés sur le compte au début de chaque mois. Si vous attendez quelques jours, cela portera vos avoirs à cent cinquante mille dollars.

– Mais cette somme, elle vient d'où ? Du compte bancaire de mon père ?

– Non. D'une entreprise, GC Limited. Le compte a été ouvert il y a quatorze mois et depuis, dix mille dollars y sont versés chaque mois.

– Vous avez bien dit GC Limited ?

– Oui.

– Il vaut mieux que je contacte cette entreprise. Si mon père travaillait pour eux, il faudrait les informer de sa mort.

– Je crains de ne pas pouvoir vous donner leurs coordonnées.

– Mr Moran, sans vouloir pinailler sur des détails, permettez-moi d'insister : mon père est mort. Je suis désormais titulaire de ce compte. Donc, pour moi, vous êtes mon banquier à présent.

– Je vois, répond-il d'une voix sèche. Il n'en reste pas moins que notre banque observe des protocoles bien précis.

– Il se trouve que je suis également agent du FBI, Mr Moran. Peut-être mon père vous l'avait-il dit. Le FBI observe lui aussi des protocoles bien précis. Par exemple, quand il s'agit de s'assurer qu'aucun de ses agents ne détient de compte offshore. Nous pouvons choisir la manière douce. Ou la manière forte : mettre au courant mon chef, le directeur du FBI, le fisc, et vous obliger à comparaître. Vous préférez faire autrement ? Alors, fournissez-moi un relevé des opérations faites sur mon compte, ainsi que les coordonnées de l'entreprise qui virait de l'argent dessus tous les mois. Alors seulement nous pourrons clôturer le compte ensemble – en toute discrétion. À vous de choisir. Si j'étais vous, j'opterais pour la manière douce. Ça sera beaucoup plus agréable pour tout le monde.

Moran se racle la gorge.

– En effet, votre père m'a parlé de votre travail. Merci de m'avoir rafraîchi la mémoire. Sous quelle forme souhaitez-vous que je vous envoie les relevés ?

– Par mail de préférence. Je vais vous donner mon adresse. Rassurez-vous : ça restera confidentiel.

– Je vous les envoie dans l'heure. Une fois que vous aurez procédé à vos vérifications, téléphonez-moi et nous clôturerons le compte.

Je raccroche, allume la télévision. Luz m'a dit qu'elle allait contacter Calabrese aujourd'hui, mais il est tôt. Je suppose qu'elle dort encore. Lui aussi. Je vais devoir patienter. Et la patience n'est pas mon fort.

La télévision ne suffit pas à me distraire. Les aveux d'Alfonso Morales font la une des informations régionales. Dès la première minute du bulletin le présentateur en fait mention. Apparaît alors à l'écran un Morales menotté sortant d'une voiture de police, entouré de plusieurs inspecteurs. Il penche le torse en avant, ignorant les cris des journalistes et les flashes. Quelqu'un de la police a dû appeler la presse. L'ensemble tient plus du cirque que de l'arrivée au poste d'un suspect.

« Nous sommes en direct depuis le siège de la police à Yaphank. » Les objectifs sont braqués sur les marches du bâtiment. Glenn Dorsey s'apprête à prendre la parole, avec derrière lui ses inspecteurs alignés comme des gardes du corps.

Je grimace en voyant leurs visages. Il s'agit des collègues de mon père, de ses amis, d'hommes que je connais depuis mon enfance. Que je considérais comme ma famille.

« Les événements d'aujourd'hui attestent du professionnalisme de notre police, ici dans le comté de Suffolk, commence Glenn. Notre équipe a travaillé vite et efficacement. Il lui a fallu moins de vingt-quatre heures pour arrêter Mr Morales. Le suspect a avoué les meurtres de Ria Sandoval, la jeune femme dont le corps avait été trouvé l'année dernière à Pine Barrens, et d'Adriana Marques, découverte morte il y a deux jours à Shinnecock. C'est une journée triste pour notre communauté, avec la perte de deux jeunes vies. Mais c'est également le moment de rendre hommage au travail et à la compétence des inspecteurs ici présents. Merci d'être brefs : je ne pourrai répondre qu'à quelques questions. »

Dorsey parcourt du regard la foule des journalistes et en désigne un.

« Le suspect est-il un citoyen américain ?

– Non.

– Et les victimes ? S'agissait-il de sans-papiers ?

– Adriana Marques avait la citoyenneté américaine. Pas Ria Sandoval.

– Est-il vrai que la police du comté de Suffolk obtient un taux de 84 % d'aveux ? demande Ann-Marie Marshall quelque part à l'arrière de la foule, d'une voix qui me fige.

– J'ignore si ce chiffre est exact, répond Dorsey avec un froncement de sourcils. Mais il est vrai que nous avons un bon taux d'aveux, ce dont je suis fier.

– Ce taux est plus élevé que celui observé au niveau national, et bien plus que celui de comtés comparables, comme Nassau et Westchester.

– Si ce que vous dites est vrai, c'est à mettre au crédit de nos inspecteurs. Question suivante, rétorque Dorsey en pointant le doigt vers le journaliste juste à côté de lui.

– Ou bien cela suggère que vos inspecteurs ont recours à des techniques contestables pour obtenir ces aveux, insiste Ann-Marie Marshall d'une voix suffisamment forte pour faire taire la foule. Pas plus tard que l'année dernière, des inspecteurs de la brigade criminelle du comté ont obtenu des aveux en anglais d'un certain Hector Dominguez, lequel ne parle qu'espagnol et n'a pas bénéficié des services d'un avocat ou d'un interprète.

– Votre interprétation de l'affaire Dominguez est pour le moins tendancieuse, rétorque Dorsey sèchement. D'ailleurs, votre journal a été poursuivi pour déformation des faits. Vos affirmations ne concernent en aucune manière les aveux de Mr Morales, qu'il nous a livrés intégralement et de son plein gré lors d'un interrogatoire que j'ai personnellement supervisé. Nous en resterons là. Maintenant, si vous le voulez bien…

– Et quid des aveux de Sean Gilroy en 1997 ? crie Ann-Marie Marshall. Là aussi vous les avez supervisés, non ? Et dans ces deux affaires, les expertises médico-légales aboutissaient à la conclusion que le suspect ne pouvait en aucune manière avoir commis le crime dont il était accusé. Or, dans les deux cas, ces conclusions ont été délibérément écartées par vos équipes.

– Je ne prends plus de question. »

Dorsey s'éloigne du micro si vite qu'il le fait tomber, déclenchant un son aigu et perçant. La caméra le suit alors qu'il s'en va, les épaules remontées jusqu'aux oreilles. Après son départ, elle montre la foule des journalistes se tournant les uns vers les autres, échangeant des commentaires excités sur la conférence de presse à laquelle ils viennent d'assister.

J'éteins la télévision.

Sur ma boîte mail, un message de Justin Moran, déjà. J'ouvre la pièce jointe et clique sur « Imprimer ». L'imprimante se met en marche dans le bureau. En attendant que les documents sortent, je recherche « Sean Gilroy » sur internet. Je lis rapidement trois articles d'Ann-Marie Marshall au sujet des aveux de Sean Gilroy et tombe sur ce que je voulais. À la fin du troisième article, Ann-Marie cite ces paroles de Glenn Dorsey : « Ce garçon n'avait pas la conscience tranquille. Vous savez, il y a des gens qui ont besoin de se confesser. »

Je prends le téléphone et compose le numéro de *Newsday*.

– Bonjour. Nell Flynn à l'appareil, dis-je à la standardiste. Je voudrais parler à Ann-Marie Marshall, s'il vous plaît. C'est urgent.

Une heure plus tard, je me retrouve devant un café de la rue commerçante de Riverhead. L'endroit est petit, sans prétention, avec une vitrine poussiéreuse donnant sur un parking et une pancarte « Fermé » accrochée à la porte. Je m'approche et croise le regard d'une femme en train de nettoyer le bar. Elle s'arrête et me fait signe d'entrer.

Je pousse la porte. Les gonds protestent en gémissant. Les banquettes à dossier haut sont couvertes d'un tissu jaune moutarde cireux. Un poste de télé posé sur le bar diffuse les nouvelles, son coupé. Pas un bruit. Je vérifie l'heure sur ma montre. Je ne suis même pas sûre d'être au bon endroit. La femme désigne la banquette du fond.

– Installez-vous.

Je la remercie d'un hochement de tête. À ma grande surprise, Ann-Marie Marshall est déjà assise dans un angle du box. Elle m'adresse un grand sourire, découvrant des dents parfaites d'un blanc éclatant.

– Je vous ai fait sursauter ?

– Non, dis-je – ce qui est faux. Sympa comme endroit pour un rendez-vous. Ça fait très roman de cape et d'épée.

– Oh, j'ai mes repaires. Dans mon boulot, il est parfois difficile de trouver un lieu adéquat pour discuter.

Je m'installe en face d'elle, regarde la tasse de café placée devant elle. Il fait froid. Je croise les bras sur ma poitrine en regrettant de ne pas avoir pris de vêtements plus chauds. Je ne pensais pas rester plus de quelques jours. Mais cela fait maintenant plus d'une semaine, et ma garde-robe – un jean et les vieux sweat-shirts de mon père – ne suffit plus. La serveuse arrive, un crayon coincé derrière l'oreille.

– Je vous sers quelque chose ?

– Un café, ça serait super.

– Vous le voulez comment ?

– Noir. Et bien chaud, s'il vous plaît.

– Ça marche.

Elle s'éclipse, pour revenir presque aussitôt avec un mug et une cafetière. Elle remplit la tasse d'Ann-Marie, puis disparaît à nouveau.

– Je suis contente que vous ayez appelé, dit Ann-Marie.

Elle verse un sachet de sucre dans sa tasse et touille avec la cuillère.

– Figurez-vous que j'ai pensé prendre contact avec vous dans le passé. Mais je n'étais pas sûre que vous auriez été heureuse d'entendre ce que j'avais à vous dire.

– Vous aviez raison. Franchement, je vous ai toujours détestée.

Elle sourit sans broncher.

– Dans ce cas, je suis contente de ne pas vous avoir contactée. Pourquoi m'avez-vous appelée ?

– Je vous ai vue à la conférence de presse avec Glenn Dorsey. Vous avez mentionné le nom de Sean Gilroy. En relation avec la mort de ma mère.

Son visage se ferme.

– Si vous êtes venue jusqu'ici pour me dire de la boucler, alors vous auriez pu faire ça au téléphone. Et je vous aurais répondu la même chose qu'à la police du comté : hors de question.

– Je n'ai pas l'intention de vous demander de vous taire. Bien au contraire.

– Tiens donc. Vous voulez en savoir plus sur l'affaire Gilroy ? Vraiment ?

– Vous avez affirmé que les analyses médico-légales contredisaient les déclarations de Gilroy.

– Je confirme. D'après le report du coroner, le meurtrier de votre mère était gaucher. Gilroy est ambidextre. Il écrit de la main gauche mais utilise la droite dans ses activités sportives. Si bien qu'on peut raisonnablement supposer qu'il aurait utilisé sa main droite pour poignarder quelqu'un.

– C'est de la conjecture pure.

– Certes. Mais soutenue également par le pathologiste. Son

rapport s'est égaré peu après le procès. Pratique, non ? Il a pris sa retraite et il est parti en Floride. Du moins, c'est ce qu'on m'a dit. Bref, il est injoignable. Ce qui visiblement est le cas de beaucoup de personnes dans le comté de Suffolk. Elles disparaissent de la circulation.

Elle ouvre les doigts, façon de dire « comme par magie ».

– On a trouvé les empreintes de Gilroy sur l'arme du crime, dis-je. S'agissait-il de sa main droite ou de sa main gauche ?

– De sa gauche. Alors oui, je ne doute pas une seconde qu'il ait pris le couteau avec sa main gauche. D'ailleurs, il le dit bien. Mais il pourrait l'avoir fait après avoir découvert le corps. Il est revenu une fois sur ses déclarations. Vous le saviez, non ? Il a expliqué qu'il l'avait vue à travers la fenêtre, qu'elle était déjà morte, et qu'il est entré par effraction dans la maison pour voir ce qu'il pouvait faire.

– Et ça, vous le croyez…

– Je ne sais pas ce que je dois croire. J'ignore encore aujourd'hui qui a tué votre mère. Mais je ne crois pas un mot des aveux de Gilroy. Ils sont bourrés de contradictions. La chronologie des faits ne correspond pas ; il a été incapable d'expliquer comment il avait mis la main sur ce couteau ; il affirme l'avoir poignardée une fois alors qu'en réalité elle a été frappée à plusieurs reprises. Je pense qu'il a été fortement incité à avouer et qu'à partir de ce moment-là, tout élément remettant son récit en cause a disparu. Peut-être que Gilroy est bien le meurtrier. Mais cette affaire n'est pas aussi claire et nette que Glenn Dorsey voudrait nous le faire croire.

– Mais pourquoi ? Quel motif Glenn Dorsey pourrait-il avoir pour monter tout ça contre Gilroy ?

– Moi j'en vois plusieurs, répond-elle dans un soupir. Vous aussi, j'en suis sûre.

– Vous pensez que mon père l'a tuée.

– Là, vous en savez plus que moi. Après tout, c'était vous son alibi.

Je m'agite sur mon siège. Était-ce une bonne idée de venir ?

– Je n'aurais pas menti sur ce genre de chose.

– Il s'agissait de votre père. Vous étiez une gamine. Vous ne saviez peut-être même pas qu'il était parti.

– On dormait dans une tente pour deux à cinquante kilomètres de chez nous. S'il était parti, je l'aurais remarqué. Et il ne m'aurait pas abandonnée au beau milieu de la forêt en pleine nuit.

– Soit, dit Ann-Marie en levant les paumes vers le ciel. Nell – je peux vous appeler Nell ? –, je ne dis pas que Gilroy n'a pas tué votre mère. Il se pourrait fort bien que oui. Mais il a tout de même le droit d'être jugé en bonne et due forme. Mon avis, c'est qu'on lui a fait peur au point qu'il a livré ces aveux. Je ne crois pas qu'il ait été informé de ses droits. Je pense que les preuves ont été bidouillées de manière à pouvoir régler le cas rapidement, et que Gilroy n'avait pas les ressources financières et mentales pour se défendre. Dorsey a décidé que c'était lui, et il s'est assuré que Gilroy serait déclaré coupable. Ça, c'est mon point de vue. Depuis le début.

– Alors vous pensez que la police du comté de Suffolk est corrompue.

– Oui. Gilroy n'est pas un exemple isolé. Depuis plusieurs dizaines d'années perdure dans le comté de Suffolk un problème systémique et chronique. J'ai interviewé des suspects qu'on avait frappés avec des annuaires ou dont on avait écrasé les testicules lors d'un interrogatoire. Parce que, voyez-vous, ces techniques ne laissent pas de traces. J'ai discuté avec des policiers du comté de Nassau me disant de manière officieuse que tout le monde sait que les flics du comté de Suffolk font ce qui leur chante, qu'ils se prennent pour des cow-boys, qu'ils se sucrent en cas de prise de drogue, qu'ils acceptent des pots-de-vin de la part des chefs de gang et des dealers, qu'ils ont l'habitude de bidouiller les preuves. Et tous s'accordent à dire que ça a empiré depuis que Glenn Dorsey est devenu inspecteur-chef.

– Dans ce cas, pourquoi n'y a-t-il pas eu d'enquête ? Si ce n'est un secret pour personne.

Ann-Marie me regarde comme si j'étais complètement demeurée.

– Il y a eu une enquête. Même deux, à ma connaissance. Une fois quand Baldacci était gouverneur, dans les années 90. Les membres de la commission ont mis au jour des pratiques contestables en matière de lutte anti-drogue et d'enquêtes criminelles. Ce sont là leurs propres termes. Vous pouvez vérifier. Deux inspecteurs mis en cause dans leur rapport ont fini en prison. L'inspecteur McCrary, parce qu'il acceptait des dessous-de-table, et Moynahan, parce qu'il avait brutalisé un suspect lors d'un interrogatoire. Vous êtes peut-être trop jeune pour vous en souvenir…

J'ouvre la bouche, mais rien ne sort. Je me souviens en effet de ces deux hommes, vaguement. Je me souviens que Maureen McCrary venait souvent à la maison après la mort de ma mère et nous amenait des plats cuisinés. Elle portait de l'ombre à paupières bleue et des jupes un peu trop courtes. Elle flirtait avec papa et faisait tout pour ignorer ma présence. Un soir qu'elle avait apporté un plat de pâtes et une bouteille, je lui ai demandé où était son mari. Papa m'a envoyée dans ma chambre. Plus tard, il m'a dit que les McCrary divorçaient, que Mr McCrary était parti et que je devais être polie avec les invités. Il a ajouté que comme moi il trouvait Maureen agaçante et qu'il me remerciait d'avoir dit ce que j'avais dit parce que maintenant, elle ne reviendrait plus. En effet, elle n'est plus revenue. On l'apercevait de temps en temps lors des fêtes religieuses à St. Agnes ou à la soirée annuelle de levée de fonds pour la police du comté. Elle nous faisait de loin un petit signe de la main. Elle a fini par épouser un inspecteur de la police de Westchester. Je ne l'ai plus jamais revue.

– Vous parliez de deux enquêtes, Ann-Marie…

– La seconde a eu lieu il y a deux ans. Franklin, le gouverneur, a demandé une enquête après le fiasco de l'affaire Hector Dominguez.

– Et ça a donné quoi ?

– Je n'en sais rien. Soit l'enquête se poursuit, soit Dorsey a trouvé le moyen de l'étouffer discrètement. La rumeur a couru que l'agence de lutte anti-drogue avait été appelée en renfort pour surveiller la police du comté. D'après l'une de mes sources, ils y avaient infiltré une taupe qui contrôlait les stups. Sauf que jusqu'à aujourd'hui, rien n'en est sorti.

– Alors vous pensez que la même chose recommence avec Morales. Des aveux sous contrainte, une enquête bâclée.

– Exactement. Vous aussi, d'ailleurs. Sinon vous ne seriez pas ici à discuter avec moi.

– Mais pourquoi maintenant ? S'ils sont si doués que ça pour bidouiller des preuves, pourquoi n'ont-ils pas arrêté Morales l'été dernier ?

– Je l'ignore. Écoutez, j'ai des amis dans la police. D'après eux, votre père et Dorsey se sont fâchés à propos de l'affaire de Pine Barrens et de la façon dont elle a été traitée. Dorsey voulait arrêter Morales, alors que votre père jugeait qu'il n'y avait pas suffisamment d'éléments contre lui. À partir de là, ils ont pratiquement cessé de se parler. Ça a créé beaucoup de tensions dans les équipes. Maintenant, votre père n'est plus là, et Dorsey va pouvoir régler cette affaire comme il fait d'habitude.

Je me laisse aller en arrière, le dos collé à la toile du dossier. Je regarde par la fenêtre le pick-up de mon père. Le soleil fait briller la carrosserie, lui donne une couleur plus rouge vif que bordeaux.

Une idée me traverse l'esprit. Je me redresse.

– Alors vous pensez qu'en fait mon père voulait résoudre le meurtre de Pine Barrens ?

– C'est ce que j'ai compris, oui.

– Il n'avait donc pas l'intention de l'étouffer, comme Dorsey aujourd'hui.

– C'est cela, me répond Ann-Marie en m'adressant un regard perplexe.

– Et vous dites qu'il y a une taupe au sein de la police du comté ?

– C'est ce qu'on m'a dit. Je n'ai jamais pu le vérifier.

– Bon, il faut que j'y aille, dis-je en sortant quelques pièces de mon porte-monnaie. Désolée, je… je viens de me souvenir de quelque chose. Je vous tiens au courant.

Elle agrippe ma manche, me force à m'arrêter.

– Nell, allez voir Jamie Milkowski, d'accord ? dit-elle d'une voix pressée.

– La pathologiste ? Pourquoi ?

– Juste pour discuter avec elle. Elle pense que Morales n'est pas le tueur. Le tueur était gaucher, et celui qui a découpé le corps était droitier. Pour elle, quelqu'un a abattu Adriana et ensuite Morales aurait enseveli le corps. Elle dispose d'éléments convaincants pour étayer son hypothèse. Elle m'a parlé en off. Elle a peur de Glenn Dorsey. Elle a besoin d'aide, Nell. Si elle rend ses idées publiques, elle aura besoin de protection. Vous pourrez peut-être la soutenir.

– Vous êtes en train d'écrire un article sur ça ?

– On va dire que oui. En espérant que ça ne me vaudra pas une balle dans la tête. Et vous – excusez ma curiosité –, vous êtes ici pour quoi ? Pour mener votre propre enquête ?

– On va dire que oui. On reste en contact.

Je laisse une carte de visite sur la table et sors en courant. La porte se referme derrière moi en gémissant.

19.

J'appuie à fond sur l'accélérateur. Elena Marques habite à quelques pas, sur Pulaski Street. Je me gare juste devant chez elle, comme la veille, gravis quatre à quatre les marches du perron et sonne. Dans le temps qu'il lui faut pour ouvrir la porte, je remarque une berline qui vient se garer en face. Le conducteur coupe le contact, mais reste à l'intérieur. Il sort un journal et fait semblant de le lire. Il me surveille, c'est clair.

La porte s'ouvre. Elena paraît encore plus frêle que la dernière fois. Elle m'adresse un sourire triste.

– Ah, c'est vous, Miss Flynn. Entrez.

Elle me fait signe d'avancer. Je jette un coup d'œil par-dessus mon épaule au moment où elle se détourne, juste à temps pour voir l'homme braquer l'objectif de son appareil photo vers nous. Je ferme la porte derrière moi.

– Vous allez bien ? me demande Elena.

Je me rends compte que je suis en sueur. Je m'essuie le front.

– Ça va, merci, dis-je d'une voix plus sèche que je ne l'aurais voulu. Mais surtout, vous, ça va ?

– J'ai appris aux infos qu'ils ont arrêté Alfonso Morales.

– En effet.

– C'est vrai qu'il a avoué le meurtre d'Adriana ? Et de l'autre fille, celle qui a été tuée l'été dernier ?

– C'est ce que j'ai entendu dire. Sans en être sûre.

– Vous n'étiez pas là ?

– Je ne fais pas partie de la police, Elena. Je leur file juste un coup de main pour l'enquête.

– Qui est maintenant terminée, dit-elle en me fixant du regard, comme si elle attendait de ma part un démenti. C'est fini.

– Pas pour moi. Loin de là. On peut parler un peu ?

– De quoi ?

– Je pense que votre sœur était mêlée à quelque chose de louche. Un gros truc. Mon avis, c'est que des gens très puissants ont profité d'elle. Je veux m'assurer que tous ceux qui lui ont fait du mal seront traduits en justice. Pas seulement celui qui l'a tuée, mais aussi ceux qui l'ont exploitée avant sa mort. Et pour ça, j'ai besoin de votre aide.

Un instant silencieuse, Elena se tourne et s'installe sur le canapé.

– Pourquoi vous faites ça ?

– Pourquoi je fais quoi ?

– Ça. Me parler de toute cette histoire. Vous n'êtes pas chargée de l'enquête. Vous n'êtes pas flic. Alors, pourquoi vous vous intéressez tellement à Adriana ?

Je m'assois à côté d'elle.

– Tout le monde devrait s'y intéresser. Votre sœur était un être humain. Elle méritait d'être traitée comme tel.

Elena tend le bras, fait glisser sa main sur le canapé et la pose sur la mienne. Je lève la tête – ses yeux sont remplis de larmes.

– Merci, murmure-t-elle. Merci de l'avoir dit.

– Elena, je vais être franche avec vous. Mon père faisait partie de la police du comté. Il s'appelait Martin Flynn. Il est venu ici après la disparition d'Adriana. Il a pris son portable. C'était bien un modèle couleur argent, à clapet ? Genre portable de dealer ?

Elena retire sa main, se redresse, les yeux écarquillés par la peur.

– Oui. Mais alors, Martin Flynn... c'était votre père ?

– Oui. Je pense qu'il tentait de protéger Adriana.

– Contre quoi ?

– Votre sœur faisait partie d'un réseau de jeunes filles, un réseau de prostitution dirigé par Giovanni Calabrese, l'homme que vous avez vu dans la limousine blanche. Calabrese filait des pots-de-vin à certains policiers du coin pour qu'ils le laissent faire son petit business. Une enquête est en cours à ce sujet en ce moment même. Il semblerait que le FBI ait une taupe à la police. Ma théorie, c'est qu'il s'agissait de mon père. Et que votre sœur et Ria Sandoval l'aidaient à mener son enquête.

– Alors c'est la police qui a commandité le meurtre ? souffle-t-elle, incrédule.

– Peut-être. Ou bien Calabrese. Ou encore James Meachem, l'un des clients réguliers de Calabrese. Le corps d'Adriana a été découvert près de sa propriété.

– James Meachem… le type avec la grosse baraque sur Meadow Lane…, souffle Elena, soudain toute pâle. Mon Dieu ! Tout est de ma faute !

– Non, Elena. Vous ne pouvez pas dire ça.

– Si, c'est de ma faute. Vous ne comprenez pas. Avant, je travaillais pour James Meachem. Un jour, je suis venue chez lui avec Adriana. Pour qu'elle bosse avec moi. Je suis sûre que c'est là que ça a commencé.

– Je vois.

Je prends une longue inspiration pour retrouver mon calme.

– Remontons un peu en arrière. James Meachem, vous l'avez rencontré dans quelles circonstances ?

– J'ai fait le ménage pour les estivants pendant des années, commence Elena d'une voix lente, avec toute une équipe dont je faisais partie. On allait là où on nous appelait. L'été, c'était la période où on travaillait le plus. Entre *Memorial Day*, fin mai, et *Labor Day*, début septembre, on se faisait trente dollars de l'heure. Je bossais six jours par semaine, parfois sept. Il nous arrivait de passer une journée entière dans une maison. Douze, quatorze heures. Elles étaient tellement grandes, ces baraques ! Une dizaine de chambres. Il fallait s'occuper du linge – les serviettes de plage, les draps, le linge de table. Et l'argenterie, *Dios mío* ! Vous vous imaginez ce que c'est de nettoyer un service en argent pour des dîners de quatre-vingts personnes ? Et des verres en cristal si fins que j'avais peur qu'ils se brisent entre mes doigts. Je ne comprendrai jamais pourquoi les riches refusent d'acheter des couverts et des verres qui passent au lave-vaisselle ! À croire que ça leur fait plaisir de nous voir frotter leurs parquets à quatre pattes !

Ses yeux sont brillants, comme si elle se souvenait de quelque chose de douloureux qu'elle aurait voulu oublier. Je l'encourage à continuer d'un signe de la tête.

– Bref, c'était dur comme boulot, mais ça payait bien, bien mieux que de faire le ménage à l'hôpital, franchement. Le soir, quand je rentrais à la maison, j'avais mal partout. Au dos, aux jambes, aux mains. Mais chaque fois que Gladys – celle qui organisait les missions de notre équipe – m'appelait, je lui disais que j'étais disponible.

» Un jour, Gladys a reçu un appel pour une maison à nettoyer sur Meadow Lane. Comme une des filles ne pouvait pas venir, elle m'a demandé si je connaissais quelqu'un qui voudrait bien filer un coup de main. J'ai dit à Adriana qu'elle pourrait gagner un peu de cash. Elle avait quinze ans à peine, c'était les vacances d'été pour elle. Elle était contente de gagner autant d'argent. Cette maison, c'était dingue. Des parois tout en verre, avec vue sur l'océan. Le propriétaire n'était pas là. Il devait arriver le lendemain. Il y avait une Française, une certaine Manon, la gouvernante je crois. Elle nous a dit ce qu'il fallait faire. Elle était très sévère. Elle voulait que tout soit nickel. Elle a engueulé l'une des filles parce qu'elle n'aimait pas sa façon de faire les lits. Par terre, c'était partout des tapis blancs, alors on devait travailler pieds nus.

» Tout le temps qu'on a passé là-bas, il y avait sans cesse du va-et-vient, des gens qui venaient livrer des orchidées, des caisses de champagne. Comme si une grande soirée se préparait. Gladys nous a envoyées à l'étage, Adriana et moi. On était censées repasser une montagne de vêtements.

Des robes de soirée, des chemises de nuit, de la lingerie. La Française est arrivée et nous a regardées travailler. Elle a commencé à mettre les vêtements sur des portants, le genre qu'on voit dans les grands magasins. Tout était neuf. Venu directement de Bergdorf Goodman et Barney dans des grands sacs. Je me suis dit que c'était peut-être des cadeaux pour la femme ou la copine du propriétaire.

» La Française, elle observait Adriana pendant qu'on travaillait. J'ai commencé à m'inquiéter, à me dire que peut-être Adriana avait l'air trop jeune à son goût. C'est alors qu'elle lui a demandé si elle pouvait essayer l'une des robes. Elle lui en a donné une superbe, en soie, avec une épaule dénudée. Adriana l'a prise et s'est dirigée vers la salle de bains. La Française l'a arrêtée en lui disant qu'il ne fallait pas être timide, qu'elle pouvait se changer devant nous.

» Adriana s'est déshabillée. Elle était gênée je crois parce qu'elle portait des vieux sous-vêtements dépareillés. Elle les a retirés, puis elle a enfilé la robe. La Française a souri. Adriana aussi. L'autre lui a dit qu'elle ressemblait à Aphrodite, la déesse grecque de la beauté. Elle lui a demandé si elle avait déjà envisagé de devenir mannequin. Adriana a répondu que non. La Française s'est approchée, s'est placée derrière elle. Il y avait un miroir en face d'elles. La Française a relevé les cheveux d'Adriana et les a tortillés pour faire un chignon. Elle a dit : « Regarde comme tu es élégante. On dirait Hélène de Troie. Ou bien Léda. » Et c'est comme ça qu'elle l'a appelée après – Léda.

– Le problème, c'est que Léda s'est fait violer, je remarque. Dans la mythologie grecque, Zeus prend la forme d'un cygne et la viole.

Elena reste muette. Les narines frémissantes, elle se mord la lèvre.

– Vous l'avez revue depuis, la Française ?

– Elle a donné une carte de visite à Adriana en lui disant de l'appeler si elle changeait d'avis à propos de cette histoire de mannequinat. Elle nous a raconté qu'elle travaillait dans le milieu du cinéma et qu'elle était toujours à la recherche de

nouveaux visages. Quand on est parties, j'ai dit à Adriana de se méfier d'elle.
– Vous ne vous souvenez pas de son nom de famille ?
– Non, désolée. Ça fait des années que je n'ai pas repensé à cette histoire.
– Et James Meachem, vous l'avez vu, ne serait-ce qu'une fois ?
– Non. On a fait le ménage chez lui plusieurs fois. Avant qu'il arrive et après son départ. Mais lui, je ne l'ai jamais vu. Et la Française ne nous a plus jamais reparlé, ni à Adriana, ni à moi.
– Vous ne croyez pas qu'Adriana l'a appelée ?
– Non. En fait... je n'en suis plus si sûre. Mon Dieu, cette baraque ! C'est juste à côté de la réserve, c'est ça ? Là où on a trouvé son corps ?
– Oui.
– Vous pensez que James Meachem l'a tuée ?
– Je n'en sais rien. Mais il engage des call-girls pour ses soirées. C'est un prédateur. Je veux m'assurer qu'il ne fera plus jamais de mal à aucune jeune fille.
Elena hoche la tête en silence. Une larme coule sur sa joue et tombe sur la moquette.
Je tire de mon sac la photo de papa et Glenn Dorsey. Je la lui tends, attire son attention sur mon père.
– Elena, reconnaissez-vous l'officier de police qui est venu chez vous quand vous avez signalé la disparition d'Adriana ?
Elle étudie soigneusement la photo.
– Oui, c'est lui.
– Vous pouvez venir à la fenêtre ? Regardez cette voiture garée juste devant.
Elle se lève, s'approche de la fenêtre et écarquille les yeux, terrifiée.
– C'est le...
– Le pick-up de mon père. L'homme que vous avez reconnu sur la photo.
– Le pick-up rouge. Celui que j'ai vu devant chez nous le soir de la mort d'Adriana.

– Vous en êtes sûre ? Regardez bien. C'est important.

Elena se tourne à nouveau vers la fenêtre, colle la main à la vitre.

– Oui, c'est bien celui-là. Il était garé là, exactement au même endroit. Comme si le conducteur nous surveillait.

– Je voudrais vous poser juste une dernière question.

Je sors le Polaroïd de mon sac et le lui tends.

– C'est bien Adriana, n'est-ce pas ?

– Oui, dit-elle en posant un doigt sur l'image de sa sœur. C'est elle. Vous l'avez trouvée où, cette photo ?

– C'est mon père qui l'avait. Vous savez qui est l'autre fille ?

Elena réfléchit, le front plissé.

– Elle s'appelle Maria. Maria Cruz. Elles ont fait leur première communion ensemble à St. Agnes. Une gentille fille, cette Maria.

– Je la cherche. Vous n'auriez pas une idée de l'endroit où je pourrais la trouver ?

– Non, désolée. Ça fait longtemps que je ne l'ai pas vue. J'espère qu'elle n'a pas de problèmes.

– Moi aussi je l'espère.

20.

Une fois sortie, j'écoute un message que m'a laissé Luz : « J'ai parlé à Gio. Il m'a dit de passer le voir aujourd'hui ou demain avec mon amie. Il dit qu'il est toujours à la recherche de chair fraîche. Dites-moi ce que vous comptez faire. »

Je compose le numéro de Sarah Patel et lui annonce la nouvelle. La berline est toujours garée devant chez Elena à me guetter. Le conducteur est caché derrière son journal. Les pages font un petit bruit chaque fois qu'il se redresse pour jeter un coup d'œil par-dessus. Je mémorise la plaque d'immatriculation : HB-778.

– Nell, me dit Sarah, il ne faut pas que ce soit toi qui ailles rencontrer ce type. C'est trop risqué. Et s'il te reconnaissait ?

– Comment pourrait-il me reconnaître ?

– Il connaît ton père. Et si jamais il veut t'embaucher pour une soirée ? Impossible pour toi de t'y rendre. Ça va grouiller de flics.

Je dois bien lui concéder ce point.

– Alors, on fait quoi ?

– Et si Luz y allait elle-même ? On pourrait l'équiper d'un système d'écoute.

– Trop dangereux. C'est une gamine.

– Et impossible pour moi de t'envoyer un agent du FBI. Pas le temps.

– Et si j'y allais avec elle ? Juste pour le rencontrer. Elle pourra toujours lui dire plus tard que j'ai changé d'avis.

– À mon avis, c'est une mauvaise idée.

– Ok. Je vais réfléchir. Mais il faut agir vite.

– Sois prudente, d'accord ? Ne va pas prendre des risques inutiles.

– Je ne prends jamais de risques inutiles.

Ce qui n'est pas tout à fait vrai.

Je raccroche, puis traverse la rue d'un pas décidé. Je regarde devant moi en me tenant bien droite malgré mon épaule douloureuse. Je prends soin de marcher vite mais pas trop non plus pour ne pas donner à ce type l'impression d'être pressée. Avant de partir, j'ai dit à Elena de fermer sa porte à clé et de m'appeler si elle se sent en danger. En verrouillant la portière du pick-up, je regrette de n'avoir pour ma part personne à appeler.

Je suis en train de déboîter quand mon portable sonne. C'est Lee. Lui répondre ou pas ? J'ai encore quelques doutes à son sujet. Certes, je ne pense pas qu'il m'aurait incitée à participer à l'enquête s'il savait que cela allait déboucher sur la mise en cause de la police. Mais d'autre part, il obéit aux ordres de Dorsey. Peut-être est-il en train de me surveiller, comme le type de la berline.

C'est la curiosité qui l'emporte – comme toujours.

– Salut Lee, quoi de neuf ?

J'enclenche le mode mains libres et m'engage sur Pulaski Street. Quelques secondes plus tard, la berline fait de même. Je passe à l'orange, pour voir comment le conducteur va réagir. Il accélère pour ne pas me perdre, provoquant les coups de klaxon d'un autre automobiliste.

– Tu es où, Nell ?

– À Riverhead. Pourquoi cette question ?

– Morales a avoué les deux meurtres.

– Oui, j'ai appris. Et alors, tu ne fêtes pas ça ?

– Si. Dorsey organise quelque chose tout à l'heure, chez Hank, à dix-sept heures. Il voudrait que tu y sois.

– Super.

– Il faut qu'on parle, vraiment.
– Je serai chez Hank tout à l'heure.
– On pourrait se voir avant.
– Pour le moment, je suis un peu coincée.

Je jette un coup d'œil dans le rétroviseur. Je conduis le pied au plancher et pourtant la berline est toujours là. Je suis à 130 sur une route où la vitesse est limitée à 70 km/h. J'ai peut-être un flic aux trousses. Pour ne rien arranger, j'utilise mon téléphone.

– J'ai vérifié l'origine des vêtements qu'on a trouvés dans la penderie d'Adriana.
– Oui. Et alors ?
– C'est une certaine Manon Boucher qui les a achetés. Elle travaille pour James Meachem.
– Mmm.

Impossible de me concentrer avec ce type qui me suit. J'envisage toutes les hypothèses. Il pourrait s'agir de n'importe qui. De l'un des flics de Dorsey qui me surveillerait. De Giovanni Calabrese ou de quelqu'un qui glanerait pour lui quelques infos sur les filles qu'il compte envoyer à ses clients. Ça pourrait aussi être l'un des sbires de Dmitry Novak venu finir la besogne entamée il y a un mois. Mais j'en doute. Dmitry Novak est un tueur professionnel. S'il voulait ma peau, je serais déjà entre quatre planches. Sans compter que je n'aurais rien vu venir.

– Autre chose, Nell. J'ai trouvé quelques infos sur la femme dont tu mentionnais le nom, Maria Cruz.
– Ah oui ? Tu sais où elle est ?
– À Miami je pense. On en parle de vive voix, ok ?
– Ok. On se retrouve chez Hank alors.
– Ça marche. Et toi, ça va ? Tu as l'air tendue.

Au moment même où il dit ça, je déboîte brusquement vers la droite pour prendre la sortie en direction de Hampton Bays, frôlant le pare-chocs avant d'un 4 x 4. L'incident déclenche un concert de klaxons, mais peu m'importe. J'ai d'autres soucis. Si la berline me coince sur une portion de route déserte, n'importe quoi peut arriver. Quand j'arrive sur le rond-point, je la vois qui loupe la sortie. Le conducteur tourne la tête vers moi. Je lui souris en lui faisant un petit signe de la main. Nul doute que je vais bientôt le revoir. Mais pour l'instant, je suis bien contente de me retrouver seule. J'expire lentement.

– Ne t'en fais pas, Lee, tout va bien. La journée a été longue, c'est tout.

– Elle a été longue pour nous deux.

– Euh… tu pourrais me rendre un service ?

– Dis-moi.

– J'ai été suivie toute la journée par une voiture. Il se peut que ça ne veuille rien dire, mais je voudrais en être sûre. Tu pourrais vérifier le numéro d'immatriculation ? Le véhicule est enregistré à New York. HB-778.

– Ok. Je te cherche ça. À tout à l'heure.

Je me gare sur le parking du garage de Ty Haines, coupe le contact et reste là, immobile, à écouter le bruit des véhicules passant sur la route. Mon cœur bat à tout rompre. Au bout d'une minute, mes doigts crispés lâchent enfin le volant. J'ai semé mon poursuivant, du moins temporairement. Il me retrouvera, forcément. Et la prochaine fois, il se montrera peut-être plus agressif.

Il y a en ville trois ou quatre carrossiers comme Ty Haines, mais c'est à lui seulement que papa confiait ses motos. Comme mon père, Ty est un ancien marine et un collectionneur de motos vintage. Il s'en occupe avec le même soin maniaque que papa, et une tendresse qui à mon avis relève du sentiment amoureux. Chaque fois que mon père avait du mal à trouver une pièce détachée ou à faire lui-même une réparation, il amenait sa moto chez Ty. Il m'arrivait de l'accompagner le samedi. Je les regardais bricoler ensemble en silence, me distrayant avec ce que je trouvais dans le garage.

Ty est au fond du bâtiment, sous la caisse d'une Aston Martin vintage. J'attends qu'il sorte de là-dessous. Son visage s'illumine en me voyant.

– Regardez-moi qui voilà ! dit-il en se relevant.

Il ouvre les bras et m'enlace longuement.

– Quel plaisir de te voir ! Bon sang, la dernière fois, c'était il y a bien, quoi, dix ans ?

– À peu près. Moi aussi je suis contente de te voir. Merci pour ce que tu fais.

– C'est rien, vraiment. Qu'est-ce que je ne ferais pas pour toi !

– Je te dérange ?

– Pas du tout. J'allais t'appeler aujourd'hui. Suis-moi. Je voudrais te montrer quelque chose.

Nous longeons une rangée de voitures jusqu'à la porte arrière du garage, laquelle ouvre sur une petite cour où sont installées des bâches protégeant de la pluie un tas de pièces détachées. Au bout du terrain se trouve un abri fermé par un verrou. Ty l'ouvre et me fait entrer. Le rayon de lumière qui filtre à travers la fenêtre occultée par un store fait luire les chromes de la moto. Elle est couchée sur le flanc, comme un patient qu'on va opérer.

– Je ne vais pas y aller par quatre chemins, Nell.

– Pas de problème pour moi.

– Je ne suis pas un expert, mais à mon avis, quelqu'un a sectionné le câble de frein de cette moto.

– Tu en es sûr ?

Ty fait une grimace. Je lis la réponse sur son visage.

– La coupure est nette. Regarde, je te montre si tu veux.

Il s'accroupit, me fait signe de l'imiter.

– Tu vois cette partie-là ?

– Oui.

– D'habitude, quand les freins ne fonctionnent plus, c'est à cause de la rouille suite à un défaut d'entretien. On connaît ton père, toi et moi. Ses motos étaient toujours dans un état impeccable. Et il n'y a pas de traces de rouille dans le liquide de frein. Tout est en parfait état de marche, si ce n'est cette coupure franche.

J'examine le câble de frein. On dirait un os cassé net. Nul

besoin des explications de Ty : je peux faire le constat moi-même. La coupure est intentionnelle, l'intention criminelle.

– Tu as une idée de la personne qui aurait pu faire une chose pareille ?

– J'ai quelques pistes. Il faudrait que tout ça reste entre nous, Ty. Que tu ne dises à personne que la moto de papa est dans ton garage. D'accord ?

– D'accord. Ça reste entre nous. C'est pour ça que je l'ai mise ici.

– Ça t'embête de la garder un ou deux jours ?

– Pas du tout. Il n'y a que moi qui viens ici.

Il croise les bras et me regarde, le front plissé.

– Et toi ? Ça va aller ? Tu devrais peut-être faire appel à l'un des copains policiers de ton père.

– Non. Ça ira. Il faut que je règle cette affaire toute seule.

– Écoute, celui qui a fait ça ne plaisantait pas, alors sois prudente. Ne prends pas de risques. Je ne voudrais pas qu'il t'arrive quelque chose.

– Moi non plus.

En sortant du garage de Ty, je compose le numéro de Luz. Il n'y a pas de temps à perdre.

– Luz ? Appelez Giovanni. Dites-lui qu'on viendra demain.

– Ok, répond-elle, inquiète. Et ensuite ?

– Il vous suffira de me présenter. Je m'occupe du reste. En attendant, je vais m'assurer que votre frère et vous êtes mis en sécurité.

– Soyez prudente. Gio est du genre explosif. Avec lui, ça rigole pas.

Le portable coincé entre mon oreille et mon épaule, je vérifie que mon arme est toujours là.

– Pigé. Mais soyez sûre d'une chose, Luz : avec moi non plus.

21.

Le parking devant chez Hank est en grande partie vide. Je me gare à côté de la jeep de Dorsey et attends que Lee arrive. Il est dix-sept heures passées. Lee est peut-être déjà à l'intérieur. Je planque mon arme dans la boîte à gants, vérifie que je n'ai pas de message sur mon portable, puis sors de la voiture. Mon souffle se cristallise sous l'effet du froid. Je relève mon col, enfonce les mains au fond de mes poches. J'entends le vrombissement lointain d'un canot à moteur sur la baie et le ronronnement de la circulation sur le pont de Ponquogue.

La salle du bar est éclairée. Il n'y a pas de musique, du moins pas encore, et pas foule non plus. J'ouvre la porte, inspecte les lieux du regard. Personne, en dehors de deux hommes en train de converser sur les banquettes du fond.

Leurs têtes pivotent vers moi. Dorsey et DaSilva. Ils se lèvent pour m'accueillir. Je jette un coup d'œil vers le comptoir dans l'espoir d'y trouver Hank. Il n'est pas là. L'endroit est désert, en dehors de nous trois.

– Salut, Nell. Ravi que tu puisses te joindre à nous, commence Dorsey d'une voix chaleureuse, voire amicale.

Pourtant, quelque chose dans son attitude, dans la situation même, me glace. Il s'approche en souriant. La peur me tord les entrailles.

– Un petit verre ? Le bar est ouvert.

– Je suis peut-être arrivée trop tôt, ou trop tard…

– Pas du tout. Tu es à l'heure, pile-poil.

– Et Hank, il est où ?

– Sorti. On lui a demandé de nous laisser le bar pour la soirée. Les autres ne vont pas tarder, je suis sûr.

Je calcule la distance jusqu'au pick-up, puis du pick-up à la route. Je n'irais pas loin. Le parking est entouré de bateaux mis en cale sèche. Si Dorsey a l'intention de me tuer ici, rien ne l'en empêchera. Peu de risques que quelqu'un entende le coup de feu.

DaSilva reste au fond de la salle, les bras croisés sur la poitrine. Avec ses traits grossiers et son visage rougeaud, il a l'air d'un type qui aime la bagarre. De tous les copains de mon père, il était le seul à accumuler les missions dans le coin le plus mal fréquenté du comté. Peut-être par goût de l'action violente. Ou par haine des résidents. Même petite, je voyais que maman ne l'aimait pas, ou plus exactement qu'elle et lui ne s'appréciaient pas. Je repense à la façon dont le visage de Luz s'est obscurci quand elle a prononcé son nom.

– Assieds-toi, dit-il d'une manière qui tient plus de l'ordre que de l'invitation. On va papoter si tu veux bien.

J'obtempère. J'ai laissé mon arme dans la voiture par crainte de provoquer des réactions. J'ai peut-être eu tort. Mais de toute manière, ils sont deux contre moi. Alors, même si j'étais armée, je ne suis pas sûre que cela me tirerait d'affaire. Quelles sont les chances que Lee débarque ? Aurait-il été retardé ? Ou bien m'aurait-il dénoncée ? Cette éventualité fait affluer le sang à mes joues. Depuis le début, je perçois quelque chose de louche dans son attitude, dans sa façon de m'appeler à l'aide et ses efforts pour tisser une relation amicale avec moi. Bien fait pour moi. J'aurais dû être plus maligne. En ce moment je ne peux faire confiance à personne.

– Qu'est-ce que je te sers ? me demande Dorsey de derrière le comptoir.

– Rien, merci.

– Allez, Nell, ne serait-ce que pour trinquer avec nous. C'est la fête.

– Ok. Un Macallan, alors, dry.

– Exactement comme ton père.
– Pas vraiment. Il avait arrêté de boire, paraît-il.
– Allons donc ! fait Dorsey en ricanant. Qui t'a raconté ça ?
– Hank. Il m'a même assuré qu'il était sobre le soir de sa mort. Dis-moi, Vince, mon père était bien censé te retrouver quelque part ce soir-là, non ? Sauf que tu n'es pas venu.
– Pas du tout. Tu dois confondre, répond DaSilva.
Avec son front plissé et son air agité, il n'est pas particulièrement convaincant.
– Tout ça, ça m'a fait réfléchir à propos de son accident.
– Réfléchir ? C'est-à-dire ?
– S'il n'avait pas bu, peut-être qu'il ne s'agissait pas d'un accident.
– Ce qui veut dire quoi exactement ?
– Ce qui veut dire que quelqu'un a sectionné son câble de frein.
– Qui aurait fait ça ?
– Tu connais un flic qui n'a pas d'ennemis ?
DaSilva déglutit.
– Bon. Mettons. Mais il y avait du brouillard cette nuit-là. Et il était tard. Le virage où a eu lieu l'accident était dangereux. Le genre qu'on ne voit pas venir. Ils devraient mettre un panneau.
– Oui, il manque un panneau.
Dorsey pose un verre devant moi. Il s'installe sur la banquette à côté de DaSilva. La tension baisse d'un cran.
– Santé, dis-je en levant mon verre.
Je regarde Dorsey bien droit dans les yeux et trinque avec lui.
– À papa.
– À Marty.
– Ton père enquêtait sur ce crime depuis un an. Il serait fier de toi.
– Fier ? Pourquoi ?
– Parce que tu as contribué à l'arrestation de Morales. Tu as fini ce qu'il avait commencé.

– En es-tu bien sûr ? Mon père ne croyait pas à la culpabilité de Morales.

– Tu te trompes, fait Dorsey. Il y croyait, mais il ne pouvait simplement pas la prouver.

– Qu'est-ce que tu faisais chez Elena Marques tout à l'heure ? me demande DaSilva d'un ton impatient.

Il vient d'abattre ses cartes, mais s'en fiche. Et ça, c'est mauvais signe. Je me raidis, les sens en alerte.

– Elena m'a dit qu'un flic était venu chez elle le jour où elle a signalé la disparition de sa sœur. Un flic qui portait le même nom que moi. Flynn. Dis-moi, à ton avis, quelles raisons mon père avait-il de rendre visite à la famille d'une jeune fille disparue ?

DaSilva lance un regard à Dorsey. Déstabilisés par l'info, ils commencent à montrer des signes d'agitation.

– Elle avait disparu depuis un ou deux jours, pas plus. Il n'avait aucune raison de craindre qu'elle soit morte. Sauf bien sûr s'il savait qu'elle l'était. Alors j'ai commencé à me demander si ça n'était pas lui qui l'avait tuée.

– Là, tu vas trop loin, m'avertit Dorsey sèchement.

– Je me suis dit que si ça se trouve, le pick-up décrit par Elena, ce n'était pas celui de Morales, mais celui de papa, celui au volant duquel je circule en ce moment. Et que si ça se trouve, le pick-up repéré sur le parking près de l'endroit où Ria Sandoval a disparu, c'était aussi celui de papa. Alors je suis allée chez Elena avec. Pour voir si elle le reconnaissait.

Le visage figé par la rage, Dorsey se contient à grand-peine. Il serre les poings. Je me renfonce sur la banquette, consciente qu'il a envie de me frapper. S'il le fait, je suis fichue. Je ne fais pas le poids contre DaSilva et lui. Mais impossible de me taire. Je viens de les prendre au dépourvu, et pour l'instant, c'est mon seul et unique atout.

– Elena a dit que mon père avait emporté le téléphone d'Adriana le soir de sa visite. Ce portable ne figure pas parmi les pièces à conviction. J'ai vérifié. Pourquoi avait-il pris ce portable ? Pour dissimuler quelque chose ? Alors j'ai commencé à creuser la piste. Il s'avère que papa recevait des pots-de-vin de la part de Giovanni Calabrese. Le type qui vendait les faveurs sexuelles de Ria et Adriana. Mille dollars chaque mois, versés directement sur un compte offshore. Vous voyez où je veux en venir ?

– Je n'ai aucune idée de ce dont tu parles, répond Dorsey.

– Figure-toi que ce compte aux îles Caïmans, il m'appartient à présent. Et franchement, tout cet argent, ça m'arrange bien. Je voudrais juste savoir pour quelle raison mon père l'avait reçu. Si c'était pour tuer ces jeunes filles, alors je ne peux pas conserver ce compte. J'ai quand même quelques valeurs, figure-toi.

– C'est Morales qui les a tuées. Point final.

– Ça ne t'intéresse pas de savoir ce qu'Elena m'a dit au sujet du pick-up ?

– Non ! Je m'en fous ! hurle Dorsey en frappant du poing sur la table, ce qui fait sursauter même DaSilva. Je m'en fous de savoir ce qu'Elena pense avoir vu ! Ton père n'a pas tué Adriana Marques. Il n'a pas tué Ria Sandoval non plus. Quelle raison aurait-il eue ? C'est du délire !

– Je me posais la même question. Petit détail : c'est bien son pick-up qu'Elena a vu devant chez elle. Il surveillait Adriana juste avant de mourir. N'oublions pas que papa était gaucher. Et très bon tireur. Bref, vu les éléments dont je dispose, il devrait être votre suspect numéro un.

– Quel mobile aurait-il eu ? Ces filles, elles lui rapportaient du fric !

Ces mots sont sortis de la bouche de Dorsey avant qu'il puisse les arrêter. Il vient de faire une gaffe, et il le sait.

Merde. Dorsey vient de reconnaître l'implication de mon père. Il faut absolument que je garde une trace de cet aveu. Sauf que la situation est trop dangereuse pour que je sorte mon portable. Un geste de trop et c'est fini.

– Et Morales, quel est son mobile ? dis-je d'une voix faussement calme.

– Morales ? C'est une brute, un violent.

– Allons donc ! Toi et moi nous savons pertinemment que mon père aussi était un violent. Et qu'il avait beaucoup à perdre. Imagine, si ces jeunes filles avaient décidé de révéler les petites magouilles de Calabrese. Ça aurait fait pas mal de vagues. Ou peut-être qu'elles lui rappelaient ma mère ? Honnêtement, il faut bien reconnaître que là aussi, on n'a jamais trop su ce qui s'était passé cette nuit-là.

Dorsey se lève d'un bond et me fusille du regard.

– Ça suffit ! siffle-t-il entre ses dents. Tu dis n'importe quoi ! Martin Flynn était un type bien, un flic hors pair ! L'un des meilleurs.

– Tu n'en as pas assez de le couvrir ? Sérieusement ! Déjà, vous avez chargé Sean Gilroy il y a vingt et un ans. Et maintenant, Morales ? Tout ça pour quoi ? Maintenant que papa est mort !

– Tu devrais me remercier, après tout ce que j'ai fait pour ton père.

Je reste bouche bée, souffle coupé.

– Qu'est-ce que tu as fait ? C'est tout ce que je veux savoir. Tu l'as couvert ? Tu as chargé Gilroy et Morales pour le protéger ? Je ne le dirai à personne, je jure. Mais j'ai besoin de savoir qui était mon père. Qu'est-ce qui est arrivé à ma mère cette nuit-là ? Je mérite de connaître la vérité, non ?

Je fonds en larmes, le visage dans les mains, les épaules secouées par les sanglots. Je ne fais pas semblant, ils le voient bien. La tension baisse brusquement, comme un ballon qui se dégonfle.

– Tu pourrais nous laisser seuls un instant, Vince ? dit Dorsey d'une voix adoucie.

DaSilva hésite.

– S'il te plaît, Vince.

– Tu es sûr, boss ?

– Sûr et certain. Attends-moi dehors. Ok ?

Vince sort un cure-dents de sa poche et le met dans sa bouche.

– Ok, boss.

Dorsey se lève pour laisser passer DaSilva. Ce dernier me regarde, mais je ne relève pas la tête. Je m'essuie les yeux avec la manche de mon sweat-shirt, puis j'enfonce les mains dans mes poches. Mes doigts trouvent mon portable et se referment dessus. *Maintenant. C'est le moment ou jamais.*

J'attends que la porte se referme.

– Je pourrais avoir un verre ?

– Bien sûr, répond Dorsey en s'avançant vers le comptoir. Un autre Macallan ?

– Non. Un verre d'eau. Merci.

Je sors mon portable et fais semblant de vérifier mes messages. J'appuie sur la touche « Enregistrement » et remets l'appareil dans ma poche.

Dorsey revient s'asseoir en face de moi et fait glisser le verre d'eau vers moi.

– Nell, regarde-moi.

Je lève la tête. Le regard de Dorsey s'adoucit, puis il sourit.

– C'est fou comme tu me rappelles Marty.

– Tout le monde me dit ça. Ce n'est sans doute pas un compliment.

– Au contraire. Il était têtu comme une mule, mais c'était vraiment un gars bien. Il attachait beaucoup d'importance à la vérité, à la justice, à tout ça quoi.

– C'est lui qui l'a tuée ? Ma mère ?

Dorsey pousse un long soupir, pose les mains sur la table, doigts croisés, et ferme les yeux pendant quelques secondes.

– Je ne sais pas. Je jure devant Dieu que c'est la vérité. La seule personne à savoir ce qui s'est passé cette nuit-là, c'est toi.

– J'avais sept ans, Glenn.

– Je sais. Personne n'irait te reprocher d'avoir menti pour le protéger. Mais peut-être que tu ignorais la vérité. Tu étais jeune. Il était tard. Tu étais perdue. On peut comprendre.

– Honnêtement, je ne sais pas. Je ne me rappelle pas. Crois-moi, j'ai essayé.

Jamais je n'ai dit ça à personne, jamais je ne me suis autant épanchée. Les larmes coulent sur mon visage, tombent en grosses gouttes brillantes sur la table.

– Je ne crois pas qu'il soit sorti de notre tente. Mais tu sais bien, quand tu te répètes à toi-même un mensonge, tu finis par y croire.

Dorsey se penche, tend la main. Je regarde sa paume ouverte, puis son visage. Je pose ma main sur la sienne. Il la serre. Un frisson me parcourt le corps.

– Oui, murmure-t-il, je sais bien.

– C'est ça que je me dis à propos de ce week-end.

– Je comprends, ma petite Nell. Quand on t'a interrogée au commissariat, j'ai bien vu que tu n'étais pas sûre de ce qui s'était passé. Alors j'ai commencé à m'inquiéter, à me dire que peut-être Marty avait fait une grosse bêtise. Tu es au courant qu'elle avait l'intention de le quitter, non ?

– Non, dis-je, abasourdie. Je l'ignorais.

– Merde. Désolé, je n'aurais pas dû...

– Dis-moi la vérité. C'est tout ce que je veux savoir. Pour en finir avec cette histoire.

Dorsey hoche lentement la tête. Il se mordille la lèvre quelques instants, le regard au loin.

– Ta mère avait rencontré quelqu'un. Un autre flic. Elle venait de le dire à Marty. Ils n'étaient pas heureux ensemble. Depuis des années. Ils n'étaient pas faits l'un pour l'autre. Elle était tout feu tout flamme, et lui... tu sais le genre d'homme que c'était. Pas le mari idéal, pour tout te dire. Il ne la trompait pas, ça non. Mais pour lui, c'était le travail avant tout. Il oubliait des trucs importants : son anniversaire, le tien.

– Oui, je me souviens.

– Mais sans doute était-il loin de se douter de ce qui se passait. Il ne voulait pas voir. Quand Marisol lui a dit qu'elle avait l'intention de le quitter, il a pété les plombs. Il a débarqué au commissariat en hurlant qu'on l'avait trahi, qu'on savait tous. Je pense que pour lui, ça a été une sacrée claque. Il s'en est pris à tous ceux qui se trouvaient là. Il a cogné si fort dans le mur à côté de mon bureau qu'il a fait un trou. On était super inquiets pour lui. Il est parti quelques jours. Je ne savais pas trop s'il allait revenir. Tu t'en souviens ?

Je fais signe que non. Pourtant, du plus profond de ma mémoire remontent quelques souvenirs. Une porte qui claque. Les voix de mes parents se disputant à l'étage. La moto de mon père qui démarre, puis qui s'éloigne, et ensuite le silence dans la maison, avec juste la voix de ma mère chuchotant au téléphone et les chants des grillons dans le jardin.

– Il est revenu, forcément, quelques jours plus tard. Il m'a dit qu'il t'emmenait camper pour le week-end. Il voulait donner du temps à Marisol pour qu'elle réfléchisse. En fait, je trouvais que c'était une bonne idée. Tout le monde avait besoin de prendre de la distance. Et puis… tu connais la suite. C'est ce week-end-là qu'elle a été assassinée. Par Marty ? En était-il capable ? La réponse – glaçante –, c'était que oui. Oui, il était capable d'un tel accès de colère.

– Tu lui as posé la question ?

– Bien entendu. J'ai dit : « Marty, je ne te le demanderai qu'une seule fois. » Alors il m'a regardé droit dans les yeux et il m'a juré que ce n'était pas lui. J'ai décidé de le croire. Malgré tout. C'était mon meilleur ami. Et Marisol… ta mère… elle était…

Ses yeux s'embuent.

C'est là que je comprends.

– Tu l'aimais ?

– À la folie.

– Elle t'aimait ?

– Je crois. Oui, elle m'aimait.

– Alors tu t'es senti coupable.

– Forcément. Ton père n'a pas su qu'elle était tombée amoureuse de moi. Elle n'a jamais eu le cœur de lui dire. Moi non plus. Alors c'était ma faute. Ma faute à moi. Si nous n'avions pas… si je n'avais pas…

Il secoue la tête, incapable de finir sa phrase. Je ne peux que le croire.

– Ça ne sert à rien de parler comme ça maintenant.

– Je vais te dire un truc, Nell. Je l'ai regardé dans les yeux et je lui ai demandé s'il avait tué Marisol. Et dans ma tête je me disais, je le tue s'il a osé toucher à un cheveu de son crâne. Cette femme, je l'aimais. Sa mort m'a brisé le cœur. Il m'a répondu que non. Je l'ai cru. Je le crois toujours.

– Et Gilroy ?

– Une voisine – celle d'en face, qui a appelé les secours –

s'est souvenue l'avoir vu au moment où il sortait de chez vous. Alors on a foncé chez lui. Il était couvert de sang – le sang de ta mère – et portait les vêtements de ton père. Il a été incapable d'expliquer comment il s'était retrouvé chez vous, ni pourquoi il y avait ses empreintes à lui sur le couteau. Est-ce que je l'ai un peu malmené pendant l'interrogatoire ? La réponse est oui. Mais seulement parce que je savais que c'était lui et que je voulais conclure l'enquête au plus vite. Pour Marty. Pour toi. Il ne fallait pas que ça traîne. Tu peux comprendre ça, non ?

Dorsey a l'air las. Il se masse la base du nez, entre les yeux.

– J'ai fait ce qui pour moi s'imposait, dit-il, plus pour lui-même que pour moi. Je ne regrette pas ma décision.

– Et Morales ? C'est lui qui a tué ces jeunes filles ?

– Ce qui est certain, c'est que ce n'est pas ton père. Ses combines avec Calabrese ? C'est parce qu'il avait besoin d'argent. Il s'était fourré dans une situation financière délicate. Il avait des dettes. Il m'a demandé de l'aide, alors j'ai fait ce que j'ai pu. Jamais il n'aurait tué ces filles. Ça n'aurait fait qu'empirer les choses.

– Et Morales, tu l'as un peu… disons… secoué lors de l'interrogatoire ?

– Je ne « secoue » que ceux qui le méritent.

– Tu es sûr que Morales les a tuées ? D'après ce que j'entends, non.

– Il était impliqué, ça j'en suis certain. Ce n'est peut-être pas lui qui a tiré, mais il les a découpées en morceaux, ça ne fait aucun doute.

– Alors qui a tiré ? Pas Morales, c'est impossible. Il est trop petit, et il n'est pas gaucher. Tu dois bien avoir une idée.

– Pas vraiment. Calabrese ? Pour tout te dire, on a eu vent que notre brigade faisait l'objet d'une enquête interne. Alors on était tous à cran. J'ignore pourquoi Marty traînait vers chez Adriana après sa mort, mais jamais je n'ai pensé qu'il l'avait tuée. Jamais – tu m'entends ? jamais ! – je ne laisserai quiconque salir son nom ! Surtout pas toi !

– Je n'ai nullement l'intention de salir quiconque. Et certainement pas mon père. Je voulais juste savoir ce qui était arrivé à ma mère. Maintenant, je sais. Alors merci pour ta franchise.

– Tout ça, c'est la faute de Lee. Il n'aurait pas dû t'impliquer dans cette histoire.

– Il magouille avec Calabrese ?

– Tu rigoles ! Ce type, c'est un pur, un vrai boy-scout ! Dis-toi bien que Calabrese continuerait son petit business, avec ou sans nous. Alors s'il nous a glissé un billet de temps en temps, qu'est-ce que ça change ? Ton père était en train de remettre de l'ordre dans sa vie. Il comptait par la suite mettre du fric de côté pour toi.

J'inspire lentement. Dorsey vient de tout confirmer – pendant que j'enregistre ses confidences.

– Ok, dis-je lentement sans rien laisser paraître. Je ne te reproche rien.

– On bosse comme des malades. Pour être payés au lance-pierres.

– C'est vrai, vous méritez mieux.

– Tu crois que c'est facile de diriger une brigade de police ? Avec plein de gars qui démissionnent parce qu'ils ne peuvent pas vivre sur un salaire de flic. Comment demander à un petit jeune de mettre sa vie en danger tous les jours alors qu'il n'arrive même pas à payer les traites sur sa maison ! C'est hyper cher de vivre ici, à Long Island. Tous ces types qui bossent, ils n'en peuvent plus. Les riches veulent des gens à leur service. Ok, mais alors, nous, on habite où ? Et nos gosses, ils vont dans quelle école ? Moi je dis, cet argent, il nous est dû. En fait, je rétablis une sorte d'équilibre pour mes gars.

Je pense à l'endroit où vit Luz à Brentwood. À Elena et son appartement en face du cimetière. À Adriana, à Ria, qui vendaient leur corps pour que leur famille puisse manger. Alors la rage m'envahit. L'envie de saisir Dorsey à la gorge et de lui briser le cou. De le faire souffrir comme il a fait souffrir toutes ces filles. Il le mérite.

– Le monde n'est pas juste, dis-je.

– Exactement. Mon rôle, c'est de m'assurer que les plus

compétents de mes gars vivent convenablement. Pour qu'ils restent. Et comme ça, tout le monde est content.

Dorsey secoue la tête, comme écrasé par l'injustice de cette vie.

– Bref, c'est fini. On a dispersé les cendres de ton père. Qu'il repose en paix. Et maintenant, il faut que je rentre. Tu devrais faire pareil.

Il se lève. Je l'imite. Il tend le bras, pose la main sur mon coude. Je lutte de toutes mes forces pour ne pas m'écarter.

– Prends soin de toi, Nell. Je ne voudrais pas qu'il t'arrive quelque chose. J'ai déjà perdu beaucoup de personnes chères.

– Le moment est venu pour moi de rentrer à Washington, je crois.

– Oui. Logique. C'est ce qu'il y a de mieux à faire. N'oublie pas : je t'aime comme si tu étais ma propre fille.

DaSilva étant parti, je trouve le parking vide. Quand j'essaie de démarrer, le moteur du pick-up se met à hoqueter. Je panique, coupe le contact et reste immobile pendant une minute. Je me concentre sur mon souffle, tente de lui faire reprendre un rythme normal. J'ai la tête qui tourne. Apprendre que Glenn Dorsey aimait ma mère – et qu'elle partageait peut-être ce sentiment – me secoue profondément. Et pourtant, d'une certaine manière, cela n'a rien d'étonnant. Il passait son temps chez nous. Même quand papa n'était pas là, il déchargeait les sacs de courses pour maman, réparait notre chaudière. Après sa mort, il a veillé sur moi comme un second père. Je croyais que son attachement pour moi – pour nous – découlait de son amitié pour mon père. À présent je comprends à quel point je me trompais. C'était par amour pour ma mère.

Comment papa pouvait-il ne pas savoir ? A-t-il jamais soupçonné Dorsey d'aimer ma mère ? Lui est-il arrivé de les surprendre lors d'une soirée en train de partager discrètement un fou rire ? S'est-il posé des questions ? A-t-il vu ma mère se mettre sur la pointe des pieds pour embrasser Glenn et laisser ses lèvres s'attarder un peu trop longtemps sur sa joue ?

J'ai du mal à croire que papa, avec sa sensibilité incroyablement développée, n'a jamais perçu ce qui se passait entre ces deux-là, lui qui était capable de patienter pendant des heures à l'affût, le regard perdu vers la forêt, et brusquement de tuer un cerf d'une seule balle, d'un tir parfait. Cette intuition, qui faisait de lui un chasseur émérite et un excellent enquêteur, elle lui aurait donc fait défaut sous son propre toit ? Si tant est qu'il ait été au courant, comment l'imaginer travailler au coude à coude avec Glenn Dorsey pendant toutes ces années et ne pas être pris d'envies de meurtre ? Comme Dorsey, papa était dur, impitoyable, et sujet à des accès de rage. Logiquement, les tensions existant entre eux auraient dû déboucher sur des scènes violentes.

C'est peut-être ce qui s'est passé. Alors Glenn Dorsey aurait lui-même sectionné le câble de frein de papa. J'imagine mon père enfourcher sa moto pour ce dernier trajet. A-t-il eu le temps de comprendre ce qui lui arrivait ? S'y attendait-il ?

Je prends une longue inspiration et tourne à nouveau la clé de contact. Cette fois, le moteur démarre sans problème. Pourtant, je sens la peur me prendre à la gorge. *Respire à fond.* Surtout, ne pas paniquer.

Au milieu de la traversée du pont de Ponquogue, j'appelle Lee. Je n'arrive pas à me débarrasser de l'idée qu'il m'a laissée exprès aller seule à ce rendez-vous. Cette pensée me met en rogne. Mais si je lui en veux, je m'en veux encore plus à moi-même. Je n'aurais pas dû lui faire confiance. Certes, il n'est peut-être pas impliqué dans les petits trafics de Calabrese, mais je sens qu'il ne me dit pas tout. J'estime qu'il me doit des explications.

– Allô… c'est toi Nell ?

– Tu étais où ?

– Je voulais aller voir Jamie Milkowski. Elle n'était pas au labo, alors je me suis rendu chez elle et…

– Je me suis retrouvée seule avec Dorsey et DaSilva ! Pas le genre de fête à laquelle je m'attendais. Tu m'as laissée tomber. Je te jure, Lee, j'ai cru qu'ils allaient me tuer !

– Vraiment désolé mais…

– Dorsey a tout avoué. Son implication avec Calabrese. Les aveux forcés de Morales. Pour lui, la fin justifie les moyens.

– Nell…

– J'ai tout sur mon portable. Je voudrais te confier l'enregistrement au cas où il m'arriverait quelque chose. Ok ? Je sais, tu dois te dire que je suis parano, mais j'ai un pressentiment. Le câble de frein de mon père a été sectionné délibérément. Sa mort n'était pas un accident.

– Nell, laisse-moi parler, s'il te plaît. Écoute : Jamie Milkowski est morte.

– Quoi ?

Je freine à fond. Les roues dérapent en hurlant. Je me gare sur le bas-côté et mets le frein à main.

– Ça s'est passé quand ?

– Il y a quelques heures. Abattue par un type qui a pris la fuite, non loin de son boulot.

– Merde. Ils l'ont tuée, elle aussi.

– Oui. Il y a eu une altercation ce matin entre Dorsey et elle. Elle a dit que Morales ne pouvait pas être le meurtrier et que Dorsey ignorait délibérément le rapport qu'elle avait rédigé. Je l'ai entendue l'avertir qu'elle allait parler à la presse.

– Mon Dieu ! C'est ce qu'elle a fait. Un peu plus tôt dans la journée.

– Elle a parlé à qui ?

– À Ann-Marie Marshall. Lee, il faut que tu ailles la voir, que tu t'assures qu'elle n'est pas en danger.

– Mais toi, tu es où ? Je m'inquiète. Je viens te chercher, Nell.

– Je m'engage tout juste dans Dune Road. Je suis chez moi dans pas longtemps.

– Je te retrouve là-bas.

– Je ne suis pas en danger, Lee.

– Si, je peux te dire que tu l'es. Nous allons devoir t'exfiltrer. Ce soir. Tous ceux qui s'intéressent de près ou de loin à cette enquête finissent par être tués.

22.

Alors je me barricade chez moi. Je vérifie que mon Smith & Wesson est prêt à l'usage et place un deuxième pistolet chargé près de ma table de nuit, au cas où. Et là, j'entends le crissement des roues d'une voiture sur l'allée de graviers. Je jette un coup d'œil discret entre les rideaux. Lee. Les battements de mon cœur ralentissent. Il a les traits tirés, les yeux cernés. Il porte un tee-shirt de la police de Suffolk maculé de taches de café et tient deux grands gobelets dans les mains. Je doute qu'il se soit changé ou douché depuis la dernière fois que je l'ai vu.

– Tu as vraiment une sale gueule, lui dis-je en ouvrant la porte.

– Toi non plus ça n'a pas l'air d'être la grande forme.

– Merci de m'avoir attirée dans ce merdier.

– Désolé. Un malheur n'arrive jamais seul. Tiens, je me suis dit que toi aussi, ça te ferait du bien, ajoute-t-il en me tendant un café.

– J'allais te proposer un whisky, mais le café, c'est sans doute plus adapté.

– Histoire d'ouvrir l'œil, et le bon.

– Viens. On va s'installer dans la véranda.

Je lui fais signe de me suivre. Je n'ai aucune raison de penser que la maison a été mise sur écoute. Mais je me méfie tellement. De toute façon, la pluie a cessé. Les fauteuils de la véranda sont encore humides, mais peu importe. J'inspire à pleins poumons l'air frais et glacial. Les chevrons des vols d'oies traversent le ciel bleu-gris du jour déclinant. J'allume l'éclairage extérieur. Mes yeux parcourent en vain les dunes à la recherche d'aigrettes. Je me rends compte que nous serons bientôt en octobre, la période des tempêtes, celle des migrations.

– Commençons par le début, annonce Lee. J'ai identifié la voiture qui te suivait. Vince DaSilva. Dis-moi, tu comptes vraiment me faire croire qu'il te suit ?

– Demande-lui.

– Je ne pense pas que ça soit une bonne idée. Je suis comme qui dirait persona non grata en ce moment dans la brigade.

– Allons donc ! Toi, le héros du comté ?

– Dorsey a des idées bien arrêtées en ce qui concerne cette affaire. Tu as peut-être remarqué.

– Et ces idées, tu ne les partages pas ?

– Ton père ne croyait pas à la culpabilité de Morales. Moi, je crois qu'il est impliqué. Mais qu'il n'a été que l'exécutant. Que quelqu'un l'a payé pour dissimuler les corps.

– Pourtant, il a avoué. L'enquête est bouclée. Du moins c'est ce que m'a dit Dorsey tout à l'heure.

– Ce n'est pas si simple, soupire Lee.

– Alors l'enquête n'est pas close ?

– Non. Pas pour moi. Tu peux me promettre que ce que je vais te dire restera entre nous ?

– Je n'ai personne à qui confier un secret.

– J'ignore ce qui s'est produit dans cette salle d'interrogatoire. Il n'y avait que Dorsey et Morales. Le retour caméra a été désactivé.

– Volontairement ?

– Oui. Par Dorsey lui-même. Il l'a fait en me regardant droit dans les yeux. Comme pour me mettre au défi de dire quelque chose.

– Et alors ? Tu as protesté ?

– Bien sûr que non. C'est lui le chef. J'étais censé dire

quoi ? « Eh oh, boss, c'est pas vraiment dans le protocole, ça ! » ?

– Est-ce que Morales avait un avocat avec lui ?

– Non. Soit il n'en a pas réclamé, soit Dorsey a ignoré sa demande. Tout ce que je sais, c'est qu'ils sont restés dans cette pièce moins d'une heure. Et quand ils en sont sortis, Dorsey avait des aveux signés de Morales déclarant qu'il avait tué les deux victimes.

– Efficace en effet ! Tu penses que Dorsey l'a brutalisé ?

– Pire encore. Je pense qu'il l'a payé.

– Alors d'après toi, Morales endosse ces crimes volontairement ?

– Moins d'une heure d'interrogatoire, Nell ! Moi, ça ne me suffit même pas pour rédiger les aveux d'un suspect. Ceux de Morales ont été tapés, signés, mis sous pli et transmis. Tout était prévu d'avance, je te dis.

– Alors, pourquoi tout ce cirque à la jardinerie ? Morales était armé. Il aurait pu y avoir des blessés.

– Mise en scène. Réfléchis : une nana qui assistait à la scène a tout filmé – comme par hasard ! Quand même, Nell, tu ne trouves pas ça bizarre ?

Bras croisés, Lee me regarde droit dans les yeux.

– Mon Dieu, dire que j'ai failli lui tirer dessus ! J'aurais pu le tuer.

– Ce qui aurait été encore mieux. Morales mort, le problème était résolu.

– Je ne comprends pas. Pourquoi a-t-il accepté d'endosser ces deux meurtres ? Au risque de se faire expulser, ou de passer le reste de sa vie en prison.

– Je ne sais pas. On peut imaginer qu'il a reçu une importante somme d'argent, ou qu'il a fait ça en échange de la régularisation de sa famille. Moi, je ne vois que ces deux hypothèses.

– Ça ne tient pas debout. Dorsey a le bras long, mais pas à ce point. Sans compter qu'il n'est pas spécialement riche.

– C'est vrai. Mais les personnes qu'il couvre le sont. Nell, je sais que tu es au courant des activités de Giovanni Calabrese et de ses liens avec certains policiers. Calabrese a des relations, des clients très riches et très puissants pour lesquels il est essentiel que certaines choses ne s'ébruitent pas.

– Alors comme ça, tu sais que certains policiers acceptent des pots-de-vin de la part de Calabrese ?

– Oui, et depuis pas mal de temps.

– Pourquoi tu ne m'as rien dit ?

– Il fallait d'abord que je sache si je pouvais me fier à toi.

– Tu persistes à accuser ouvertement Morales. Pourquoi ?

– Parce que je crois qu'il les a tuées. Ou du moins qu'il a aidé le meurtrier. Il y a aussi le fait que j'ai dû accepter de faire ce que Dorsey me demandait de faire. Pour moi, c'était la seule manière de conserver ma place au sein de la police. Ce qui est mon but. Depuis le début. Pour pouvoir mener ma propre enquête.

– Une minute… Tu es en train de me dire que depuis le départ, tu enquêtes sur la brigade de Suffolk ?

En guise de réponse, Lee m'adresse un sourire complice.

– Je suis de la maison. Pour le meilleur et pour le pire.

– De quelle maison tu parles ?

– Du FBI. Depuis deux ans. Au bureau des enquêtes internes. Je fais partie d'une unité créée pour enquêter sur le trafic de drogue organisé par Dorsey et ses gars. En gros, je suis un espion, un infiltré.

– C'est ça, oui !

Devant l'air blessé de Lee, j'ajoute :

– Désolée, je ne suis pas en train de me moquer de toi. C'est juste que je n'arrive pas à y croire.

– À croire que je puisse être un agent du FBI, plutôt qu'un simple petit flic ?

– Non, ce n'est pas ce que je veux dire. Vois-tu, moi je suis au département sciences du comportement. Mon boulot, c'est profileur. Je me suis toujours dit que tu n'étais pas vraiment à ta place dans une brigade criminelle. Tu fais trop… trop intello, trop pauvre mec.

– Merci du compliment !

– Jamais je n'aurais cru que c'était toi la taupe.

– Je préfère le terme « infiltré ».

– Bref, tu comprends ce que je veux dire. Pourquoi tu ne me l'as pas dit dès le début ?

– Parce que Dorsey est ton parrain, figure-toi ! Réfléchis un peu. J'espérais que tu étais de mon côté, mais je n'avais aucune certitude sur ce point. Jamais je n'aurais imaginé que les choses allaient s'enchaîner aussi vite. Et puis tu m'as pas mal déboussolé quand tu as commencé à soupçonner ton père. Je ne m'attendais pas du tout à ça.

– Quel était le véritable rôle de mon père au sein de l'organisation de Calabrese ? Réponds-moi franchement.

– Sur ce point, je suis tombé sur une piste en or. Par pure coïncidence. J'étais au courant de l'implication de Dorsey et DaSilva. Drogues, prostitution, ils étaient mêlés à toutes sortes de trafics. Ton père refusait d'y prendre part. Et Dorsey respectait son choix. En gros, ils observaient une politique de neutralité réciproque. L'été dernier, ton père a pris contact avec Maria Cruz, qui travaillait pour Calabrese. Elle est jeune, dix-neuf ans je crois. Je n'ai jamais compris la nature de leurs relations. Je ne voulais pas poser de questions et ton père n'en parlait pas. Je connaissais l'existence de Maria uniquement parce que je les avais vus tous les deux ensemble et que ça m'avait intrigué. Ton père semblait tenir à elle. Il voulait la sortir de la prostitution. Il a loué cet appartement pour elle et il l'a convaincue de reprendre ses études. Ensuite, il est parti en guerre.

– En guerre ?

– Il a été très malin, vraiment. Au début, j'ai cru qu'il faisait une sorte de dépression. Il s'est mis à beaucoup sortir, à faire la fête avec les gars. Toujours partant pour la bamboula. Il a commencé à jouer. À miser gros.

– En effet, ça m'a tout l'air d'une dépression.

– Mais ça ne l'était pas. Il faisait semblant. J'ai décidé de le surveiller de près. Il ne touchait pas à l'alcool. Il commandait un verre, y trempait les lèvres et ensuite il passait au coca. Il jouait, oui, mais jamais des grosses sommes, et sans jamais se placer dans une situation qu'il ne pouvait pas contrôler. Tout ça pour rester avec Dorsey et sa bande. Au bout de quelque temps, il a raconté à Dorsey qu'il avait de grosses dettes de jeu et qu'il avait besoin d'argent, tout de suite. Alors Dorsey l'a fait rentrer dans la combine.

– C'est mon père qui t'a dit tout ça ?

– Non. Moi, j'étais le petit nouveau pot de colle qui s'était débrouillé pour être mis en équipe avec lui. En réalité, je le surveillais. Et j'ai fini par comprendre ce qu'il préparait.

– Il préparait quoi ?

– Un dossier à charge. Il enregistrait des conversations, prenait des photos, rassemblait des preuves. En plus de surveiller les filles pour s'assurer que rien ne leur arrivait. Il a réussi à en faire parler quelques-unes. Dont Ria. Quand elle est morte, les choses ont basculé pour lui. Je suppose qu'il s'est senti responsable. Il est devenu obsédé par l'idée de découvrir la vérité sur ce meurtre.

– C'est pour ça qu'il suivait Adriana ?

– Oui. Pour lui, Morales n'était pas le tueur. Morales avait peut-être fait disparaître le corps, mais il ne faisait qu'aider le véritable assassin. Ton père soupçonnait Dorsey, ou Calabrese, ou l'un des clients. Mais il ne pouvait pas le prouver. Alors il a poursuivi ses recherches. Ensuite Adriana a disparu, et deux semaines plus tard c'était son tour.

– C'est donc pour ça que tu voulais entrer dans son bureau !

– Oui. J'aimerais vraiment voir ce qu'il y a dedans.

– Rien. Je suppose qu'il a fait du tri avant sa mort.

– Ça vaudrait peut-être le coup de me laisser y jeter un œil.

– D'accord. En revanche, avant, j'ouvre cette bouteille de whisky si ça ne te dérange pas.

– Ok. Faut ce qu'il faut.

– Au fait, dis-moi… c'est vrai que ta mère est malade ? Je croyais que tu étais revenu ici pour être près d'elle…

– C'est vrai. Mais pour être franc, ça m'offre une super bonne couverture. Le FBI m'a recruté à la sortie de la fac de droit. Par le biais de l'un de mes professeurs. Ensuite, cette affaire est arrivée sur le bureau et on a tous été d'accord pour dire que la meilleure solution, c'était d'avoir une taupe sur le terrain. Avec son équipe, Dorsey inonde le marché de la drogue et des opiacés dans l'État de New York : 80 % de la dope disponible, c'est soit parce qu'il s'est fait graisser la patte, soit parce qu'il la vend lui-même. C'est un sale type, Nell, et ses gars ne valent guère mieux qu'un cartel.

– Pourquoi tu as fait appel à moi ? Parce que tu voulais que je te donne accès au bureau de mon père ? C'est tout ?

– Si tu veux aussi me donner accès à ton lit, c'est à toi de voir…

– Quoi ? Hors de… Ok, j'ai compris, tu plaisantais. Mais c'est vraiment pas fin.

– En fait, j'espérais qu'on formerait une équipe tous les deux. Ça fait deux ans que je bosse dans ce trou. C'est loin d'être la joie. Dorsey et ses potes forment un club très fermé. J'ai cru pouvoir me faire accepter en usant de mon charme, mais ce n'était pas si facile que ça.

Je m'esclaffe.

– Ton charme ? Vraiment ?

– Ben oui. En plus, je suis du coin. Je pensais qu'ils me considéreraient comme l'un des leurs.

– Mais ça n'a pas été le cas.

– Gagner la confiance de Dorsey prend un certain temps. Alors je me suis dit que le mieux pour moi, c'était de devenir ami avec quelqu'un dont il était proche. J'ai cru ma chance arrivée quand on m'a mis avec ton père. Sauf qu'il est mort peu après. Alors oui, je me suis senti très seul avant que tu débarques.

– C'est eux qui l'ont tué. Je le sais. Qui d'autre aurait pu sectionner son câble de frein ?

– Je vais être franc, Nell. Ton père était une vraie tête de lard. Je ne serais pas étonné qu'il se soit fait un certain nombre d'ennemis au cours de sa vie.

– Un peu de sérieux, je te prie.

Lee se lève.

– Je parie sur Dorsey ou Calabrese. Allez, montre-moi ce bureau. On va les coincer, ces salauds.

23.

– Je te l'avais dit. Il n'y a rien ici.

Lee refait le tour du bureau de papa. Cela fait presque une heure que nous y sommes et nous n'avons rien trouvé d'intéressant.

– Et son appartement à Riverhead ? demande Lee pour la deuxième fois.

– On peut y aller si tu veux. Moi, je n'y ai rien trouvé. De toute façon, je ne pense pas qu'il y aurait laissé des éléments importants. Cela aurait fait courir trop de risques à Maria.

– Ah, je m'en veux ! J'ai vraiment merdé. J'aurais dû lui parler franchement. On aurait pu travailler ensemble.

– Ce n'est pas de ta faute.

– J'ai essayé deux ou trois fois. De lui révéler une partie de mon jeu. De lui montrer qu'on était du même bord. Mais il n'a rien voulu voir.

– Mon père n'était pas du genre à la jouer collectif.

– Je sais bien. Simplement, j'aurais pu lui dire qui j'étais.

– Tu aurais pris un risque énorme. S'il l'avait dit à Dorsey, tes deux ans de travail d'infiltration seraient partis en fumée, sans compter que tu l'aurais peut-être payé de ta peau.

– Oui, je sais bien.

Nous restons tous les deux silencieux quelques instants.

– On a le numéro du compte de mon père à la Cayman International. Cela suffira pour obtenir l'accès aux données financières de Calabrese. J'ai rendez-vous avec lui demain. Luz Molina va m'accompagner.

– C'est bien trop risqué. Pour toi, et pour Luz.

Ma gorge se serre. Je sais qu'il a raison, mais je suis prête à tout.

– J'ai fait cracher le morceau à Dorsey au sujet des aveux obtenus de force et des pots-de-vin versés par Calabrese. Rien que ça, ça suffira à les faire coffrer tous les deux.

– Ok, mais est-ce que ça convaincra un jury ?

– Peut-être que oui, peut-être que non. Je ne sais pas.

– Et Luz ? Si elle peut témoigner…

– Impossible pour elle de témoigner à la barre. Elle est très jeune. Sans papiers qui plus est. Elle se ferait laminer par l'avocat de la défense.

– Ce Dorsey, quel salaud ! Dire qu'il s'en est pris à une pauvre gamine.

– Il faut la faire partir d'ici avant qu'on passe au stade des arrestations. Je lui ai promis de lui obtenir une protection policière.

– C'est comme si c'était fait. Bon, maintenant on a une petite fenêtre de tir. Vingt-quatre heures tout au plus. En ce moment même, Dorsey doit se mordre les doigts de t'avoir confié ses petits secrets.

– Je sais. J'y ai pensé.

– Allez. On appelle Sarah Patel. Et Sam Lightman. Il faut mobiliser une équipe. Demain, on fait une descente au siège de la police de Suffolk et dans la boîte de Giovanni Calabrese.

– On ne sait toujours pas qui a tué ces filles.

– On pourrait interroger Morales. Ou bien consulter ses relevés bancaires, voir de qui il a reçu de l'argent.

– Avec des résultats largement hasardeux. Je n'aime pas ça. On ne peut pas se permettre de rater notre coup. Mieux vaut s'assurer d'avoir des éléments suffisamment solides contre Dorsey et son réseau avant de lancer notre coup de filet.

Lee s'avance vers la carte, se penche pour la regarder de près.

– Cette carte, elle a toujours été accrochée là ?

Je m'approche de lui, au point que nos épaules se touchent.

– Non, pas quand j'étais petite. Pourquoi cette question ?

Lee tend les bras en l'air et arrache la carte du mur.

– Mais ça va pas ? T'es…

Derrière la carte apparaît un coffre-fort creusé dans le mur.

– À tout hasard, tu connaîtrais le code ? me demande Lee dans un murmure.

– J'ai ma petite idée.

Je m'approche et tape sur le clavier la date d'anniversaire de ma mère, la suite de chiffres qui m'a déjà permis d'ouvrir son tiroir. Une seconde plus tard, on entend une espèce de ronronnement. Je saisis la poignée et ouvre le coffre.

– Ça alors !

À l'intérieur se trouvent, empilés les uns sur les autres, un ordinateur portable, un cahier, des dossiers, des photos et un enregistreur vocal.

– Il faut appeler Sarah immédiatement, dit Lee. On a besoin d'une équipe pour traiter tout ça. Dès ce soir.

24.

– Je te tire mon chapeau, Nell. Te voilà mêlée à l'un des raids les plus importants jamais menés par le FBI, alors même que tu es censée être en congé maladie.

Je suis en audio-conférence avec Sam Lightman, qui d'ici une heure maximum doit arriver de Washington à bord d'un jet privé avec une équipe d'agents du FBI. Lee et moi avons passé la nuit à trier les photos, enregistrements et autres documents que mon père avait rassemblés contre Dorsey, DaSilva, Anastas et plusieurs autres membres de la police du Troisième District, ainsi que contre Giovanni Calabrese et quatre ou cinq complices qui l'aidaient à gérer et à faire prospérer son réseau de prostitution. Il y a des minidisques durs remplis de clichés pris lors des soirées spéciales de Meachem, des clichés susceptibles de mettre un terme à la carrière et au mariage de plusieurs messieurs importants. Par ailleurs, à Miami, Sarah est en train de passer au peigne fin d'autres documents. Il nous reste encore des piles de relevés d'opérations financières à étudier. Même avec l'aide d'une équipe, ce travail d'exploitation des données va prendre des jours, voire des semaines. Mais pour le moment, ce que nous avons suffira à faire coffrer la moitié des inspecteurs du comté, en plus de Giovanni Calabrese. J'ai également obtenu un dispositif de protection pour Luz et son frère. Quand Lee et moi aurons supervisé le coup de filet prévu ce matin, je recueillerai son témoignage, puis je la mettrai dans un avion à l'aéroport de Westhampton. Il est fort probable que je ne la reverrai jamais. Je ne la connais que depuis peu, mais je me suis prise d'affection pour elle, et je veux m'occuper d'elle comme il faut, ce que personne d'autre jusqu'à présent n'a fait.

– Je te répète qu'il est hors de question que je m'allonge sur un divan pour parler de mon enfance, dis-je à Sam Lightman.

Il éclate de rire. Je vois bien qu'il m'en veut encore, mais pour l'instant, il me laisse les mains libres. Cette affaire est trop importante pour qu'il m'embête avec des questions d'ordre administratif.

– Ne va pas t'imaginer que tu échapperas aux ordres de Maloney. Officiellement, tu es toujours en congé.

– C'est un peu fort ! proteste Lee. Sauf le respect que je te dois, Nell a réussi à mettre en lumière les activités de l'une des polices les plus corrompues de notre histoire. Elle a accompli plus en une semaine que moi en deux ans.

– Ce qui en dit plus sur toi que sur elle, rétorque Sam.

Le visage de Lee s'empourpre. Je ne peux m'empêcher d'éclater de rire.

– Toi, ferme-la, me marmonne Lee en souriant malgré tout.

Je me lève et m'approche de la fenêtre.

– On va attendre combien de temps encore ?

Officiellement le jour s'est levé mais il fait encore sombre. Je n'ai pas fermé l'œil, j'ai le ventre vide, mais je me sens pleine d'une énergie électrique.

– Notre avion a commencé sa descente, répond Sam Lightman. On va bientôt atterrir. D'ici huit heures, on aura investi les deux endroits ciblés.

J'ai du mal à contenir mon impatience. Chaque voiture qui passe me torture les nerfs. Au moindre bruit provenant des marécages, je porte la main à mon arme. Il nous reste trois heures – une éternité. Je sais bien que nous avons de la chance d'avoir pu mobiliser des forces aussi importantes en si peu de temps. Et pour le moment du moins, Sam

Lightman me traite comme si je faisais de nouveau partie de l'équipe. Si tout se passe comme il faut aujourd'hui, il sera obligé de me réintégrer. Sans compter que je mérite bien une promotion, non ?

Sarah se joint à la conversation.

– Alors, vous tenez le coup ? demande-t-elle d'une voix où je perçois nettement la fatigue.

– Tu parles qu'on tient le coup ! répond Lee. J'attends ce moment depuis deux ans.

– Il fallait juste que Nell arrive pour faire le boulot.

– Trop drôle ! Au fait, Sam, si vous n'avez pas besoin de Nell dans votre service, elle sera la bienvenue chez nous.

– Ou ici à Miami, ajoute Sarah. Qui sait, Nell, ta vocation, c'est peut-être de lutter contre le trafic d'êtres humains.

– En fait, je crois que je vais demander des vacances dès demain.

– C'est bon, les gars, on commence notre descente vers Gabreski, annonce Sam Lightman. Je vais devoir raccrocher. Quelqu'un peut venir nous chercher pour gagner du temps ?

– J'y vais, dit Lee.

Il se tourne vers moi, pose la main sur mon bras, me le serre délicatement en souriant. Je sens mon cœur s'emballer l'espace d'une seconde.

– Ça va aller, Nell ?

– Oui, oui. Vas-y. Appelle-moi quand tout est prêt.

– Au fait, Nell…

– Oui ?

– Je m'excuse pour toutes ces fois où je t'ai appelée la môme.

– C'est pas grave.

– J'insiste. Je vais essayer de te trouver un surnom plus adapté. Ok ?

– Ok.

Il m'adresse un clin d'œil. Je détourne le visage pour qu'il ne me voie pas rougir.

Il sort de la pièce. Quelques secondes plus tard, j'entends la porte d'entrée s'ouvrir, puis se fermer. La maison devient silencieuse. J'ai à peine esquissé un mouvement qu'un souffle assourdissant me fait tomber à la renverse.

La fenêtre du bureau explose en mille morceaux. Une rafale d'air froid envahit la pièce, accompagnée d'une odeur âcre de fumée. Un morceau de papier flotte dans l'air.

Il me faut quelques secondes pour me relever. Tout résonne dans ma tête, je vois des étoiles partout. Mes genoux se dérobent sous mon poids. Je regarde ma main. Un éclat de verre s'est fichu dans ma paume. Je le retire en grimaçant de douleur, puis frotte ma main sur mon pantalon pour essuyer le sang.

Je sors mon arme et m'approche de la fenêtre. J'ai du mal à voir de l'œil droit. Je pose la main dessus – il est enflé au point d'être complètement fermé. Il y a une masse noire fumante devant la maison, et au milieu d'un cratère, un tas de métal fondu – la voiture de Lee. Je me mets à hurler.

Lee. Lee est parti.

25.

Inspire. Expire.
Inspire. Expire.
Inspire. Expire.

Je me glisse par la porte de derrière. Surtout, ne pas oublier de respirer. Mes pieds s'enfoncent dans l'herbe humide. J'ai pris un sac à dos rempli de tout ce que je peux emporter avec moi comme preuves : des photos, des enregistrements, des données bancaires. J'ai une arme à la ceinture, l'autre attachée à ma cheville. Il faut quitter la maison au plus vite. Dans le pick-up de mon père, garé juste en face de la voiture de Lee, il y a sûrement exactement le même type de bombe que celle qui a transformé mon jardin en paysage lunaire. Ceux qui ont piégé le véhicule vont revenir, forcément, pour vérifier que leur petit engin a bien fonctionné. Peut-être surveillent-ils mes faits et gestes en ce moment même. Si jamais ils savent que je suis vivante, mon compte est bon.

Il me faut moins de cinq minutes pour traverser les deux mille mètres carrés de réserve naturelle jouxtant la maison. La course la plus longue et la plus dure de ma vie. La zone, constituée de broussailles épaisses et de mares boueuses, est entièrement à découvert. Le sac à dos me cogne le dos à chaque mouvement. Je n'ai pas fait les lacets de ma chaussure gauche, si bien que je dois contracter les orteils pour ne pas la perdre. Je respire avec tellement de difficultés que j'ai l'impression d'avoir les poumons en feu. L'odeur de cendres alourdit l'air.

Alors que j'ai traversé la moitié du marécage, j'entends un moteur de voiture sur Dune Road. Je me jette à plat ventre dans la boue, reste immobile quelques secondes. Une aigrette s'envole, déployant ses ailes au-dessus de ma tête. Le soleil point – mauvais signe. Une colonne de fumée s'élève au-dessus de ma maison. Une odeur de métal et de caoutchouc brûlé flotte dans l'air. Forcément, quelqu'un va la voir et appeler la police. Les flics et les ambulances ne vont pas tarder à arriver. Peut-être sont-ils déjà en route.

Je me lève, reprends mon chemin. Arrivée à l'autre bout de la réserve, je souffle un bon coup, soulagée. Puis je me faufile à travers la haie d'un voisin et débouche derrière son garage. La maison semble vide. Pas de lumière aux fenêtres, pas de voiture dans l'allée. Je soulève la porte du garage. Aucune alarme ne retentit. À l'intérieur je découvre un vieux break avec les clés de contact sur le siège conducteur.

Un miracle ! Dieu soit loué. Mes chances de survie augmentent.

Je m'installe derrière le volant et mets le contact. En réglant le rétroviseur, je m'aperçois que j'ai l'œil droit violet et gonflé comme celui d'un boxeur après un combat, et une coupure qui saigne tout en haut du front. Un morceau de verre est incrusté sous la peau. Je grimace de douleur en y portant la main. Du bout des doigts j'explore mon crâne. Là aussi il y a du sang. Mes oreilles bourdonnent et j'ai la tête qui tourne. Je vois des rayons lumineux. Je ferme les yeux une seconde, tente de ne pas perdre connaissance.

Mes yeux se rouvrent. Je dois y aller. Dans la lumière, le morceau de verre enfoncé dans mon front étincelle. Je l'extrais avec les ongles en gémissant. J'éponge le sang avec ma manche. Il coule en abondance à présent. Il faut que je stoppe ce saignement. Je retire mon tee-shirt et arrache l'une des manches, que j'enroule autour de ma tête en serrant bien fort, ce qui me tire des larmes. Des éclairs lumineux apparaissent devant moi. La douleur est une vraie torture.

J'enclenche la première. Pas le temps de me préoccuper de ces quelques coupures et contusions. Lee est mort. Et si je reste là, ça sera bientôt mon tour.

Avant de m'engager dans la rue, je prends la casquette de base-ball que Lee m'avait prêtée sur le lieu du crime et en recouvre mon bandage improvisé. Ma tête est un champ de douleur, mais je dois absolument dissimuler mon identité. La casquette est un bien piètre déguisement, mais au moins elle me couvre en partie le visage. Sans compter que j'emprunte la voiture de quelqu'un d'autre. Il faudra que j'envoie aux voisins une petite carte de remerciements quand toute cette histoire sera finie. « Merci de m'avoir laissée vous voler votre voiture. En espérant que vous apprécierez cette bouteille de whisky. »

Je suis presque arrivée au pont de Westhampton quand j'entends des sirènes. Mon pouls s'emballe. Je dois résister à l'envie d'appuyer à fond sur l'accélérateur. La vitesse ici est limitée à 40 km/h, autant dire une torture. Je mets le clignotant et m'engage sur le pont. Pile à ce moment-là, une ambulance passe dans l'autre sens, toutes sirènes hurlantes, en direction de Dune Road.

Mon téléphone vibre sur le siège passager. Je me penche et mets le haut-parleur.

– Nell ! fait Sarah. Bon sang, où est Lee ? Tout le monde l'attend. On est prêts à commencer. Je l'appelle depuis tout à l'heure et il ne répond pas.

– Il est mort.

Les mots sortent de ma bouche lentement, pesamment. J'y vois de moins en moins clair. Je cligne des yeux pour chasser ce que je prends pour des larmes. En fait, il s'agit de sang. Je brûle un feu rouge, à peine consciente de ce que je fais. Je devrais me garer quelque part. Mais en entendant des sirènes à deux ou trois cents mètres de distance, je me redresse et continue à rouler.

Inspire. Expire. Continue à respirer.

– Lee est... Quoi ? Qu'est-ce qui s'est passé ?

– Sa voiture était piégée. Il était garé devant chez moi.

– Et toi ? Tu es où ? Tu es blessée ?

– Je suis à Westhampton Beach, à moins de dix minutes de l'aéroport. Mais je dois aller à Brentwood d'abord, pour prendre Luz.

– Va direct à l'aéroport, tu m'entends ? Sans t'arrêter. Sam y est. Il te mettra en sécurité. J'envoie nos équipes maintenant. Il faut commencer les opérations.

– Appelle Luz. Emmène-la dans un lieu sûr. C'est un témoin clé. Ils vont vouloir s'en prendre à elle. Ils ne la lâcheront pas.

– Je m'occupe d'elle. Toi, reste vivante, ok ? Tu es là ?

Elle hurle dans le téléphone, et pourtant je ne l'entends presque pas. Je suis en train de glisser dans une sorte de rêve, quelque part entre l'état éveillé et la perte de conscience.

– Ne t'en fais pas, dis-je dans un souffle.

Le téléphone me glisse des doigts. Mes yeux se ferment. La voiture quitte la route et va percuter de plein fouet quelque chose de dur. La dernière chose que j'entends, c'est le bruit de l'airbag qui se déploie. Puis plus rien. Le noir.

26.

Mes yeux s'ouvrent. La lumière est tellement vive qu'elle brûle. Je pousse un petit gémissement et ferme les paupières. J'ai l'impression de tomber. Un haut-le-cœur me tord le ventre. Je tourne le visage vers le côté, prête à vomir.

– Nell…

La voix est familière.

– Nell ! Tu m'entends ?

Cette fois-ci, le ton est plus pressant.

– Sam ? dis-je en ouvrant un œil.

Je ne vois rien. Tout est flou. Mais j'entends Sam. Il est juste à côté de moi. Une vague de soulagement m'envahit.

– Monsieur, je vais vous demander de vous éloigner maintenant, ordonne une voix inconnue. Elle entre en salle d'opération.

– Nell ! Tu m'entends ? Je suis là. Tout va bien se passer.

– Sam !

Je tente de me redresser. Impossible. C'est comme si ma tête était un bloc de plomb. Je force mes yeux à s'ouvrir. Un médecin masqué court à côté de moi. Les murs blancs défilent dans un brouillard. Puis tout s'arrête. J'entends des portes s'ouvrir. Je me rends compte que je suis allongée sur un brancard, avec au-dessus de moi les lumières halogènes d'un hôpital. Je n'ai aucun souvenir de comment je me suis retrouvée ici ou de combien de temps s'est écoulé depuis qu'on m'a tirée du break. La dernière chose dont je me souvienne, c'est de l'impact de l'airbag sur mon visage et du bruit terrible du métal en train de se tordre.

– Madame, dit le médecin d'un ton alarmé, s'il vous plaît, essayez de ne pas bouger. On vous emmène dans la salle d'opération. Tout va bien se passer. On va juste vous faire quelques points de suture. Ok ? Essayez de vous détendre.

– Sam ! Où est Lee ?

Sam Lightman ne me répond pas. C'est inutile. Une petite voix me rappelle les faits : Lee est mort dans l'explosion de sa voiture. Les portes se ferment derrière moi. Je sens qu'on ajuste l'aiguille de la perfusion. Un liquide chaud inonde mes veines. Mes yeux se ferment, et je retombe dans un sommeil lourd et profond.

27.

– Elle se réveille.

Je cligne de l'œil, regarde à droite, puis à gauche.

Sam Lightman m'adresse un grand sourire.

J'essaie de lui sourire moi aussi. Mais une onde de douleur me traverse.

– Je suis où ?

– À l'hôpital de Southampton. Tu viens de sortir de la salle d'opération. Ça va aller.

– Qu'est-ce qui s'est passé ?

– Quand la bombe a explosé devant chez toi, les vitres se sont fracassées. Tu as reçu pas mal d'éclats de verre. Tu as fini par t'évanouir sur la route de l'aéroport. Tu as perdu beaucoup de sang. Dieu merci, tu étais au téléphone avec Sarah. Elle savait où tu étais. Je suis venu te secourir moi-même.

– Et Lee ?

Je suis bien réveillée maintenant, tous les sens en alerte. Les événements me reviennent – le bruit, la fumée, ma fuite à travers les marécages.

– Est-ce qu'il…

– Il est mort, Nell. Désolé, vraiment.

– Tu es sûr ?

Sam me fait signe que oui. Ses yeux s'emplissent de larmes. Il ôte ses lunettes pour les essuyer.

– Tu l'as échappé belle, tu sais. Ton pick-up aussi était piégé.

Nous restons silencieux quelques instants.

– On les a pris, reprend Sam. Tous arrêtés.

– Dorsey ? Calabrese ?

– Oui. Ainsi que DaSilva et Anastas. Et quelques autres.

– Et Meachem ?

– Il a quitté le pays. On ne peut pas...

– Ne me dis pas qu'il va s'en sortir !

– Non, il ne s'en tirera pas. Simplement, ça prendra un peu de temps.

– Et les autres ? Les clients ? Ceux qui participaient aux soirées de Meachem ?

– On a beaucoup d'éléments, Nell. On est en train de les examiner. Tout ça sortira en temps utile. Le plus important, c'est qu'on ait arrêté Dorsey et Calabrese. Ils sont cuits. Quant à toi, il faut que tu te reposes. Tu as été très éprouvée.

– Et Luz ? Elle est en sécurité ?

– Oui. Elle est partie avec Miguel il y a quelques heures. Ils vont tous les deux bénéficier d'une protection policière. Luz a été super. Elle nous a déjà livré des informations capitales sur Calabrese, sur le réseau, sur l'implication de la police et sur les clients qu'elle rencontrait chez Meachem.

Il marque un temps d'arrêt. Je devine qu'il ne m'a pas tout dit.

– Sam, qu'est-ce que...

Il renifle.

– Tu m'as fait peur, c'est tout. Je suis content de voir que tu vas bien.

– Tu as une petite idée de quand je pourrai sortir d'ici ?

– Dans un jour ou deux. Je vais me débrouiller pour que tu rentres à Washington.

Là, il pointe le doigt vers moi, les joues luisantes de larmes.

– Et cette fois-ci, tu vas aller voir le psy !

J'éclate de rire et me retrouve dans ses bras, le visage contre sa poitrine.

– Lee était un gars bien, dis-je dans un sanglot.

– Oui, je sais.
– Je voudrais rester ici. Juste quelques jours…
– Nell…
– Il me reste des affaires à régler. Quelques jours max. Je serai de retour au bureau la semaine prochaine.
– Pas la peine de te fatiguer. Il faudra quand même que tu fasses la visite de contrôle. Et je ne suis pas sûr que Maloney sautera de joie en apprenant tes exploits.
– Je m'en fiche de Maloney ! Dis-lui que ça ne sert à rien de me mettre en congé : je me retrouve quand même à bosser.
– Sarah s'inquiète pour toi. Elle voulait venir te voir.
– Elle a déjà suffisamment de choses à faire. Je l'appellerai quand je serai sortie d'ici.
– Tu comptes aller où ? Tu ne vas quand même pas retourner dans la maison de ton père…
– C'est ma maison à présent. Le moment est venu de faire mes valises et mes adieux.

28.

Bam. Bam. Bam.

Mon marteau frappe la tête du clou, fixant un bardeau de plus au toit. Cette rangée est terminée. Il m'en reste trois.

Je reste un instant accroupie à admirer le fruit de mon travail. Quand j'ai commencé il y a une semaine, j'étais partie sur l'idée de simplement réparer les fuites et de remplacer les bardeaux pourris. J'y ai pris goût, trouvant dans ce travail quelque chose de relaxant. Alors j'ai continué. C'est dur, très dur. Je procède petit à petit, une heure ou deux de temps en temps. Quand je vois les bardeaux neufs, que je les tiens dans ma main, que je sens leurs bords bien nets et droits et leur densité, deux fois supérieure à celle des vieux, je ne peux m'empêcher de penser qu'il faudrait en fait remplacer tout le toit. J'ai le temps. L'idée d'économiser sur l'argent des travaux me plaît. Et j'adore la vue. De là-haut, je vois l'océan par-dessus les dunes. Par temps clair, le panorama s'élargit jusqu'au promontoire rocheux de Shinnecock, au-delà de l'arche du pont de Ponquogue.

Il s'avère que je suis plutôt douée pour le bricolage. Après ma sortie de l'hôpital, j'ai fait venir un entrepreneur pour poser de nouvelles fenêtres, mais c'est moi qui ai réparé la chaudière et le frigo. Maintenant, j'ai l'intention de m'attaquer à la véranda. Les marches craquent et la rampe n'est pas solide. Sam Lightman me dit que je devrais engager quelqu'un pour faire les travaux d'extérieur, surtout maintenant qu'il commence à faire vraiment froid. Mais j'apprécie de travailler dehors. Ça fait office de rééducation pour mon épaule. Je sens que je reprends des forces de jour en jour.

Avant mon retour à la maison, Sam s'est assuré que toute trace de la voiture de Lee avait disparu. L'allée a été regarnie avec du gravier. Il reste juste un léger creux à l'endroit où a eu lieu l'explosion. J'ai l'intention de le laisser. Je pense à Lee chaque fois que je vois ce creux.

Je n'ai pas encore décidé de ce que je vais faire de la maison. Peut-être que je la mettrai en vente au jour de l'An. Pour le moment, y habiter le temps des réparations me convient. Comme dit le docteur Ginnis, je prends chaque jour comme il vient. Je m'entretiens avec lui pratiquement chaque matin, et en général plus longuement que ce à quoi nous nous attendions l'un et l'autre. Il me dit qu'il signera mon attestation de capacité de travail dès que je serai prête à retourner au boulot. Pour le moment, il me laisse suivre mon propre rythme. De même que Sam Lightman.

Bam. Bam. Bam.

Je viens de commencer une nouvelle rangée de bardeaux quand j'entends le moteur d'une voiture. Je me redresse, la main en visière pour protéger mes yeux du soleil de cette fin d'après-midi. C'est une berline grise, d'où émerge Sarah Patel, en jean noir et bottes de moto, comme lors de notre première rencontre.

– Sarah ! Coucou !

Elle lève la tête. Je lui fais un signe.

– Tu es incroyable ! dit-elle. Pour quelqu'un qui est censé garder le lit ! Qu'est-ce que tu fous perchée là-haut ?

– Des petites réparations. Une seconde, je descends.

Nous nous jetons dans les bras l'une de l'autre. Puis elle recule d'un pas, m'examine.

– Bon, c'est clair qu'il va falloir qu'on t'engraisse un peu. Mais tout compte fait, tu as plutôt bonne mine.

– Toi aussi. Ce n'était pas la peine de venir. Tu dois être épuisée.

– Arrête de dire des bêtises ! Ça fait des semaines que je

me dis qu'il faut que je vienne te voir. Mais cette enquête... bref, tu imagines. On peut dire, ma chère, que tu as ouvert la boîte de Pandore.

– Viens t'asseoir. J'ai hâte que tu me racontes tout. Mais d'abord, j'ai quelque chose pour toi.

Je mets une bûche dans le foyer et prépare un feu dans la cheminée. Nous nous installons chacune sur un bout de canapé. Sarah s'est déchaussée et a plié ses jambes sous ses fesses, et moi, j'ai une couverture sur les genoux. Le feu crépite, emplit le salon de sa chaleur et de sa lumière.

Je retire le pendentif en forme de croix que j'ai autour du cou et le lui tends.

– Il appartenait à Adriana Marques. Elle le porte sur les photos que mon père a prises d'elle.

Sarah examine l'objet.

– Très joli.

Je devine qu'elle ne comprend pas pourquoi je le lui donne.

– C'est un enregistreur vocal.

– Ah oui ?

– Moi non plus au début je n'avais pas vu. Mais un truc me turlupinait : pourquoi mon père était-il en sa possession ? Hier soir, j'ai enfin compris. Adriana enregistrait toutes les conversations auxquelles elle participait. Regarde cette petite bille dorée à l'arrière.

– Ça alors ! Merci. Je le fais parvenir à notre équipe le plus vite possible, dit-elle en mettant l'objet dans son sac. Puis, me tendant un dossier : Moi aussi j'ai quelque chose pour toi.

– C'est quoi ?

– Des images de l'une des soirées de Meachem. Elles proviennent des caméras de surveillance de sa villa de Palm Beach. Tu verras, il y a du beau monde.

J'ouvre le dossier et le feuillette.

– Waouh ! En effet, du beau monde. Sur celle-ci, il y a la moitié du cabinet présidentiel.

– C'est comme je disais : la boîte de Pandore.

Je m'arrête sur une photo en particulier. On y voit un groupe de personnes au bord d'une piscine. Les hommes sont en veston et pantalon en lin, les femmes – des toutes jeunes filles plus exactement –, en robe de soirée et talons hauts. Le soleil couchant souligne leurs silhouettes souples.

Le souffle coupé, je vois un visage que je reconnais. Prise de vertige, j'assimile ce fait nouveau. Bien sûr. La réponse, elle était là, depuis le début. Il ne reste plus qu'à vérifier.

Je referme le dossier.

– Il y a eu d'autres arrestations ?

– Oui, quelques-unes. Le commissaire divisionnaire à Palm Beach – je crois que je t'en ai déjà parlé. Quelques-uns de ses sous-fifres. Grâce à toi, on a été fouiller dans les archives à Palm Beach et on est tombés sur le cas de deux jeunes filles assassinées de la même manière que Ria et Adriana, avec des profils absolument similaires. On a pu identifier l'un des corps. Il s'agit d'une jeune disparue de dix-sept ans, Heather Valdez, de West Palm.

– Et l'autre ?

– On continue à chercher, mais les archives sont incomplètes. Peut-être que pour elle on ne trouvera rien.

– Et Meachem, il est où ?

– Aucune trace de lui. On le recherche activement.

– Le salaud. Dis-moi, Calabrese n'a pas de lien avec ces filles en Floride ?

– Non. Calabrese opérait localement. Il y a son équivalent en Floride, un proxénète du nom de Joe Lentz, qui fournissait Meachem en filles. Il est en garde à vue. Pour l'instant, il n'a rien avoué. Pour l'instant…

Elle marque un temps d'arrêt, lèvres pincées, comme si elle était plongée dans ses pensées.

– Tu voulais me dire autre chose ?

– Il y a une personne que j'aimerais que tu rencontres. Pas tout de suite. Quand tu seras prête.

– Pas de problème. Qui est-ce ?

– Maria Cruz. Je l'ai vue hier. Elle veut faire ta connaissance.

– Ah. Mais bien sûr. Je peux prendre l'avion.

– Pas la peine. Elle vient ici dans un ou deux jours pour faire sa déposition. Elle nous a vraiment bien aidés dans cette enquête.

– Elle devrait peut-être bénéficier d'un dispositif de protection, non ?

– C'est déjà le cas. Elle est un témoin clé contre Dorsey et Calabrese. Je tiens à ce que tu la voies. C'est important. Il y a des choses à son propos qu'il faut que tu saches.

– Quand tu veux. Je suis prête. Mais d'abord, termine ce que tu disais sur l'enquête.

Je me lève et m'approche des baies vitrées. Le marécage est doré comme un champ de blé. Les oiseaux sont partis. Le matin, le gel recouvre la végétation. Alors que je contemple le paysage endormi, quelque chose fait tilt dans mon esprit. Je me retourne vers Sarah.

– Vous avez consulté les bases de données nationales ? Pour savoir s'il y a d'autres cas similaires aux meurtres commis à Long Island et en Floride ?

– J'ai mis deux agents là-dessus. Pourquoi cette question ? Tu penses à quelque chose de précis ?

– Quand Heather Valdez a-t-elle disparu ?

– En janvier 2016. Meachem a passé tout l'hiver à l'étranger cette année-là. Alors, à moins d'avoir refilé la sale besogne à quelqu'un d'autre – ce qui est tout à fait possible –, il n'y est pour rien.

– Je pense à autre chose. J'ai reconnu quelqu'un sur l'une des photos. Je ne suis pas sûre. Appelle tes agents. Il y a un endroit bien précis sur lequel je voudrais me concentrer. Mon hypothèse est peut-être tirée par les cheveux, mais si elle s'avère juste, je pourrai te dire qui est notre coupable.

29.

Sarah se gare sur le bas-côté de Meadow Lane, en face de chez James Meachem. Je suis assise sur le siège passager. Depuis l'explosion, je suis incapable de prendre le volant. Même le simple fait d'entrer dans une voiture me fait paniquer. Je me débrouille en prenant le vélo pour aller faire des courses de l'autre côté du pont tous les trois ou quatre jours. Sinon, je demande à des amis de m'emmener en voiture. Hank passe me voir régulièrement, ainsi que Ty et Cole Haines. Je me suis découvert quelques soutiens au sein de la police du comté – des inspecteurs qui, comme mon père, étaient dégoûtés par la corruption qui se propageait en leur sein comme un cancer.

Nous sortons de la voiture et nous rejoignons au milieu de la rue déserte. Un vent glacial souffle depuis la baie. Je frissonne dans ma veste trop fine passée sur un sweat-shirt et une polaire. Il fait tellement froid que mes doigts sont douloureux. Je regrette de ne pas avoir de bonnet et d'écharpe. Si mon séjour dans la région se prolonge, je vais devoir acheter des vêtements d'hiver. Je suis ici depuis presque deux mois.

– La voilà, dis-je à Sarah en lui montrant la demeure de James Meachem. La maison de l'horreur.

– Eh bien, elle fait froid dans le dos.

– Et c'est là – je pointe le doigt vers les dunes jouxtant la propriété – que le corps d'Adriana a été enseveli.

Sarah croise les bras sur la poitrine.
– Pauvre gamine. Cet endroit est vraiment sinistre.
– Comme toujours à cette période de l'année. Ça devient une ville fantôme. Tout ça, c'est des maisons de vacances.
– Mais Grace Bishop, elle, vit sur place.
– Elle m'a dit qu'elle reste ici jusqu'à Thanksgiving et que je pouvais passer quand je voulais.
Arrivée devant le portail de chez Grace, je me tourne vers Sarah.
– Je vais entrer seule. Ok ?
– Tu es sûre ?
– Oui. Je pense que c'est mieux ainsi.
– Ok, répond Sarah après un temps d'hésitation. Appelle si tu as besoin de moi.
J'avance jusqu'au portail, appuie sur l'interphone. Je m'annonce, et le portail s'ouvre. Je remonte la longue allée jusqu'à la maison, qui paraît vide. Les lumières sont éteintes alors que le soleil commence à se coucher. J'entends du bruit dans le jardin. Je pivote. Quelque chose bouge de l'autre côté d'une haie. C'est Grace, en train de bêcher. En me voyant, elle sourit.
– Bonjour !
Elle porte un pull et un petit foulard noué coquettement autour du cou. Elle a enfilé des gants de jardinage et tient une bêche d'une main.
– Vous travaillez encore ? À cette heure-ci ?
– Il faut bien que je prépare le jardin pour l'hiver. Pas de repos pour les bras.
– Je croyais que l'expression, c'était « Pas de repos pour les braves ».
– Ah bon ? Mon Dieu, dire que depuis des années je me trompe ! Puis-je vous proposer d'entrer ?
– Non, pas la peine. L'air frais est agréable.
Grace crispe légèrement les mâchoires.
– J'ai appris pour votre collègue... Désolée.
– Ce n'était pas mon collègue. C'était un ami.

– Quelle histoire affreuse ! Les policiers arrêtés ont-ils reconnu leur responsabilité ?

– Non. Mais l'enquête avance.

– Je vous l'avais dit, qu'ils étaient corrompus. Vous auriez dû m'écouter. Bien sûr, à ce moment-là, je ne savais pas que votre père faisait partie de la bande. En fait, c'est lui qui est venu me poser des questions sur Alfonso Morales, n'est-ce pas ?

– Oui. Il est mort juste avant la découverte du corps d'Adriana.

– Alors vous vouliez terminer l'enquête en sa mémoire. C'est tout à votre honneur.

Il y a une froideur dans sa voix que je n'avais pas entendue jusque-là. Son regard est devenu fixe, ses yeux d'un bleu de glace inquiétant. L'espace de quelques secondes, nous restons dans ce face-à-face, à nous regarder en silence.

– Vous pensez que je vous ai menti, dis-je.

– Personne n'apprécie qu'on lui mente, Miss Flynn.

– C'est vrai. En réalité, je dirais que je ne vous ai pas menti, mais que j'ai simplement omis de mentionner quelques faits.

– C'est la même chose, non ?

– Pas vraiment. Mais vous, vous m'avez menti. Vous avez affirmé que vous n'aviez jamais vu Mr Meachem. Que vous ne le fréquentiez pas.

Son corps se raidit. Quand elle parle, c'est comme si elle crachait ses mots.

– Je ne fréquente pas ce monsieur.

– Vous, non. Mais votre mari, si. Il a plusieurs fois passé la soirée chez Mr Meachem. Pas juste ici à Long Island, mais également à Palm Beach.

– Jamais Eliot ne ferait une chose pareille.

– Pourtant, c'est bien la vérité. Nous avons des photos, hélas.

– Vous faites erreur.

– C'est une bien triste histoire. Ces filles ont causé sa perte. L'une d'elles a voulu le faire chanter, pas vrai ? Et puis il y a eu Adriana, et là, ça s'est compliqué. Elle est tombée enceinte. De lui. Situation extrêmement délicate... Après tout ce que vous avez fait pour lui, après tout ce que vous avez supporté pour l'aider à obtenir son poste au ministère des Finances. Comment a-t-il pu vous faire ça ? En plus, ça n'était pas la première fois, n'est-ce pas ? Jusque-là, il avait acheté le silence de ces filles. Sauf que cette fois-ci, ça n'allait pas être aussi facile.

– Cette petite garce s'est fait engrosser, lance Grace d'un ton hargneux. Pas par Eliot. C'est impossible. Il ne peut pas. Je vous l'ai dit, je me suis confiée à vous.

– Et c'est pour cette raison que ça vous a mise en rage, n'est-ce pas ? Parce que ça vous faisait comprendre que votre mari pouvait faire un enfant à une femme. Mais pas à vous. Dites-moi, Grace, est-ce qu'il voulait garder ce bébé ? Avait-il l'intention de vous quitter ? La sœur d'Adriana m'a dit qu'il l'appelait tard le soir, qu'il lui promettait de s'occuper d'elle. Elle était tellement heureuse dans les heures qui ont précédé sa mort. Peut-être parce qu'elle savait qu'Eliot serait à ses côtés ?

Grace me saute dessus en poussant un cri à vous figer le sang, si vite que je n'ai pas le temps de réagir. Elle me fait tomber à la renverse et lève la bêche au-dessus de sa tête, prête à frapper.

Je roule sur le côté droit, sens la lame se ficher dans la terre juste à côté de mon oreille. Vite, je me saisis d'un gros caillou. J'arme de toutes mes forces et frappe Grace à la tempe. En résonnant sur son crâne, le coup produit un atroce son mat.

– Salope ! hurle Grace.

Je me jette sur elle, m'assois sur sa poitrine. Elle se débat. Elle est grande – presque 1,80 mètre –, si bien que je dois mobiliser toutes mes forces pour la plaquer au sol. Du coin de l'œil, je vois Sarah qui arrive en forçant le passage à travers la haie. Elle court vers nous. Je lève la tête, rencontre son regard. L'espace d'une fraction de seconde, j'oublie Grace. C'est alors que je sens la douleur. Elle vient de me planter un couteau dans la cuisse.

Je tombe à la renverse, le corps parcouru d'une onde de souffrance. Grace se met à quatre pattes, puis à genoux. Elle lève à nouveau son couteau, et cette fois, c'est mon cœur qu'elle vise.

Un coup de feu retentit. Un seul. Grace s'effondre par terre. J'entends, de plus en plus fort, le bruit des pas de Sarah qui s'approche. Je l'entends crier dans sa radio, demander du renfort. Elle s'agenouille, soulève mon torse et le pose sur ses genoux. Grace ne bouge plus. Des flots de sang coulent de sa poitrine et forment une flaque autour d'elle. Elle est morte. Je le vois à la façon étrange dont sa jambe est repliée sous elle. Je détourne le visage, la poitrine soulevée par mes efforts pour respirer malgré la douleur. Derrière moi, les buissons sont enveloppés dans de la toile de jute.

Tout là-haut le ciel est gris ardoise. Au loin, j'entends les cris des oies et le chuintement des vagues roulant sur le sable. Je lève les yeux vers Sarah et souris.

– Ne t'en fais pas, dit-elle d'une voix où pointe l'angoisse. Les secours arrivent.

– Je sais. C'est fini. On va s'occuper de moi.

Mes yeux se ferment tout seuls.

30.

Ann-Marie Marshall est assise dans le même box, dans le même café que lors de notre rencontre il y a deux mois. Cette fois-ci, l'établissement est ouvert. Un petit groupe d'ados papotent à l'une des tables. Il n'y a presque pas de place au comptoir. Je m'installe sur la banquette. Ann-Marie m'a déjà commandé un café. Je la remercie d'un sourire.

– Ça fait plaisir de vous voir, dit-elle. Je n'étais pas sûre qu'on pourrait reprendre un jour notre petite discussion.

– Moi non plus.

– Après la mort de Jamie Milkowski, j'ai pris la fuite. J'ai sauté dans ma voiture et j'ai roulé non-stop jusqu'à la maison de ma sœur dans le Vermont.

– J'aurais fait pareil. Vous auriez pu être leur prochaine victime.

– Sauf qu'ils se sont attaqués à Lee Davis et à vous.

Nous restons silencieuses quelques instants. J'écoute les voix enjouées des ados installés dans le box voisin. Leurs rires m'apaisent.

– L'enquête sur le meurtre de Jamie a avancé ?

– Non, pas vraiment. Il n'y avait aucun témoin. Bien sûr, tout le monde pense que c'était Dorsey ou DaSilva, mais personne ne peut rien prouver et ils refusent maintenant de parler aux enquêteurs.

– DaSilva a reconnu avoir piégé nos véhicules. Autant qu'il avoue le meurtre de Jamie.

– Pour les bombes, il était bien obligé de reconnaître son implication. On en a trouvé une troisième du même modèle dans son garage. Et au fait, pour la mort de votre père, il y a du nouveau ?

– Non. Et je ne m'attends pas à apprendre quoi que ce soit.

– Ça doit vraiment être dur de ne pas pouvoir faire son deuil.

– Mon deuil, je suis en train de le faire. Au moins, je sais quel genre d'homme il était. Je sais qu'il est mort parce qu'il tentait de protéger ces jeunes filles. Et ceux qui l'ont tué vont passer un bon moment à l'ombre.

– J'aimerais vous suggérer quelque chose. Pas besoin que vous me répondiez tout de suite.

Je sais déjà ce qu'elle va me dire. Elle y a fait allusion au téléphone.

– Ok. Dites-moi.

– J'ai prévu de me rendre à la prison de Shawangunk dans quelques semaines. Pour voir Sean Gilroy. Il a accepté que je vienne l'interviewer.

– Vous préparez un autre article sur la mort de ma mère ?

– Non, pas du tout. J'écris un article sur les violences policières dans le comté de Suffolk. Sur leur taux de confessions de 94 %. Sean Gilroy en est un exemple.

Je réfléchis, remue mon café.

– Pourquoi voulez-vous que je vienne ?

– Je ne vous demande pas de venir. Je pense juste que ça serait bien pour vous de lui parler. Il a passé vingt ans à payer le crime qu'il a commis. Je ne dis pas que vous devriez lui pardonner, mais cela vous apaiserait peut-être de lui parler, de voir comment il a changé, et de savoir qu'il regrette.

Je laisse l'idée faire son chemin dans ma tête. La vérité, c'est que je crois lui avoir pardonné, du moins comme on peut pardonner au meurtrier d'un être aimé. J'ignore si l'entendre s'excuser m'apporterait quelque chose. J'en suis encore à prendre les choses comme elles viennent.

– Je vais réfléchir.

Pour le moment, c'est tout ce que je peux répondre à Ann-Marie.

– Ok. Vous avez du nouveau à propos de James Meachem ? Il est toujours en train de se dorer la pilule dans un pays sans loi d'extradition ?

– D'après ce que je sais, oui.

– Une question me turlupine : qu'est-ce qui vous a fait soupçonner Grace Bishop ?

Je trempe mes lèvres dans mon café en souriant.

– Ça restera entre nous ?

– C'est comme vous voulez. J'aimerais beaucoup vous interviewer. Vous le savez. Mais je suis tout aussi contente de papoter tranquillement. C'est plus fort que moi, je suis d'une nature curieuse.

– Mon téléphone fixe n'arrête pas de sonner en ce moment. J'ai dû le débrancher. Quant à mon portable, il est éteint la majeure partie de la journée. Tout le monde me tourne autour. Je n'ai pas encore donné d'interview. Si jamais je le fais, ça sera avec vous.

– Merci. J'imagine en effet que ces derniers jours ont été de la folie pour vous. Vous vous retrouvez au centre d'un scandale politique de premier plan.

– Et ça ne fait que commencer. L'arrestation d'Eliot Bishop n'est que la première d'une longue liste. Meachem avait beaucoup de relations. Les hommes politiques et les gros patrons qu'il a invités chez lui ont de bonnes raisons de s'inquiéter.

– Vous pensez qu'Eliot Bishop était complice ?

– Je n'en sais rien. Ce n'est plus mon enquête maintenant. Ça ne l'a jamais été, au fond.

– Vous plaisantez ? C'est vous qui l'avez résolue.

– Je n'ai fait que suivre une intuition.

– Mettons. Qu'est-ce qui vous a guidée vers Grace Bishop ?

– En dehors du fait qu'elle est grande, gauchère, très bonne tireuse et membre du conseil d'administration de la réserve ?

– Oui, en dehors de ça.

– Franchement, au début, je ne la soupçonnais pas. Je l'aimais bien. Elle a beaucoup de charme. Je pensais qu'elle était prête à collaborer. Mais quand nous avons compris qu'il y avait deux corps à Palm Beach qui avaient été ensevelis de la même manière qu'ici, nous nous sommes concentrés sur les personnes qui fréquentaient les deux régions. Nous avons commencé à fouiller les bases de données nationales et nous sommes tombés sur un autre cas pas très loin du ranch familial de Grace. C'est alors que ça a fait tilt. Grace tenait tellement à prendre la défense de Morales et à diriger les soupçons vers Meachem. Si Morales n'était qu'un jardinier qu'elle avait vu deux ou trois fois, pourquoi le défendait-elle autant ?

– Si je comprends bien, elle reprochait à Meachem d'avoir présenté ces call-girls à son mari.

– En effet. Je pense qu'elle le considérait comme le diable. Selon elle il soumettait son mari à des tentations trop fortes.

– Et c'est pour ça qu'elle a enseveli le corps d'Adriana près de la maison de Meachem. Comme ça en plus, elle pouvait le « découvrir » elle-même.

– Tout à fait. C'est assez astucieux, en fait. Elle détruit Meachem et en même temps elle lui met ses propres crimes sur le dos.

– Elle était jalouse.

– Terriblement. Et je pense que la grossesse d'Adriana l'a fait basculer. Elle-même était stérile. Alors tuer ces jeunes filles ne lui suffisait pas. Elle voulait détruire le réseau une bonne fois pour toutes.

– Je comprends pourquoi le corps d'Adriana portait autant de marques sur le ventre.

– Ça semble logique. Dans le passé, elle se contentait de tuer ses victimes et de payer quelqu'un pour qu'il se débarrasse des corps. Sauf que cette fois-ci…

– Elle s'est laissé emporter par la fureur, commente Ann-Marie en finissant son café. Vous croyez que son mari l'aurait quittée pour Adriana ?

– Je ne sais pas. Elena Marques pensait qu'Adriana fréquentait quelqu'un de puissant ou d'important. Elle a surpris quelques conversations téléphoniques entre cet homme et sa sœur. D'après ce qu'elle m'a rapporté, il semblait sincèrement décidé à aider la jeune fille. Quoi qu'il en soit, Grace ne pouvait pas prendre de risques. Elle considérait qu'elle avait consacré sa vie à la carrière politique de son mari. Qui la remerciait en baisant à droite à gauche.

– Vous savez combien elle a donné à Morales ?

– Non. Les enquêteurs en sont encore à essayer d'y voir clair dans ses finances. Mais je suis sûre qu'ils finiront par trouver.

– Vous êtes contente qu'elle soit morte ?

– Non.

Je détourne le visage, regarde par la fenêtre. En tournant complètement la tête, je pourrais presque voir l'immeuble où mon père avait cet appartement qu'il louait pour Maria Cruz.

– Non, je ne suis pas contente. J'aurais aimé qu'elle réponde de ses actes devant la justice.

– Il n'empêche, justice a été rendue.

– D'une certaine manière, peut-être. Désolée, mais il faut que j'y aille. J'ai un rendez-vous.

Je sors mon portefeuille.

– Je vous en prie, c'est moi qui vous invite, dit Ann-Marie.

– Vous êtes sûre ?

– Oui. Je suis tellement heureuse que nous ayons fait connaissance, Nell.

– Moi aussi, dis-je avec sincérité.

– Vous rentrez quand chez vous ?

– Vous voulez dire à Washington ?

– Oui.

– Je n'ai pas encore décidé. Peut-être que je vais m'attarder ici encore un peu.

– Vraiment ? Voilà qui fait plaisir à entendre.

– J'aime la région hors saison.

– C'est la raison pour laquelle je reste, dit-elle.

Elle se lève et me donne une accolade.

– Ça me ferait plaisir de vous revoir. Restons en contact.

– Oui, restons en contact.

Je la prends une dernière fois dans mes bras.

31.

Je traverse Main Street. Je sais que je suis en retard, d'une ou deux minutes certes, mais mon cœur bat à tout rompre. J'ai du mal à marcher vite. Je presse le pas en boitillant. Au quatrième étage, un policier monte la garde devant l'appartement numéro 3. Il hoche la tête en me voyant et cogne à la porte.

Celle-ci s'ouvre dans un cliquetis de verrous. Une jeune femme se tient dans l'encadrement. Elle est vêtue d'un jean et d'un pull à col roulé tout simple. Une longue tresse noire lui tombe sur les reins. Ses yeux sont verts, comme les miens. Sa peau mate et ses traits délicats en font encore plus ressortir la beauté.

– Maria, dis-je à voix basse. C'est moi, Nell.

– Je sais.

Elle s'approche de moi comme si elle voulait me prendre dans ses bras sans être sûre que le geste soit approprié. Je fais un pas vers elle et l'attire sur ma poitrine.

– Depuis le temps que je voulais te rencontrer ! dit-elle. Je demandais à Marty de nous présenter, mais il ne voulait pas te causer ce genre de choc.

– Tu l'appelais Marty ?

Papa détestait ce surnom. Il n'y avait que ses amis proches qui avaient le droit de l'utiliser.

– Oui. Euh… C'était mon père, bien sûr, mais j'ai tout

ignoré de son existence jusqu'à mes dix-huit ans. Alors ça me paraissait bizarre de l'appeler papa.

– Je comprends. Sache que je n'aurais pas été choquée. Ça m'aurait fait plaisir de savoir que j'avais une sœur. Une demi-sœur. C'est super. Quand Sarah me l'a annoncé, franchement, j'ai sauté de joie.

Son visage s'illumine.

– Tant mieux. Je n'ai pas d'autre famille. Alors pour moi, c'est très important.

– Pour moi aussi.

– Ton père – Marty – était un mec bien. Il m'a aidée à un moment où j'en avais vraiment besoin.

– J'en suis heureuse.

– Quand ma mère est tombée malade, j'ai commencé à bosser pour Gio. Cet argent, on en avait vraiment besoin. Adriana était une camarade de classe. Elle travaillait pour lui, et elle m'a présentée. Ensuite, ma mère est morte. Je n'avais plus personne. Je pensais que moi aussi j'allais mourir. Certains jours, je le souhaitais. Plus rien n'avait d'importance pour moi. C'est alors que ton père est sorti de nulle part pour me tirer de là. Je suppose que ma mère lui avait envoyé une lettre depuis l'hôpital. Elle voulait qu'il s'occupe de moi. Quel choc ça a dû être pour lui de découvrir mon existence ! Mais vraiment, il m'a sauvée.

– Tu veux dire qu'il ne savait pas que tu existais ?

– Non. Il a eu une aventure avec ma mère. Et c'est tout. Jamais il n'a imaginé qu'elle était tombée enceinte. Elle est partie s'installer en Floride peu après. On a vécu là-bas quelque temps. On est revenues dans le comté de Suffolk il y a trois ou quatre ans. Sans doute qu'ici elle se sentait chez elle.

– Et toi ?

– Cet appartement, c'est ce que j'ai eu de mieux comme maison. Pas simplement, ajoute-t-elle en rougissant, parce qu'il est grand et tout et tout. Mais parce que j'y suis au calme. Il n'y a pas les copains de ma mère, plus personne pour m'embêter. Fini, tout ça. C'est le premier endroit de ma vie où je peux être tranquille et oublier Gio et tout le reste.

– Je comprends, dis-je en posant la main sur son bras. J'ai apporté des pâtisseries.

– Merci. Je t'en prie, entre. Viens t'asseoir.

Je la suis. Impossible de détacher mes yeux d'elle. Elle est si belle, si jeune. Et si familière. Je me rends compte qu'elle me rappelle quelqu'un. Mon père ? Elle a ses cheveux bruns, son côté farouche, sa silhouette mince et ses traits fins.

Puis elle me sourit, avec une expression à la fois timide et curieuse, et je comprends : elle me rappelle moi-même.

Nous nous installons chacune à un bout du canapé, l'un des rares meubles de l'appartement. Je pose la boîte de pâtisseries entre nous deux. Le soleil déclinant projette un trait de lumière sur son visage. Elle ne semble pas gênée. Elle rit, répond à mes questions sans bouger. J'ai tellement de questions. Tellement que je me dis que je vais y passer la nuit.

Bien sûr que non. Une fois la nuit tombée, j'appelle un taxi et rentre à Dune Road. Pour le moment, Maria reste sous protection policière. Dans les jours qui viennent, elle fera sa déposition, puis elle témoignera à la barre. Quant à moi, je ne suis pas encore sûre. Je sais que je resterai ici tant qu'elle sera prise par tout ça. Nous n'avons que l'une et l'autre pour toute famille. Je ne sais pas exactement ce que cela veut dire. Elle non plus. Mais ensemble, nous finirons par le découvrir.

Épilogue

Nous sommes le dernier jour de l'année, et je disperse les cendres de ma mère.

Je suis seule, même si Maria a proposé de m'accompagner. La journée est froide et claire. Le soleil est en train de se coucher. Je me trouve sur un petit promontoire qui s'avance dans les eaux de la baie de Peconic. En face, s'étend la North Fork de Long Island. Derrière moi se trouve la plage de Meschutt County Park.

Ici, c'est beau, surtout en cette période de l'année. Les bruns et les gris délicats de la terre se fondent dans l'étendue ardoise de la mer. Ma mère m'emmenait ici en toute saison pour ramasser des coquillages et respirer l'air salin. Il me reste quelques souvenirs d'elle, et certains des plus heureux ont Meschutt pour cadre.

Il y a quelques jours Glenn Dorsey s'est suicidé en se pendant dans la cellule où il attendait le début de son procès. Vince DaSilva a plaidé coupable pour plusieurs chefs d'accusation, entre autres trafic de drogues et meurtre. Il va passer le restant de ses jours en prison, de même que l'autre acolyte de Dorsey, Ron Anastas, et leur complice Giovanni Calabrese.

Sarah Patel m'a dit sous le sceau du secret que James Meachem avait signé un accord avec le FBI. Il a remis son livre de comptes aux enquêteurs, ainsi que des centaines d'heures d'images vidéo filmées dans ses maisons de

Southampton, Palm Beach, New York et des îles Vierges britanniques où figurent des dizaines d'hommes politiques, de grands patrons et de célébrités en pleins ébats avec des jeunes filles clairement mineures. D'après Sarah, Meachem devra répondre devant la cour de justice de Floride de deux chefs d'accusation pour incitation à la prostitution. Ce qui lui permettra de passer moins d'un an en détention. Quant à Manon Boucher, la maquerelle qui aidait au recrutement des victimes de Meachem, elle échappe à toute poursuite. Elle passerait paraît-il les vacances sur un yacht au large de Little Saint James, l'île privée de James Meachem.

Sarah est retournée à Miami, où elle a été promue à un poste qu'elle n'aime pas. Le terrain lui manque, et mon petit doigt me dit qu'elle ne tardera pas à y retourner. Elle m'a proposé un poste dans la brigade de lutte contre le trafic d'êtres humains, et j'ai accepté. Maria et moi sommes prêtes à quitter le comté de Suffolk. Miami devrait nous convenir parfaitement. C'est un nouveau départ, dans un endroit où Maria se sent bien. Sam Lightman pense que je vais détester les gens et le rythme de vie. Il affirme que tous les collègues ont parié sur combien de temps je resterai en Floride. Il a misé sur six mois, pas plus. Il y aura toujours une place pour moi à Washington, me dit-il.

Je vois le docteur Ginnis deux ou trois fois par semaine. C'est lui qui m'a poussée à mettre en vente la maison et à partir m'installer ailleurs. Avec son aide, j'ai créé une association caritative qui offre un abri, une protection légale et des formations à des victimes de réseaux de prostitution, des jeunes filles comme Luz et Maria. Sous couvert d'anonymat, j'ai donné tout l'argent que mon père avait sur son compte offshore, ainsi qu'une partie du produit de la vente de la maison. Le reste, je l'ai déposé sur un compte en fidéicommis au bénéfice de Maria. Elle n'en sait rien. Je le lui dirai en temps utile.

Le docteur Ginnis a également suggéré que je disperse les cendres de ma mère avant de quitter Long Island pour de bon. Il a bien fait. Je pensais que ce serait dur pour moi de me retrouver ici avec l'urne. Ça l'est. Mais en même temps je me sens étonnamment sereine. Après toutes ces années, j'offre enfin à ma mère une dernière demeure. Je ne saurai jamais si Sean Gilroy l'a tuée. Je crois que oui. Ça me permet de passer à autre chose. Tandis que le soleil disparaît sous la ligne d'horizon, je ferme les yeux et dis au revoir à ma mère. Puis j'ouvre l'urne, la laisse partir. S'envoler dans le vent.

REMERCIEMENTS

Il faut tout un village pour écrire un livre. Je ne pourrai jamais remercier assez tous ceux qui ont aidé à faire naître ce roman. Comme toujours, je dois beaucoup à mon éditrice, Sally Kim. Sally, ton expérience, ta gentillesse, ta perspicacité, ton soutien et ta patience sont précieux. Sans toi, ce livre n'aurait sans doute pas vu le jour.

En plus de Sally, je me dois de remercier l'exceptionnelle équipe de G.P. Putnam's Sons. J'ai eu la chance de travailler avec, entre autres, Gabriella Mongelli, Elena Hershey, Ashley McClay, Alexis Welby, Emily Mlynek, Tom Dussel, Leigh Butler, Christine Ball et Ivan Held. Ce fut un plaisir de faire votre connaissance. Merci mille fois pour la façon dont vous nous avez portés, moi et mon livre.

Alexandra Machinist et Josie Freedman ont inlassablement plaidé ma cause. Merci à vous deux d'avoir cru en mon projet, et merci à tous ceux qui à ICM n'ont pas ménagé leurs efforts en faveur de ce livre.

Si ce roman existe, c'est grâce à l'expérience et aux conseils de Taylor Rose Berry et de Robert Shumacher. Merci d'avoir partagé vos histoires avec moi.

Andrea Katz, Ann-Marie Nieves et Katie Taylor, vous êtes les fans les plus enthousiastes et les meilleures relectrices et alliées dont un auteur puisse rêver. Merci infiniment pour tout ce que vous avez fait pour moi et pour le monde de l'édition de manière générale. Vous êtes de belles personnes.

Impossible de dire ici tout ce que je dois à ma famille pour son amour constant et inconditionnel et pour son soutien indéfectible. Emma, Owen, maman et Jonathan, mille fois merci. Je vous aime plus que tout.

DU MÊME AUTEUR

Aux Éditions Albin Michel

PARK AVENUE, 2013

PÈRE ET FILS, 2017

LA FEMME DU BANQUIER, 2019

Retrouvez toute l'actualité des éditions Albin Michel
sur notre site albin-michel.fr
et suivez-nous sur les réseaux sociaux !
Instagram : editionsalbinmichel
Facebook : Éditions Albin Michel
Twitter : AlbinMichel

Composition : Nord Compo
Impression : CPI Firmin-Didot en juin 2023
Éditions Albin Michel
22, rue Huyghens, 75014 Paris
www.albin-michel.fr
ISBN : 978-2-226-44974-0
N° d'édition : 23937/01. N° d'impression : 174329
Dépôt légal : juillet 2023
Imprimé en France